Los pecados de Marisa Salas

Novela

Clara Sánchez

Los pecados de Marisa Salas

Planeta

PEFC Certificado

Este libro procede de bosques gestionados de forma sostenible

PEFC

PEFC/14-38-00305 www.pefc.es

Avda. Diagonal, 662-664, 08034 Barcelona (España)
www.editorial.planeta.es
www.planetadelibros.com

Adaptación de la cubierta: Booket / Área Editorial Grupo Planeta
Ilustraciones de la cubierta: *Leserin XII*, obra de © Karoline Kroiß y © Suwi19 / Shutterstock
Primera edición en Colección Booket: octubre de 2024

Depósito legal: B. 14.355-2024
ISBN: 978-84-08-29370-5
Impresión y encuadernación: Liberdúplex
Printed in Spain - Impreso en España

Biografía

Clara Sánchez ha publicado, además de cuentos, prólogos de libros y artículos periodísticos, quince novelas, entre ellas *El palacio varado*, *Desde el mirador*, *Un millón de luces*, *Presentimientos*, *Entra en mi vida*, *Cuando llega la luz*, *El amante silencioso*, *Infierno en el paraíso* y *Los pecados de Marisa Salas*. Ha recibido los siguientes premios: Alfaguara por *Últimas noticias del paraíso* (2000), Nadal por *Lo que esconde tu nombre* (2010), Planeta por *El cielo ha vuelto* (2013), Mandarache (2013), Farolillos de Papel (2019), otorgado por los libreros de Bilbao, y el Premio Germán Sánchez Ruipérez (2006) por su artículo «Pasión lectora», publicado en *El País*. En el ámbito internacional, el Premio ILCH (1998) de California a su trayectoria literaria, el Premio Roma (Italia, 2014) a la mejor novela extranjera por *El cielo ha vuelto*, el Premio Baccante (Italia, 2014) o el Premio Nazionale Vicenzo Padula (Italia, 2016), entre otros. En Francia fue seleccionada en el Prix de Lecteurs por su novela *Ce que cache ton nom*. Su obra ha sido traducida en más de veinte países. Recibió la Medalla de Oro de Castilla-La Mancha en 2011 y la Medalla de Oro de Guadalajara en 2022. En 2023 fue elegida para ocupar la letra X de la RAE.

@clarasanchezwriter

Para Sol, con millones de sueños e ilusiones por delante

Cuando contemplo el cielo,
de innumerables luces adornado,
y miro hacia el suelo
de noche rodeado,
en sueño y en olvido sepultado,
el amor y la pena
despiertan en mi pecho un ansia ardiente.

Fray Luis de León

PRIMERA PARTE

1

LUIS

Mi padre conduce un tráiler de treinta y ocho toneladas y se pasa mucho tiempo fuera de casa, lo que ha provocado una unión entre mi madre y yo que le excluye un poco a él. También el hecho de que mi madre y yo tengamos los ojos azules y nos parezcamos físicamente mientras que mi padre es recio, muy moreno y tirando a tosco. Cuando llega de sus viajes nos mira como a dos turistas de paso por su sombría vida, y en la mesa se cruza de brazos intentando replegarse, a veces alarga uno para abrir el bote de los pepinillos, y la musculatura de la mano y el brazo se expande en medio de nuestras manos y brazos más finos. Mi madre le pregunta qué ha visto de nuevo por ahí y él se encoge de hombros. «Nada mejor que esto», contesta. Hubo una época en que traía regalos, pero cuando se dio cuenta de que no nos gustaban y era un incordio tener que alabarlos dejó de hacerlo. Prefiere engrosar la cuenta bancaria. «Ve mirando pisos —le dice a mi madre—, podemos permitirnos comprar uno, no quiero que continúes en este». A mí hace un año que me ha comprado la pequeña vivienda de los antiguos porteros y la hemos arreglado dándole aire de estudio juvenil. Así cuando llega de viaje no tiene que verme nada más entrar y puede solazarse con la presencia de mi madre. Una presencia que le recompensa de todo ese mundo que recorre sin encontrar nada mejor que esto. Siempre la mira casi avergonzado de poder mirarla, de tenerla para sí, de poder encontrarla cada vez que llega. «No te merezco», parece decirle constantemente, y mi madre le sirve una copa de vino, le pasa la mano por el pelo, le anima a que se cambie de ropa. Mi padre jamás le pide explicaciones de lo que ha hecho en su ausencia, le parece suficiente que no haya huido con otro tío de ojos azules como nosotros. Yo siempre he tenido la sensación de que para él soy una réplica barata de ella. ¿Para qué yo si ya existe ella? Le habría gustado más que fuese un hombre fuerte como él, no sentir esta competencia atrofiada que represento yo.

En mi estudio me encuentro bien. Me pongo música y tras terminar la carrera sin pena ni gloria preparo unas oposiciones a la banca. Mi padre no cree en nada de lo que hago, sabe que no hago nada, no espera nada de mí, no me pregunta cómo lo llevo. Considera las oposiciones un pasatiempo para justificar mi paga del mes y vivir de gorra. No lo dice en voz alta para no molestar a mi madre. Soy algo con lo que tiene que apencar. No es que no me quiera, siempre que me he puesto enfermo se ha preocupado mucho. Simplemente soy un extraño para él, no me comprende en absoluto. No sabe cómo alentarme, cómo regañarme, cómo imponerse a mí, y yo no le facilito las cosas porque sería muy cansado entablar conversaciones profundas con él, incluso conversaciones superficiales, incluso frases cortas para preguntar si quiere leche con el café.

2

MARISA

Es una mañana soleada y alegre de abril. La gente va cambiando los abrigos por cazadoras y chaquetas ligeras, y el escaparate de la librería del centro comercial resplandece con la última novedad literaria de la que todo el mundo habla, *Los sueños insondables.*

Dentro, la foto de su autor, Luis Isla, se sostiene sobre pilas de cincuenta ejemplares, cada una produciendo una sensación tan irresistible que no puedo evitar coger uno ni pasar los dedos por sus letras en relieve, una de esas caricias inconscientes que salen solas, y abrirlo. «Una gran historia y un gran descubrimiento este muchacho», me dice Simón, el librero, con un entusiasmo que se reserva para los grandes lanzamientos. El ambiente es veraniego, casi sofocante en torno a la mesa de novedades. «No recomendaría un libro en el que no creyera», añade con el empeño de pillarme con la guardia baja y que compre algo, una esperanza que abriga desde hace años. Normalmente acudo aquí a hojear un rato las novedades a la espera de que aterricen en la biblioteca pública para tomarlas en préstamo. No estoy dispuesta a desembolsar un solo euro en una industria que treinta años atrás me trató con indiferencia, que es todo lo contrario al amor. ¿Quién se acuerda ya de mi única novela *Días de sol,* publicada en 1989, completamente descatalogada, inencontrable, olvidada?

—Veo que Carolina Cox ha sacado novela —digo señalando una pequeña colina de libros sepultada por las grandes montañas de *Los sueños insondables.*

—Está mal que yo lo diga —dice él—, pero francamente no hay color entre *Los sueños insondables* y otra novela repetitiva de Carolina.

Siento algo precioso en el corazón, una especie de amor hacia Simón. Él no puede sospechar que Carolina publicó su primera novela en el mismo año que yo y con el mismo editor, con la diferencia de que ella triunfó a lo grande y yo desaparecí, una moneda al aire que el universo volcó a su favor.

—No se puede estar siempre aupando a los mismos escritores —continúa Simón—. La literatura necesita sangre fresca y *Los sueños insondables* lo es.

Es esta frase la que me anima a echarle un vistazo a la primera página con la esperanza de que de verdad sea mejor que cualquier cosa escrita por Carolina. Y tengo que cerrar la novela. Jamás me habría esperado leer lo que leo. Será una ilusión como cuando crees que conoces a alguien que no conoces o crees que has visto algo que no has visto o tienes uno de esos sueños lúcidos o premonitorios de algo que podría suceder. De todos modos, no puedo evitar que el corazón vaya más rápido de lo aconsejable. Quizá es el calor y ese tipo de radiación que desprende la acumulación de libros y también una advertencia de que tendría que controlarme la tensión de vez en cuando, ya no soy una niña. Vuelvo a abrirla y leo de nuevo unas palabras que reconozco dentro de mí. ¿O será una señal lanzada por Carolina para recordarme una vez más que ella está dentro del escaparate y yo fuera? Me siento revuelta, con náuseas, como si hubiese corrido y sudado y luego me hubiera tomado un vaso de agua helada. Para tranquilizarme abro ahora la novela por la mitad y leo media página. No tengo más remedio que apoyarme en la mesa de novedades y noto un hilo de sangre que me resbala desde la nariz. Cae una gota que emborrona la palabra «mar», por lo que no puedo devolver la novela a su sitio y me dirijo a la caja a pagar ante la sorprendida mirada de Simón. Puede que sea la primera vez que me ve salir con una bolsa de la librería y en correspondencia me tiende un trozo de algodón. No puedo culparle por no haber leído *Días de sol* ni conocer su existencia. Pasó desapercibida por la escasa tirada y porque esas pocas copias la editorial las destruyó para hacer hueco en los almacenes, no sin antes comunicármelo de la forma más escueta y fría posible. Estoy casi segura de no conservar ningún ejemplar. Las mudanzas, las responsabilidades y el empeño en olvidar que escribí una novela consiguieron que pasara página, que erradicara *Días de sol* de mi vida igual que esos padres que matan a los hijos para intentar volver a la despreocupación de antes. Pero uno no deja de ser padre, aunque mate a los hijos; el daño ya está hecho. Y mi novela desapareció en el espacio profundo como *Días de sol*, para regresar mucho tiempo después convertida en *Los sueños insondables* del fascinante escritor Luis Isla.

El centro comercial está a cuatro kilómetros de casa y Mauricio y yo solemos ir en coche. Pero ahora necesito caminar hasta sacudirme de encima la impresión de haber leído mi novela en otra novela, trescientas páginas abandonadas a la oscuridad y de las que incluso yo misma había acabado renegando cuando tiré años después al contenedor de papel y cartón los pocos ejemplares que la editorial me había regalado. Tengo tiempo durante el camino para hacer una parada en un bar, tomarme un café, ir al baño, cambiarme el algodón de la nariz por un trozo de papel higiénico y mirarme en un espejo empañado por cien mil alientos diferentes y sentirme confusa y mal por haber llegado a los sesenta años sin darme cuenta, por haber hibernado en una cápsula invisible y haber despertado de pronto. He abierto los ojos de repente y no entiendo nada. Necesito tiempo para poner de nuevo los pies en la tierra y poder saludar con normalidad a Mauricio que estará regando el pequeño jardín de la entrada en camiseta y el pantalón corto del pijama.

«Voy preparándome para la jubilación» suele decir medio en serio, medio en broma, aunque todo apunta a que es en serio. Hasta ahora nunca se ha interesado por regar ni por comprar semillas ni por restaurar un mueble. Los vecinos que hacen estas cosas le parecen parte del decorado que él atraviesa mañana y tarde hacia el mundo real. Y creo que únicamente por mí compró este adosado cerca de la A-2 en que el restaurante más antiguo se remonta a solo diez años.

—Tu hijo viene a comer mañana —dice al oír cerrarse la cancela—. Iré esta tarde al súper a comprar esas cervezas artesanales que tanto le gustan.

El ir al súper por su cuenta supone otro paso hacia la jubilación desde que han dejado de agobiarle los horarios del hospital, las conferencias y mil cargas más.

—¿Qué te ha pasado? —pregunta cerrando la manguera y observando el tapón empapado de sangre.

Pedro solo es hijo mío. Cuando Mauricio lo conoció, el niño tenía siete años y no les costó demasiado acostumbrarse el uno al otro, al fin y al cabo mi hijo no había conocido a ningún padre más que a este. Formamos una familia y quizá por eso *Días de sol* está bien donde está, en cualquier parte mejor que con nosotros, porque todo lo que allí se cuenta podría interferir demasiado en nuestras vidas.

Mauricio también echa un vistazo a la bolsa de papel marrón y exclama con cierto júbilo: «¡Has estado en la librería!».

Sé de sobra que mi rechazo a comprar libros le defrauda bastante. Él los compra a mansalva. Cuando me ve ir y venir de la biblioteca y estar pendiente de la fecha de devolución suele decir que podemos permitirnos el lujo de comprarlos e ir atesorando una gran biblioteca para Pedro y mi nieto Gabi. Me pregunta si no me tienta el olor de lo nuevo, abrir las páginas por primera vez, me dice que es como descubrir una playa salvaje, un nuevo continente, convertirme en una especie de Colón, una insistencia tal que me obligaba a acudir a escondidas a la biblioteca. Aprovecho cuando él está en el hospital y también para escribir algunos pensamientos e ideas de relatos sin que se entere y no me dé la vara con eso de llevar el manuscrito a algún paciente suyo que por esas casualidades de la vida sería editor.

—No te hagas ilusiones —contesto—. Dentro de la bolsa solo hay una camiseta y unas gafas de sol.

Vuelve a abrir la manguera resignado. Preparo rápidamente dos hamburguesas y una ensalada sin darle tiempo de acompañarme en la cocina, a lo que también está habituándose últimamente para de alguna manera ir entrando en el apacible mundo del vecindario.

En la mesa se encuentra relajado y con ganas de charla, dejando escapar mientras mastica palabras pausadas sobre cosas que podrían ser importantes o no y que no logro escuchar. Pego un último mordisco y me levanto.

—Creo que voy a echarme un rato —digo.

—¿Por qué no te examino o, mejor aún, te llevo al hospital? —pregunta señalándome la nariz.

Doy a entender que más tarde para que no insista. *Los sueños insondables* esperan dentro de la bolsa y cada vez que lo pienso todo me da vueltas. Mauricio sigue hablándome, lanzándome alguna recomendación desde el otro lado de la mesa. Un eco lejano. Pedro vendrá con el niño el domingo. «Muy bien», digo. Alguna vez se me pasa por la cabeza escribirle a mi nieto un cuento sobre peces o ardillas, un cuento bonito que le obligue a recordarme toda la vida, pero entonces ya estaría delatándome como escritora y toda la labor de dejar de serlo se iría al garete.

Me descalzo y me tumbo en la cama de la habitación de invitados que es la más fresca de la casa. Da a la parte trasera donde Mauricio ha plantado las tomateras y unas acelgas, que hay que regar constantemente por lo que su próximo proyecto consiste en instalar un riego automático para cuya operación ha comprado un rollo de goma negra, que lleva apoyada en la pared dos años. Y la contemplación del rollo de goma, el olor de los tomates, la persiana medio bajada y un hilo de aire que se filtra por debajo convierten esta habitación en una máquina del tiempo a la espera de ser enchufada. La bolsa cruje al sacar la novela de Luis Isla.

3

LUIS

El problema de la vida es que hay gente que sabe perfectamente lo que tiene que hacer, lo que quiere, y otros, no.

Otro problema de la vida es que el tiempo pasa muy rápido. Llevo cinco años estudiando las oposiciones con desgana, con pereza, me aburro a muerte y tengo más o menos asumido que nunca las aprobaré. Mi madre también. Mira de reojo mi cabeza sobre el temario y sabe de sobra que estoy medio dormido. Mi padre tiene claro que nunca estará orgulloso de mí. Lo sabe desde que tenía cinco años. Alguna vez ha sugerido que me saque el carné de camión, él podría meterme en su empresa, pero mi madre siempre ha soñado con algo mejor para mí. Un sueño que fue convirtiéndose en amargo e insondable como explica el propio título de la novela, publicada un año después.

¿Dónde estaba ese sueño? ¿Y, de existir, sería para mí? Iba a la deriva, estaba claro. Desayunaba con desgana, acudía a la costosa academia en que preparaba las dichosas oposiciones con desgana y regresaba somnoliento y con ganas de tumbarme a ver la televisión. Hasta que un día mi madre comienza a pasearse arriba y abajo envuelta en un caftán que mi padre le trajo de uno de sus viajes cuando se atrevía a hacer regalos y con el que resulta algo majestuosa y sentenciosa. «Tu sitio no está entre esos libros tan aburridos. Por eso no te concentras, eres un alma bohemia, libre. A veces uno se ofusca con cosas imposibles cuando en realidad puede que seas un artista que aún no ha encontrado su cauce. Solo se nos ha ocurrido pensar en el camión o en las oposiciones, pero hay más vida ahí fuera y yo te ayudaré a encontrarla, no te preocupes, pensaremos en algo».

4

MARISA

Respiro hondo. La luz titubea entre azul y gris. Empiezo con *Los sueños insondables* desde el principio, no desde el principio de la historia, sino desde la misma biografía de Luis Isla y la foto de la solapa. A pesar de que es en blanco y negro se revelan unos ojos claros, sorprendidos, como si el fotógrafo estuviera apuntándole con una pistola, los lados de la nariz, algo ancha, están marcados por huellas de gafas, lleva el pelo corto casi a cepillo y los labios son vagamente carnosos. Da la impresión de no querer sacarle partido a su belleza y mira de frente sin ocultar nada y al mismo tiempo ocultando algo, igual que un niño que ha cometido una pifia y debe mentir con la mayor sinceridad posible. El cuello lo recorta una camiseta negra del estilo de las usadas por Steve Jobs y Mark Zuckerberg en las presentaciones de sus inventos. La biografía no aporta mucho, solo que ha estudiado en la universidad y que prepara oposiciones. La sinopsis de la contraportada la dejo para el final.

Acometo el primer párrafo que ya he leído en la librería. No ha sido un espejismo, antes de leer la siguiente palabra ya sé cuál es, también las que ha borrado la gota de sangre. Están dentro de mí, las he inventado yo.

Es asombroso lo joven que fui en aquella playa. Recuerdo que el sol era tan fuerte que todo lo veía con los ojos entrecerrados como para acotar la inmensidad que se extendía ante mí, como para reducir todas las infinitas posibilidades de la vida. Y por esa pequeña rendija cayó Ismael igual que una bomba nuclear, que es el tipo de bomba que más suena a devastación.

¿Habrá sentido en su vida algo parecido Luis Isla, y *Días de sol* se lo ha recordado? Me angustia tener que ponerme en acción y guerrear y también me angustia que otro se lleve mi gloria.

El tapón de la nariz ha vuelto a empaparse, lo que no tiene buena pinta, pero aún abrigo la esperanza de que quizá se trate solo de unas páginas y pueda ser benévola y mirar para otro lado, no querría por nada del mundo enfrentarme a la cara de entusiasmo de Mauricio cuando le contara que había publicado una novela que ahora estaba triunfando sin mí. Me horroriza que sustituya los tomates y el riego automático por la cruzada de hacerme justicia. Le serviría en bandeja un gran propósito para vivir, luchar, tener un objetivo, renacería, rejuvenecería y me obligaría a empuñar una espada, volver al pasado y tomar medidas serias, hacer cosas agotadoras que no tengo ninguna gana de hacer.

Sigo leyendo con el corazón en vilo hasta que los aspersores de los vecinos comienzan a silbar a eso de las ocho de la tarde. Ni una coma fuera de su sitio. Si callo, otorgo. Necesitaría que Luis Isla me echara una mano y me ofreciera algo a lo que agarrarme para no denunciarle. Me apacigua el intentar ponerme en su lugar. Puede que mi enamoramiento de Ismael le haya hecho creer que todo aquello por haberlo sentido tan profundamente ya lo ha escrito él. No es raro que a cualquier escritor se le escape alguna frase de otro. Sin embargo, en este caso se trata de toda la novela, ni siquiera ha corregido la errata de la página ciento veinte donde en lugar de Roma pone

Rama. Una situación incomprensible. ¿No se le ha ocurrido que me enteraría y le denunciaría, que arruinaría su carrera, que le haría puré? Tendría que pagarme todos los derechos de autor que ha cobrado hasta ahora y con ese dinero Pedro podría cancelar la hipoteca de su piso. Esa no es una mala idea.

A las ocho y media oigo los pasos de Mauricio acercándose y escondo *Los sueños insondables* bajo la almohada, me hago la dormida. Noto su aliento en la cara.

—Cariño, ¿estás mejor?

Es la hora de la caminata, ese momento alicaído de la tarde en que uno no sabe qué hacer y que antes él ocupaba atendiendo a pacientes privados o viéndose con colegas mientras yo hacía compras, repintaba algún mueble o aprovechaba para escribir cosas que acababa rompiendo y para tomarme una copa de algo que me levantase el ánimo. Hasta que la vida de ambos ha adquirido un nuevo orden que no me disgusta. A las ocho y cuarto nos colocamos las sudaderas y las botas y nos marchamos a andar por el campo que bordea la autopista y terminamos tomándonos una cerveza en O'Passo y discutiendo si nos convendría comprar unos de esos bastones nórdicos que usan muchos senderistas. Pero hoy prefiero no dar la caminata. Lo de la errata no se me va de la cabeza, me parece el colmo del desprecio hacia mí.

—¿Por qué no te vas tú y mientras preparo algo de cenar? O mejor compra en O'Passo unos calamares.

Tengo que insistirle para que se marche. Desde el nuevo orden le preocupo mucho, me ha otorgado un puesto estelar en su vida. Lo cierto es que jamás he tenido queja de él, no hace nada que me incomode y es afectuoso y quiere a Pedro más que a un hijo propio y también acepta a Gabi como su nieto. Me considero en paz con Mauricio. A su lado me siento tumbada en un prado mullido.

—Está bien —dice Mauricio—. Pero acortaré la caminata y regresaré en poco más de una hora.

No pierdo un minuto en enfrascarme de nuevo en la novela. Tira de mí a pesar de que la ha escrito mi propia mano y de que conozco el final: Ismael desaparece de Playa Brava y nunca volveré a verlo ni a saber nada de él, y sin embargo temo llegar a ese momento. El final de otra vida posible, como ver una película que se corta media hora antes de acabar y es imposible recuperarla. En el mundo real alguna vez se me ocurrió buscarle aunque era difícil, no sabía nada de su vida. No malgastábamos tiempo en hablar demasiado, intercambiábamos unas cuantas frases y enseguida volvíamos a besarnos, nos encendíamos un canuto y nos quedábamos contemplando el mar y a nosotros mismos con los ojos aclarados por el cielo y los hombros rojos para volver a tumbarnos uno encima del otro. Todo lo demás era siempre un preámbulo para volver a lo mismo, a nosotros sin más.

Al principio de la desaparición o la huida de Ismael no tuve tiempo ni recursos para buscarle y después los días pasaban y pasaban y mi parte racional me aconsejaba no perder el tiempo, no empeñarme en algo que era casi una ilusión, mientras que un duende lo invitaba todas las noches a mi cama, le decía ven, entra y atorméntala en sueños. Al abandonar Playa Brava y regresar a Madrid, *Días de sol* me rondaba en tardes tristes y reales en mi cuarto de casa de mis padres hasta que decidí marcharme a zambullirme en una vida más triste y más real aún.

Tal como me temía, Mauricio llega incluso antes de la hora prometida. Voy por la página doscientas de *Los sueños insondables,* alguna la releo dos veces, no quiero perderme nada. Cada pensamiento, imagen, palabra, me sale al encuentro y me dice: «No me he perdido, no he huido de ti, aquí estoy». Me coloco varios cojines bajo la cabeza y al incorporarme el tapón cae y mancha la sábana. Ya no sangro, pero lo recojo y me lo coloco de nuevo. No quiero que Mauricio piense que ya me encuentro bien y me obligue a dormir con él.

En O'Passo han preguntado por mí. «Dile a Marisa que nos ha llegado gamba roja». A Mauricio le agrada mucho la recién descubierta familiaridad con el entorno: saludarse con los vecinos, acariciarle la cabeza a los perros, intercambiar alguna broma con los camareros de O'Passo. En cambio yo desde el principio soy bastante conocida en nuestra pequeña comunidad. Conozco a los padres de los otros niños que han crecido junto a Pedro, sé a qué se dedican y quiénes se han divorciado y vuelto a emparejarse.

Los calamares aún están calientes y abrimos dos cervezas de una nueva marca que le han recomendado. A pesar de su baja graduación me ayuda a volver a Mauricio y al presente.

—Me sirvo otra más. Espero que os queden bastantes a Pedro y a ti.

—He comprado una caja —dice Mauricio satisfecho. Él también hace un esfuerzo por vivir el presente y el inminente futuro de la jubilación. Yo bebo más que como, los acontecimientos me han quitado el hambre.

—¿Te importaría recoger la mesa? —le digo—. Me voy directa a la cama de invitados, no quiero manchar nuestras sábanas.

Le doy un beso para dejarle claro que nuestra relación sigue intacta.

—Llámame si te sientes mal —dice él.

Oigo cómo Mauricio mete los platos en el lavavajillas y cómo se lava los dientes. Oigo la televisión, el murmullo de nuestra serie favorita. Por la ventana abierta entra una ráfaga fresca. Mi cuerpo está aquí disfrutando de la brisa mientras que la mente no está en el mismo sitio, lo que supone un problema de algún tipo. Alrededor de la lamparita danza un mosquito. Me faltan ciento setenta y cinco páginas para terminar. Un par de admiraciones y un paréntesis completamente prescindibles no se han movido de su ubicación original. ¿Habrá llegado Isla a leerla entera? ¿Por qué no ha metido mano? ¿Por respeto? ¿Por pereza? ¿Cómo iba a respetar la obra si no respeta a su autora? El hecho de que la hayan publicado en su integridad me concede argumentos de sobra para denunciarle, sacarle los higadillos a él, a su editor y al lucero del alba. Y esta sensación me enardece sin rumbo.

Duermo agitada, dando vueltas en la cama y me despierto igualmente agitada. Me llega un profundo olor a tierra mojada y ruido de agua de manguera y el alocado canto de los petirrojos que anidan en la morera. Mauricio riega los tomates. Veo una franja de su silueta pasar de un lado a otro de la ventana. Qué mañana tan agradable si no fuera por lo que es. Ya no sangro y *Los sueños insondables* se han resbalado al suelo. Tal como me temía, el final de la historia me ha creado tal nerviosismo que habría necesitado una de las pastillas olvidadas en el dormitorio principal. Solo logro cerrar los ojos una hora antes de despertar. Pero entre vuelta y vuelta he elaborado un plan que consiste en encontrar algún ejemplar de *Días de sol,* puesto que no conservo ninguno, y a continuación buscar un abogado que se encargue de restituirme lo que es mío, no solo la autoría, sino todos los años sin gloria que me han sido arrebatados.

5

LUIS

Tenía veintidós años y a mi padre le hicieron un ERE, estuvo en paro dos años. Es entonces cuando nos trasladamos a este piso con un alquiler más barato que el anterior, donde encontramos una caja forrada de terciopelo y dibujos infantiles en la tapa que guarda unos disquetes Amstrad del año de la polca. Resulta que ni el dueño del piso ni los anteriores inquilinos se atrevieron a tirarlos esperando que alguien los reclamara. Y mi madre hace lo mismo hasta que, cuando ya tengo veintisiete años y preparo las dichosas oposiciones, le asalta una curiosidad que interpreta como impulso divino y me pide que la ayude a reconvertir los disquetes. Imprimimos unas trescientas páginas, que se lleva al balcón mientras yo sigo intentando estudiar. «¡Es una novela!», exclama al día siguiente completamente emocionada.

No he dormido leyéndola y me ha gustado mucho, casi me ha hecho llorar. Luego me mira con las mejillas encendidas y unos ojos brillantes que normalmente tiene bastante apagados, desilusionados.

—Siempre noté que eras diferente. Eres escritor. Lo he comprendido con toda claridad cuando he encontrado los disquetes, esta novela estaba esperándote. ¿No te gustaría ser escritor? De pequeño escribías unas redacciones muy bonitas y pintabas muy bien, ¿te acuerdas? Te dieron un premio en el colegio por un cuento sobre un viejo que daba de comer a los pájaros en el parque.

Mi madre no recuerda que a todos nos dieron un premio. Aun así, eso me gusta mucho más que tener estos temas permanentemente bajo los ojos. Dejar libre la imaginación, pensar en lo que me dé la gana.

—¿Eso quiere decir que en lugar de ir a la academia me pongo a escribir? —pregunto—. Va a gustarme más que tragarme todos estos tochos.

Y aquí viene la gran sorpresa, la puerta que se abre. De momento no hace falta que escriba nada.

—La novela se titula *Días de sol,* la tuya podría llamarse *Sueños* y no tendrías que cambiar ni una coma.

—¿De verdad podemos hacer eso?

A mi madre le parece que estamos en nuestro derecho puesto que los disquetes están en nuestra casa y no han sido reclamados por nadie desde la fecha impresa en ellos, 1987 y 1988.

—Ni siquiera sabemos si el libro ha sido publicado —digo para frenarla.

—Precisamente he ido a la biblioteca municipal para comprobarlo y no hay rastro de ella. La bibliotecaria ha consultado en el ordenador por si quedasen existencias en otras bibliotecas y nada. Y en la librería me han dicho lo mismo. Si se publicó, está completamente descatalogada, perdida.

Me entrega los folios unidos por un canutillo y me dice que cambie la primera página con el título de *Sueños* y mi nombre y que la mande a varias editoriales. Está excitada como si intuyera lo que va a ocurrir. A los dos minutos se arrepiente y me lo arrebata de las manos. Hará fotocopias y lo enviará ella misma con una nota de mi puño y letra que debo escribir. «Más adelante tendremos que hacer algo con esto», dice mirando la caja con los disquetes.

6

MARISA

En marzo de 1986 cumplí veinticinco años y en junio me salió un trabajo de verano en un camping de Playa Brava. Estaba al borde del mar entre pinos, y yo llevaba el bar junto con su dueña, una americana de California de nombre Jane y de pelo casi blanco y rizado, que parecía un manojo de algodón sobre la cabeza. Siempre había vivido en una caravana, nunca en una casa de ladrillos. Una casa de verdad, incluso un palacio, cualquier construcción que no pudiera moverse, era casi una tumba para ella y su punto de vista resultaba tan convincente que también a mí empezó a parecérmelo. Demasiado sólida, inalterable y demasiado para adentro. Enseguida me acostumbré a las incomodidades, en compensación conocía a mucha gente, mucha de mi edad, surferos y rastas. Cuando por la noche cerrábamos el bar, me iba con ellos a la playa y también cuando me cubría Jane en el descanso de mediodía, y así conocí a Ismael. Era tímido y al mismo tiempo sabía lo que quería, y lo sabía tan bien que atraía hacia él lo que deseaba con solo sentarse, encenderse un canuto y esperar, por lo que en cierto modo cuando aquel día me senté a su lado no lo hice por propia voluntad, fue la de él la que me obligó a cruzar la arena y quedarme quieta a su lado.

—¿Sabías que en la China imperial la plata era más valiosa que el oro? A los chinos siempre les ha vuelto locos la plata. Toma —dijo sin mirarme y quitándose del dedo un aro tosco y pesado de plata—. En el dedo gordo te quedará muy bien.

Tengo que hacer memoria sobre dónde lo habré guardado porque sería lo único que Pedro heredaría de su padre.

Estuvimos juntos dos meses, y una noche al cerrar el bar ya no lo encontré en la playa, los surferos se habían marchado. Permanecían los rastas a los que se unieron otros surferos nuevos. La playa se giró, dio un vuelco, el cielo estaba abajo, el mar arriba, la cabeza me daba vueltas. Le pregunté por él a Jane, si regresaría, si conservaba su dirección, si le había entregado alguna nota para mí. Su pelo algodonoso se balanceó a izquierda y derecha, no sabía nada. El monitor de su grupo había entregado sus datos por todos ellos y sus pasaportes atados con una goma que no había tenido tiempo de mirar y que se los devolvió atados con la misma goma. Le sonaba que viviese en Toronto o quizá en Chicago, no estaba segura. Todos los intentos por dar con él fueron inútiles y desesperantes durante días y días, el camping era un lugar de paso, de olas que van y vienen, de viento que sopla hacia donde le da la gana y solo yo tuve la culpa de hacerme ilusiones. Nadie me pidió que me las hiciera, nadie me prometió nada.

Al poco tiempo, gracias a la experiencia adquirida en el camping, encontré un trabajo de camarera en Madrid y me marché de casa. No quería cargar a mis padres con un bebé y una madre soltera. También daba clases particulares de inglés hasta que me admitieron en un colegio como profesora. Pedro llevaba mi apellido, y cuando a los siete años Mauricio lo adoptó lo cambiamos al suyo. Siempre le conté a Pedro que su padre había muerto en el mar. Había heredado la elegancia del cuerpo de su padre cuando contemplaba el mar de pie en la orilla y luego se giraba hacia mí y me enlazaba con sus brazos. También había heredado ese color de pelo, que no era rubio natural sino decolorado por el irrefrenable sol de aquellos días.

Durante mucho tiempo me hice la ilusión de que quizá Ismael me había escrito al camping y que Jane u otro camarero habría dejado su carta debajo de algún vaso chorreante de cerveza o que Jane habría traspasado el bar a otra persona o que el camping entero habría sido arrasado por un tsunami, en cualquier caso él no se habría olvidado de mí. Muchas veces me tentó la idea de regresar allí, pero algo me advertía de que sería catastrófico. Sería como regresar a Marte sin saber si podría volver a la vida real.

7

MARISA

Mauricio ha preparado café y huele muy bien, a vida tranquila. Se levanta un poco antes que yo y así siempre me encuentro con esta bienvenida.

—¿Estás mejor?

—Mejor —contesto—. Creo que tuve una subida de tensión o algo así.

Las tostadas saltan del tostador. Mordisqueo una sin gana.

—Ya está todo regado. Me marcho al hospital, tengo una operación de apendicitis —dice con prisa.

Bendita operación. Así podré dedicarme con toda tranquilidad al trabajo pendiente. Escojo un cuaderno nuevo de gusanillo amarillo del montón que compro en los chinos para escribir pensamientos sueltos y empiezo a anotar quiénes podrían conservar alguna copia de *Días de sol*.

Uno, mi antiguo apartamento donde escribí la novela y donde seguramente dejé olvidados los disquetes del ordenador. Dos, Ediciones Ánfora, que la publicó. Tres, también mi amiga Sofía a quien le confié el manuscrito.

Pero antes de nada, lo primero que hago es bajar al sótano y revolver en las cajas que aún están por abrir. Proceden de mi antiguo apartamento de soltera, aunque decir apartamento es mucho decir. Apartamento expresa la idea de pequeño pero alegre, un espacio blanco con cocina integrada en el salón, ventanal grande. El apartamento de *La ventana indiscreta*, el apartamento de *Crimen perfecto*, el de *Mujeres al borde de un ataque de nervios*, donde sus habitantes perfectamente arreglados parece que están de visita. El mío era un piso antiguo y pequeño con los juguetes del niño y la ropa tirados por todas partes. Había un tendedero en el techo de la bañera que se subía y se bajaba. En cambio, en los apartamentos hay un orden y una limpieza intrínseca, por eso no se llaman pisos.

Como he dormido mal, me agoto enseguida. Rebuscar en el pasado es mucho más fatigoso que soñar con el futuro, incluso que temerle. Inventar y fantasear resulta más ligero que zambullirse en lo que ocurre de verdad, enhebrar datos entre neuronas desgastadas por el tiempo y la decepción. De las cajas surgen cuadernos escritos, libros, las fotos de Pedro saltan por todas partes y me paso un buen rato contemplándolas. Qué guapo era, qué dulce, como su papá a su edad. Fue fruto casi de un sueño, quizá algún día le contaré todo. Por supuesto Mauricio no tiene ni idea, y a mí misma me parece que me lo he inventado. No me imagino a Ismael en un piso, ni siquiera en un bonito apartamento con ventanal, ni entre seres reales.

A la hora de comer hago un parón. Aprovechando que no está Mauricio me preparo un simple sándwich y me echo un rato para continuar luego con más energía. A eso de las seis ya lo he revisado todo, y meto en bolsas de basura tamaño comunidad trastos que no sirven para nada como una taladradora, ¿quién taladra folios a estas alturas? Ni siquiera existen los archivadores perforados. En otros tiempos estaban en todas partes, yo misma compré dos, para archivar los ejercicios de los niños y para presentar el manuscrito de *Días de sol.* Me pareció que mandar a las editoriales unos folios grapados rebajaría el valor de la novela, y los canutillos estaban demasiado vistos. Según el empleado de las fotocopias era lo más usado, sobre todo por los escritores. Así que todos los manuscritos llegarían a las editoriales con canutillos y la típica portada transparente por lo que intuía que mi novela acabaría en un montón de encuadernaciones con canutillo, jamás la leerían. Opté por un archivador pequeño de agujeros con pastas de cartón plastificado azul claro. Habría preferido el fucsia a no ser porque daría una idea falsa de novela romántica.

Tiro los antiguos ejercicios de los niños y de alumnos de clases particulares, una linterna sin pilas, un flexo, ropa, un móvil del tamaño de un ladrillo y otro diminuto. Cuando a eso de las siete llega Mauricio estoy dispuesta para emprender una de nuestras caminatas. Mauricio está alterado por un colega que ha intervenido en la operación de apendicitis y, mientras se desahoga, me pregunto cómo narices habría encontrado Luis Isla mi novela, ¿qué le atrajo de ella para leerla?, ¿habría empatizado con Ismael?, ¿qué le hizo suponer que podía robármela sin más? Solo tendré que ir a ver al editor de Luis Isla y desmontar el engaño. Pero puesto que soy la verdadera autora de *Días de sol* debo ser más inteligente que él y no dejarme llevar por la indignación y las prisas. El instinto me aconseja no presentarme en su editorial con las manos vacías porque lo primero que el editor vería sería una mujer de sesenta años, que no representa ni uno menos, fracasada, fantaseando con la idea de haber escrito el éxito literario del año. Frente a ella, su más reciente descubrimiento, ese bombón que todo editor desea llevarse a la boca. Joven, guapo, con talento, relativamente humilde, cayendo bien.

—Creo que mañana mismo iré a comprarme mallas nuevas y los bastones. Hay que dar un paso más —sentencio durante la caminata.

A la vuelta nos pasamos por O'Passo a tomar unas cervezas. Nos habíamos enterado de que habían importado una alemana de trigo excepcional.

—Casi mejor que las artesanales —dice Mauricio pensativo, limpiándose la espuma con el dorso de la mano.

Gracias al lorazepam que me tomé al irme a la cama, me levanto nueva. Le dejo una nota a la asistenta con las faenas por hacer y me decido a acercarme por mi antigua editorial en lugar de ir a comprar los bastones. Compruebo que Ediciones Ánfora sigue en activo en la calle General Oráa.

8

MARISA

Esta calle, su solo nombre, representa un mundo emocional incomprensible para cualquiera que no sea yo. No puedo recorrerla sin sentir nada, de hecho la he evitado durante años y años.

La tercera y última vez que me interné en sus fauces estábamos a primeros de enero de 1990. Un sol frío cubría el VIPS, una clínica dental, una tienda de Chanel, otra de decoración, un Burger, una librería sin mi libro, la boca del metro. Cada local suponía una parada más en mi vía crucis. Un último intento para no darlo todo por perdido. Aún era joven, unos días antes había recibido la nota anunciando la destrucción de ejemplares de los *Días de sol* y necesitaba más detalles: cuántos destruían, cuántos había vendido, por qué no se la había promocionado, si la novela había llegado a gustarles de verdad, por qué, por qué, por qué. Todas preguntas amargas, dolorosas, inconvenientes, me tomarían manía y ya no volverían a publicarme más, pero me angustiaba que llegase la noche en mi miserable piso con Pedro intentando andar agarrándose a los muebles y babeando y yo llorando, así que pedí permiso en el colegio y aproveché que Pedro estaba en la guardería para exigir respuestas. En algunas entrevistas de autores que sí promocionaban había leído que escribían novelas para hacer preguntas, no para recibir respuestas, luego lo que yo intentaba hacer era algo muy propio de los escritores. Me tiré una hora arreglándome. No quería que mi aspecto corroborara el fracaso de mi obra.

Al llegar al portal, habría agradecido tener que coger el ascensor o subir escaleras, retrasar un poco más el infortunio porque en cuanto metiera un pie en las oficinas el mundo se destruiría.

En una puerta en la planta baja se leía Ediciones Ánfora. La recepcionista me miró con cierta simpatía o con pena, los demás, dispersos por mesas, simularon no verme.

—Nilo Mayo está con una visita, tardará.

Así se llamaba el editor, un nombre desmesurado para mí, grande, celestial en el sentido de ser mucho más que terrenal, materia oscura y todo eso. Las pocas veces que me llamó por teléfono el corazón me saltaba alocado. Era como si me llamara un coro de arcángeles, la divinidad misma o el que estuviera a la diestra del padre. «¿Marisa? Soy Nilo Mayo», y se me cortaba la respiración. Mi mundo, incluso mi hijo, era un mundo subalterno al mundo que con solo su voz algo impostada me ofrecía Nilo.

—Si no quieres esperar, puede atenderte Aurora —dijo la recepcionista levantando el teléfono.

—Preferiría hablar con Nilo.

—De acuerdo —dijo dejándolo caer.

Me senté mirando las estanterías llenas de libros de alrededor donde no localicé el mío. Quizá estaba, pero no quería que la recepcionista notara mi ansiedad. En las dos ocasiones anteriores en que visité estas dependencias tuve la impresión de que entre los editores, correctores, marketing, comunicación y mensajeros intercambiaban opiniones sobre los escritores y había que andarse con ojo de caerle mal a alguno. Yo había cumplido a rajatabla esta premisa y aun así, aquí estaba, esperando a que Nilo se dignara recibirme. Cogí una revista y vislumbré a lo lejos que se entreabría la puerta de cristal. Todos estaban a la vista de todos, en mesas a la intemperie, y el mismo director en un despacho con puerta de cristal, una manera quizá de evitar cualquier desmadre sexual, cualquier tentación con los autores o entre ellos mismos. Verdaderamente práctico porque autores desesperados como yo podrían lanzarse sobre Nilo, incluso sobre un mensajero que luego pudiera hablar bien de mí.

Por la puerta entreabierta vi una melena que me resultaba familiar, unos pantalones negros, una chaqueta *oversize* también negra. Nilo estaba con Carolina Cox. Nilo soltó una de sus carcajadas más sinceras y espontáneas escogidas para reconfortar y hacerle sentir ingenioso a quien tuviera enfrente, por supuesto alguien merecedor de la carcajada. No era de extrañar, Carolina era su autora estrella, casi siempre número uno o dos, tres como poco, en las listas de los más vendidos, una apuesta segura, un tesoro para la editorial. Después de una hora, él le abrió la puerta de cristal y la acompañó casi hasta donde estaba yo, Nilo al verme se volvió. A su figura alta y arrugada, a sus pantalones de pana color mostaza, gafas de pasta del mismo tono, hebras largas de pelo sedoso a juego con los pantalones y las gafas y unas mejillas ásperas, pero no barbudas, que te dejaban marcada la cara cuando la acercabas a la suya, lo seguía cansinamente su fiel San Bernardo del que no se separaba jamás, ni siquiera en las comidas de trabajo, como si fuera un testigo con el cual luego intercambiaba impresiones.

Por aquel entonces se le consideraba un joven editor de cuarenta años o quizá más que descubría nuevos talentos, que se arriesgaba en sus propuestas y que no estaba dispuesto a venderse barato, no obstante usaba mucho la palabra «pelotazo». Y desde que decidió publicarme, me sobrecogía que me echara miradas de posible pelotazo desde sus gafas de pasta y mientras se raspaba sus flacas manos en las mejillas. Carolina extremadamente sonriente fue despidiéndose con la mano de manos que asomaban de las distintas mesas, hubo algo parecido a un silencioso jolgorio general. Pasó por mi lado sin reparar en mí. La recepcionista le dijo: «Hasta pronto, Carolina, anoche me mantuvo en vela tu última novela». Yo también sonreí sin querer, no sabía qué estaba haciendo aquí, qué pretendía, unas personas gustan y otras no, y eso es todo. Sería mejor no pedir explicaciones a Nilo sobre *Días de sol*, no provocar una humillación más. Ya era tarde, la recepcionista expresivamente contenta por poder anunciármelo, con el teléfono en la oreja, me señaló la puerta abierta de Nilo. La recepcionista era la única amiga que tenía allí dentro, la única persona en el mundo que deseaba que me fuera bien aunque nunca se hubiese quedado en vela leyendo mi novela. Solo por eso no olvidé su nombre, Lucy. No me cabía duda de que a Lucy le habría encantado decirme las palabras mágicas, incluso puede que yo le cayese mejor que Carolina. O simplemente era una persona compasiva y yo le daba lástima como le darían otros autores de mi perfil.

—Hola Marisa, pasa —dijo Nilo más que serio distraído; a mí no tenía que dedicarme toda su atención, podía repartirla con otros asuntos quizá con un nuevo contrato para Carolina.

El perro asomó el hocico por debajo de la mesa, le sonreí para ponerle de mi parte.

—Perdona, no sabía que ibas a venir y tengo una reunión en un cuarto de hora.

—Es que se me ocurrió de repente. Pensé: «Voy a saludar a Nilo, a preguntarle cómo va todo».

Cruzó las manos bajo el mentón.

—Va bien. ¿Y tu hijo?

—Muy guerrero, pero me deja tiempo para escribir. Estoy escribiendo otra novela —dije para tantear su interés por mí.

Se removió en el sillón, ¿estaba pasando ya el cuarto de hora? En la pared había un cartel de Carolina con su pelo rubito sobre un jersey negro de cuello alto. Una foto muy buena. Estaba dedicada a él, a su descubridor. También había sido mi descubridor, pero Nilo solo quería ser el descubridor de Carolina.

—¡Ah! Otra novela. Tendrá que esperar, ya sabes que tenemos un catálogo muy apretado, ahora planeamos con dos o tres años de antelación.

No me dijo que le interesara leerla y me faltó valor para preguntarle por *Días de sol*, ni siquiera se acordaría del título. No me miró como la primera vez que vine a este mismo despacho a entregarle el manuscrito de *Días de sol*. Entonces me miraba de una manera diferente como si estuviera enamorándose de mí, me escrutaba buscando el secreto de mi talento. Y ahora de pronto lo único que veía en mí era que tenía un hijo.

No me acompañó a la puerta de cristal ni mucho menos al pasillo. En ese momento Lucy no estaba y lo agradecí. Fue la tercera y última vez que pisé esas instalaciones. La primera fue para entregar el manuscrito y la segunda para recoger el primer ejemplar impreso. Y por alguna razón que un científico sabría explicar, mi cerebro recogió datos y más datos, cantidades de datos. Detalles grandes con masa y volumen de mobiliario y personas, a detalles ínfimos de pequeñas macetas con plantas, fotos de los hijos o de sus escritores más amados, perfumes y ropas y peinados, también olor a distintas clases de papel, la luz que entraba por las ventanas y sus reflejos en los ordenadores de tubo, las voces trasladándose por ondas invisibles. En la calle hacía un frío que pelaba, hasta ahora no le había dado importancia a este hecho. Desde que nació Pedro no tenía tiempo de disfrutar del cambio de estaciones. Si hacía frío me ponía abrigo y si hacía calor un vestido de tirantes, el único tiempo que de verdad me había interesado era el verano de *Días de sol* y con ese había tenido bastante. En el escaparate del VIPS me di cuenta de que me había peripuesto demasiado. Se me había ido la mano en el maquillaje, el rímel, me había recogido el pelo y me había rizado con las tenacillas los laterales, me había puesto tacones con medias y un vestido casi de fiesta debajo del abrigo, parecía que iba o venía de una boda. Las escritoras no van así, Carolina jamás se vestiría así y jamás de los jamases cambiaría de peinado, siempre la misma melenita lisa a la altura del cuello para no confundir a los lectores. Esa era otra cosa que puede que a los lectores no les guste, que los trastornes con cambios de imagen. Los lectores no son como los espectadores, que soportan que las estrellas de cine cambien de rubias a morenas, de pelo corto a largo. Los lectores son espíritus más sutiles, más influibles, más exigentes. Si llevas perilla, tendrás que llevar perilla siempre, si llevas botas camperas, tendrás que llevarlas siempre. Y Nilo nada más verme pensaría: «Si me despistas a mí cómo no vas a despistar a los lectores». Los lectores, esos seres mágicos que viven en los bosques en casas de madera maciza con humo permanente en la chimenea y olor a pan recién hecho. Seres con butacas de cuero para leer y pipas hechas de espuma de mar. Seres que también viven en laderas escarpadas de las montañas colgados de una hamaca y que no puedes dejar que se duerman para que la hamaca no se vuelque y se desplomen al precipicio. Son seres que han descubierto playas vírgenes y la fuerza del coral. Me decidí a entrar en el VIPS a tomarme un café y a llorar un poco en el baño. Todas las mesas estaban llenas de lectores y según cruzaba hacia el baño los iba mirando uno a uno a los ojos y ellos me devolvían la mirada como si vieran algo en ella que no sabían explicar.

Me marché directamente a recoger a Pedro a la guardería y no volví nunca más a General Oráa. Si tenía que ir por la zona, a Núñez de Balboa o la calle Castelló, por ejemplo, daba un rodeo y si por casualidad, sin darme cuenta, ponía un pie en su acera sentía una sacudida como si la calle estuviera electrificada.

9

MARISA

Hago de tripas corazón y aunque ya hace treinta años de aquella última e invernal vez que anduve este bulevar, camino por él hacia Ediciones Ánfora igual que por un campo de minas, pisando con cuidado pero deprisa. Algunos negocios han cambiado. Y yo también he cambiado, no soy para nada una chica insegura vestida de punta en blanco, mi hijo se ha transformado en un hombre. He cambiado tanto de aspecto que no me reconocerán, llevo el pelo con mechas para disimular las canas por lo que me he convertido en casi rubia y he engordado diez kilos, he perdido la figura de entonces. ¿Habrá cambiado Nilo tanto como yo? El perro por ley natural habrá muerto. ¿Tendrá otro? Durante algunos años continué viéndole en los periódicos, en ocasiones incluso en televisión. Por entonces seguía más o menos igual, las gafas, el escaso y sedoso pelo entrecano y el mentón rasposo. No me siento insegura, no tengo ningún problema para hablar con él de tú a tú, de adulta a adulto que ya van cuesta abajo. Incluso puede que se alegre de verme, al fin y al cabo pertenezco a unos minutos de su pasado. Se me quedará observando desconcertado, intentando recordar, se pasará la mano por el pelo que le producirá una sensación muy agradable en el cuero cabelludo, de mies balanceada por la brisa. Tendrá más arrugas, pero no habrá engordado, poseía esa delgadez flaca difícil de llenar, de la que cada día se va pegando más a los huesos. Según voy llegando al número 38 me siento más eufórica, no siempre se puede volver al pasado para ajustar cuentas, para arreglar algo, vuelvo para reparar mi dignidad, para no sentirme intimidada, para encararme con aquel tío y su nuevo perro y exigirle un ejemplar de mi novela y si se conserva el contrato que firmamos en su día quizá también él podría querellarse contra Luis Isla y ganar un dinero que por cierto no se merece. Ya no mendigo su simpatía, ni su reconocimiento, ni nada de nada, de hecho me he vestido como para ir al súper o a Correos, quiero resarcirme de aquel día de diciembre en que pasé tanto frío con las putas medias. Aun así no puedo evitar una emoción antigua al tocar al timbre de Ediciones Ánfora.

«Vengo a buscar unos libros», diré para que no me den largas, quizá la propia Lucy.

Pero no es Lucy la que está en recepción, sino un guardia de seguridad.

—Quiero ver a Nilo Mayo. Soy autora de la casa.

—¿Quién es ese señor?

—El director editorial.

—Juraría que ya no está aquí —dice consultando un listín.

Suelto unos cuantos nombres más entre ellos el de Lucy. Y él mueve negativamente la cabeza.

—No me suenan de nada. Espere —dice, y llama por teléfono.

Al rato viene hacia mí una chica muy simpática incluso desde lejos, de melena revuelta y pañuelo en la cabeza. Se presenta como la directora de Comunicación y me conduce a una sala de reuniones vacía y pregunta si quiero tomar algo. En tiempos pasados siempre decliné la oferta para incordiar lo más mínimo en la editorial, hoy me pido un café, uno corto con un poco de leche para ser precisa.

La simpática se marcha y lo trae, ella no toma nada dando a entender que me atiende por cortesía y nada más. Le cuento que soy autora de la casa y que hace treinta años publiqué una novela aquí y a continuación pregunto por Nilo y el resto del personal.

Ella sonríe encantadoramente, ahora comprende el equívoco. Aunque la editorial continúa llamándose igual, hace diez años que la compró una multinacional suiza que renovó la plantilla por completo. Son otros tiempos, dice.

—Pero ¿y mi novela?

—Parte de los fondos los compró la nueva empresa y otra parte permanece con Nilo Mayo.

Evidentemente la multinacional se había quedado con Carolina mientras que yo había emigrado a los fondos de Nilo. Le relato atropelladamente y por encima mi caso, la otra escucha con impaciencia este entramado de locura y frustración y luego asiente con la cabeza dando a entender que se trata de algo más común de lo que yo supongo: la fantasía de haber escrito la novela de éxito de otro o que alguien se apropie de la historia de otro. Si acaso encuentran alguna noticia de mis *Días de sol* me lo harán saber. Me tiende su número de teléfono sin ninguna esperanza. Nos levantamos, salimos.

Toda la energía con que pensaba enfrentarme a Nilo se esfuma y ya no miro a lo alto ni al frente sino la moqueta, los pies del guardia de seguridad, un paragüero de acero, la puerta.

Espera, lo que sí puedo encontrar seguro es la dirección de Mayo Ediciones.

Me detengo y permanezco parada con una visión interna de mí misma bastante pobre: las deportivas, los vaqueros, la camisa, un corte de pelo sin ningún estilo, algunos kilos de más, cintura ensanchada. ¿Así he intentado impresionar a Nilo de haberlo encontrado? ¿Con la imagen negativa de aquel día frío de medias y tacones de la que no quedaría ningún trazo en su memoria?

La desenvuelta directora de Comunicación ya no regresa, es el guardia quien me entrega un papel.

La calle está alegre, todo el mundo que pasa por aquí tiene trabajo, casa, un armario lleno de ropa y dinero para sentarse a comer en terrazas sombreadas por guirnaldas de oro. Es como si me diese la bienvenida después de treinta años de ausencia. Del VIPS sale un intenso olor a café. Paso a tomarme uno. Ya no tengo que ir corriendo a recoger a Pedro a la guardería como en aquellos días en que ni se me pasaba por la cabeza perder el tiempo en hedonismos ni cafés ni contemplaciones fuera de las cuatro paredes del colegio donde trabajaba ni de las cuatro paredes de mi piso ni de los cuatro columpios del parque desde el momento en que Pedro aprendió a andar.

Hace tiempo que los jóvenes me parecen muy jóvenes. De joven eran los viejos los que me parecían muy viejos aunque no llegaran a los cincuenta años. Una camarera con cara de niña me toma nota y otros niños toman cerveza, los viejos también toman café y cerveza separados de los niños. Me sonrío pensando que la última vez que estuve por aquí habría estado en el pelotón de los niños y las niñas. Pero salté de Playa Brava a la maternidad y de la maternidad a una vida adulta con Mauricio.

Lo conocí en un bar un día en que mis colegas del colegio se empeñaron en ir a tomar unas copas. Aquellas salidas me agobiaban desde la trágica muerte de mis padres porque debía bañar a Pedro, darle de cenar y esperar a que mi vecina regresara del trabajo y entonces ayudarle a ella a bañar a sus hijos y acostarlos a todos. Y cuando por fin podía arreglarme y acudir a tomar las dichosas copas me encontraba agotada, así que para animarme y que el esfuerzo no hubiese sido en vano me ponía hasta arriba, la verdad es que bebía como todos, pero me caía como un tiro. La ansiedad, la poca costumbre. Me mareaba, vomitaba, decía tonterías y al día siguiente con una resaca impresionante y una rara tristeza por la falta de costumbre de tener resacas debía ir a buscar a Pedro y encima actuar con cierta normalidad, contarle a la vecina algo que la entretuviera y escuchar la pregunta de Pedro de por qué no podía vivir con la vecina y sus hijos. Como en las grandes novelas de la vida, esta pregunta no requería respuesta, solo servía para otra pregunta, ¿Por qué no me había quedado en casa, al calor de mi familia cuando pude disfrutar de ella? ¿Por qué me había dado por salir corriendo como si no quisiera compartir el recuerdo de Ismael ni a Pedro con nadie? No había respuesta posible. Nada más nacer Pedro decidí independizarme, nadie me reprochó nada, nadie me echó. Nadie tuvo la culpa de que me quedase embarazada, nadie tuvo la culpa de que tuviese que pasar tantas estrecheces. Solo yo tuve la culpa de que mi manera de escribir y de que mi imagen de escritora no llegase a la gente, que les fuera indiferente. Había algo entre las letras, las líneas, que avisaba a los lectores de que no era una historia para ellos. Nadie tuvo la culpa del desastre. La fatalidad es que se puede tardar casi una vida en comprender algo tan simple. Y quizá Luis Isla había liberado mi novela de mí para los demás y ahora los lectores sentirían que era para ellos. Ni siquiera les había llegado a mis padres, que no se enteraron de que era escritora antes de morir.

Esa noche, la famosa noche de las copas y la vomitona, el director del colegio llevó a un amigo suyo de la infancia que acababa de divorciarse o iba a divorciarse, algo así. Se llamaba Mauricio, era médico y unos cinco años mayor que yo, luego me enteré que siete. Llevaba gafas y el pelo algo desaliñado y se le enredaba en el cuello de la chaqueta, un reloj cronómetro, sumergible y mil prestaciones más con el que tropezaba el puño de la camisa. Lo consultaba de vez en cuando seguramente por costumbre porque no parecía que tuviese prisa. Hasta ese momento yo tendía a comparar a todos los hombres con Ismael, con su joven aura dorada que probablemente conservaría toda su vida de la misma forma que otros llevan un hombre fornido dentro desde la guardería. Mauricio pertenecía a un grupo intermedio entre Ismael y un hombre fornido, lo que lo dotaba de una consistencia abrumadoramente real.

Me llamó la atención que algunas profesoras del colegio comentaran que Mauricio estaba bueno. Ellas con sus atenciones y miradas etílicas lo convirtieron en el centro del grupo, sobre todo cuando nos marchamos a bailar. Había entrado el otoño y se habían apagado los aires acondicionados, eso más el alcohol nos volvió seres de rostros brillantes. En algún momento Mauricio se quitó la chaqueta y se olvidó de consultar el reloj. Bailaba a la manera torpe de quien se toma la vida en serio mientras bebía sorbos de un *gin-tonic* azul. Se repartía entre las otras profesoras hasta que se aproximó a mí, que en aquel momento veía literalmente doble, un amontonamiento de camisas y vestidos superpuestos unos sobre otros. Sentí unas náuseas incontenibles y le vomité en los zapatos. «Por Dios, Marisa, no sabes beber», fue lo más suave que oí. Les había fastidiado la fiesta. Mauricio se fue al baño a limpiarse aquel desastre y los demás salimos de aquel local que apestaba por mi grandísima culpa.

En la puerta volví a vomitar en un rincón y Mauricio apareció sacudiéndose el agua de las manos y con la chaqueta al hombro. También para mí habría estado bueno si no hubiese existido un Ismael. «Seguro que se lía con las enfermeras y por eso le ha dejado su mujer», dijo una de mis compañeras comiéndoselo con los ojos y las demás asintieron.

«Lo siento», le dije mirándole los zapatos y con la última vomitona aún caliente en la acera, lo que aceleró las despedidas y la huida general del lugar. Él se ofreció a llevarme a casa. Hice el camino con la cabeza ladeada hacia la ventanilla abierta rezando para no lanzar otra papilla al viento. No me hablaba, como médico sabía por lo que yo estaba pasando. En algún momento preguntó si quería que parase. Al mover la cabeza para negar el estómago se me revolvió un poco más. Se calló, yo no sabía qué hacer si cerrar los ojos o abrirlos para revivir.

—¿Y como médico no llevarás en el bolsillo una de esas pastillas que se ponen debajo de la lengua?

Mauricio rio un poco.

Al salir del coche me sentí desvanecer sin poder remediarlo, y él se colgó mi bolso al hombro y me cogió en brazos. Se las arregló para sacar las llaves del bolso y abrir el portal. «Tercero D», logré balbucir. Y se las arregló, no me explicaba cómo, para tenderme en el sofá. Oí entre sueños un abrir y cerrar de cajones y puertas de los armaritos de la cocina y olor a café. Me espantaba la posibilidad de que me levantara la cabeza y me obligara a beberlo, pero no debió de hacerlo porque cuando me desperté al mediodía tenía junto al sofá una taza fría. Me levanté tambaleándome al baño, me lavé los dientes y ya que estaba allí me duché. No me desmayé. Desde que me fumé con Ismael hacía ya siete años unos cuantos porros en la playa no me había mareado tanto. ¿Qué clase de vida había llevado de joven? ¿Me había divertido alguna vez? A veces la diversión de los demás me daba envidia. Si la diversión con Ismael no hubiese existido quizá me habría divertido más, al final parecía que todo el mundo estaba arrepentido de no seguir divirtiéndose o de no haber consumido todas las posibilidades de diversión. Yo no me había aburrido pero no podría decir en voz alta que me divirtiese de esa manera a la que se la llama diversión.

Tiré el café de la taza y puse en el fuego la cafetera. Encontré una nota pegada a la campana extractora: «Lo siento, tengo guardia en el hospital. Espero que mañana te encuentres mejor».

Nadie me había cogido en brazos desde que era niña y me había llevado dormida a la cama. Aun en un estado tan lamentable noté la fuerza de los brazos y el latido del corazón de Mauricio mientras subía los tres tramos de escaleras. No noté que respirara fuerte ni que se ahogara, los pacientes podrían estar seguros con él. Descorrí las cortinas, el otoño estaba siendo suave, ese tiempo que admitía todo tipo de ropa y de calzado y daba ganas de estar todo el día en la calle, de estar con gente, de empezar de cero. Tras beberme cuatro tazas de café, me puse unos vaqueros y una sudadera y me encaminé hacia casa de la vecina para buscar a Pedro. Estaban sentados para comer y la vecina me pidió que me sentara a la mesa sin mirarme a la cara para no incomodarme. Tuve que hacer que comía y le conté que había salido con los del colegio y que entre ellos había uno nuevo, un médico, que me acompañó a casa. Sabía que el hecho de que hubiese conocido a un médico, alguien aparentemente respetable, y que este médico se interesara por mí hasta el punto de subirme en brazos hasta el piso le hizo abrigar la ilusión de que esas cosas pasaban y yo quería creársela por cuidar de Pedro cuando lo necesitaba.

Como siempre él quería quedarse y tenía que sacarlo a rastras de su casa, me repelía acogerme a la comodidad de delegar el cuidado de Pedro un rato más. A Pedro lo había hecho yo casi con mis propias manos y no pensaba cambiarlo por unas horas más de tranquilidad. Volvió a regañadientes, conmigo se sentía solo, los dibujos animados no eran suficientes, ni los cuentos. Los niños necesitan a mucha gente a su alrededor, su estado natural sería vivir en una tribu donde nadie estuviera demasiado pendiente de ellos y quizá yo le estuviera fallando, pero no quería no fallarle en mi propio beneficio. No quería tener sobre mí ese sentimiento de culpa. No quería considerar a Pedro un percance.

10

LUIS

Tengo que leer la novela deprisa y corriendo. Mi madre está impaciente. Ve con total claridad mi futuro en el manojo de folios. «Ya eres escritor», repite para convencerme, para convencerse a ella, para que sea realidad. Redacto una nota sencilla que adjunta al manuscrito dando las gracias por recibir mi novela y leerla. Y al mes, a las doce de la noche, cuando estoy viendo una película en la tele, suena el móvil. Una voz grave de mujer que se identifica como editora de, como yo debería saber, la mejor editorial del país. Se llama Miriam Torres. Tras preguntar por mí me pide disculpas por las horas, pero acaba de leer mi manuscrito y está absolutamente sorprendida, emocionada y me da las gracias por haber pensado en ellos.

—Imagino que se lo habrás enviado también a otras editoriales, es lo normal. Te ruego que no aceptes ningún contrato antes de hablar conmigo. ¿Podemos vernos mañana?

He oído a bastantes escritores contar lo mucho que les ha costado publicar su primera novela. Las cartas negativas que han recibido y la emoción que les ha provocado una respuesta afirmativa, tanto que la han enmarcado o pegado con una chincheta a la pared para verla sin parar, cosas así.

—¿Mañana? —pregunto pensando que no me dará tiempo de prepararme—. Es algo precipitado, ¿no?

—¿Qué haces ahora aparte de escribir? Si puede saberse.

—Preparo oposiciones.

—Lo intuía. Tienes un lenguaje preciso, sin florituras, pero profundo y lleno de matices, hermoso, conoces la doblez de las palabras. Estoy cansada de los escritores que solo se sienten escritores, una pesadez. ¿Qué te parece a la una de la tarde en la editorial? —dice y me da la dirección.

—Está bien —digo con un ojo puesto en la peli, quiero ver cómo termina, y si me arrepiento de la cita tengo su número en el móvil.

11

—

MARISA

Al día siguiente de conocer a Mauricio de una forma tan infame, era domingo y él no llamó, me di cuenta de que no tenía su teléfono para darle las gracias. Mientras Pedro veía los dibujos animados, ordené el piso, puse la lavadora y me duché. Y a mediodía lo llevé a un Burger en que regalaban un cochecito con la hamburguesa y había una zona de juegos infantil con piscina de bolas. Por entonces trataba de no pensar en *Días de sol*, había aparecido y desaparecido de mi vida igual que Ismael. Y ahora me entretenía tomando notas de cosas que me llamaban la atención o que me gustaban especialmente o que me repugnaban como el hombre de la esquina al que se le escurría por los dedos la sangre de la hamburguesa, por lo que me cambié de sitio de cara a las bolas y de pronto me acordé de Mauricio y pensé por qué iba a querer liarse con una madre con un niño y privarse de dar la vuelta al mundo en bicicleta o de ir a la luna? ¿Por qué iba a cargar con el hijo de otro hombre cuando podría tener los suyos propios? ¿Por qué iba a enamorarse de alguien a quien había visto cinco o seis horas, borracha y hecha un asco? No era especialmente guapa, ni graciosa, ni tenía eso que llaman carisma ni eso otro que llaman chispa y seguramente por eso no había atraído la atención de los periodistas y no había podido hablar de mi novela, y eso era algo que no tenía remedio aunque pudiera escribir otros libros. Con Ismael fue diferente porque el sol me bendecía cada minuto y cada segundo que estaba con él. No hubo eso que llaman flechazo entre Mauricio y yo y si ahora estaba pensando en él era porque no tenía otra cosa aparte de él en que pensar que no fuera la hamburguesa sangrante del vecino, que usó sus servilletas y las de otras mesas para limpiarse los dedos y la boca y aun así no fue suficiente.

El lunes el tiempo continuó siendo muy agradable, con una chaqueta ligera era suficiente para estar en la calle, además habían invitado a Pedro al cumpleaños de otro niño y aproveché para marcharme de tiendas un rato. La verdad es que si tomaba las cosas como eran y erradicaba por completo de mi mente la última y deprimente entrevista con Nilo Mayo aquel diciembre de hacía siete años, con aquel frío que pelaba, mi vida estaba bastante bien. Podía pagar el piso, los gastos de Pedro y darme algún capricho.

Salí de la tienda con la cazadora que me acababa de comprar puesta. Me sentía renovada, me gustaba mirarme en los escaparates por los que pasaba, soleados, frescos y verdosos como fondos de ríos transparentes. Eso me hacía pensar que deberíamos hacer una excursión Pedro y yo a algún río con playitas de arena antes de que se echara el frío encima.

Después de recoger en el cumpleaños a Pedro lleno de confeti, costras de chocolate y agotado, llamé a la vecina y le propuse hacer una excursión con los niños el sábado. No era que me apeteciera tener que estar hablando todo el día con ella, pero para Pedro sería más divertido.

Al final no pudo ser porque el director del colegio me invitó a cenar en su casa precisamente el sábado. En contrapartida Pedro se quedó de nuevo con la vecina.

«Unos cuantos compañeros», dijo. Nadie mencionó mi borrachera ni él tampoco, más bien concitó simpatías. No solo era humana, sino un desastre y eso cayó bien, lo que me hizo pensar que en la escasa promoción de *Días de sol* quizá me había faltado mostrarme metepatas, faltona, drogodependiente, un poco pirada, el problema es que no podría mantener esa imagen porque solo era una madre soltera que no estaba acostumbrada a pasarse de la raya y si no tenía amigas era porque en un momento u otro alguien sacaba sustancias, más alcohol y no podía permitírmelo.

En la cena me encontré con la sorpresa de que estaba Mauricio, constituido ya en centro de la reunión. Nos saludamos sin efusividad y tampoco mencionó nada de aquella noche, yo en cambio le di las gracias por el café frío. Sonrió vagamente. No le habría hecho gracia aquella situación y deseaba olvidarla o no le daba importancia y casi no la recordaba, había que tener en cuenta que la gente disfrutaba de mucha más vida social que yo y que desde entonces puede que Mauricio hubiese tenido que meter en la cama a más borrachas. A pesar de que no era una cena formal sentados a una larga mesa, sino en los sofás en plan bufé, no hablamos casi. Alguna vez deseé que se acercase a mí, pero acabé desistiendo, no quería ponerme a la altura del acoso de mis compañeras, y cada uno nos marchamos por nuestro lado. Ni siquiera se ofreció a llevarme. Mejor. Alguien que podía cogerte en brazos como si nada ocuparía demasiado sitio en las vidas de Pedro y la mía.

Al abrir el portal me di cuenta de que era la una y que el niño estaría dormido, por lo que me pareció desconsiderado despertar a la vecina para llevármelo. Tampoco tenía ganas de meterme en la cama, la indiferencia de Mauricio me había desasosegado. Vería una serie hasta que se me secaran los ojos.

Subí la escalera deseando quitarme los zapatos de tacón y cuando llegué al descansillo una mano me cogió por el brazo. Me estremecí, no era miedo, era sorpresa, no esperaba nada de aquella noche, ni bueno ni malo.

—Perdona, no quería asustarte.

Era Mauricio con el cuello de la chaqueta subido para paliar el fresco de la noche, lo que le daba un aire furtivo.

—Lo siento —insistió.

Solo se me ocurrió decir que no me lo esperaba y me acerqué a él, ¿por qué? Porque estaba allí. Y le besé porque nos encontrábamos muy cerca y no había otra opción. Abrimos la puerta y nos abrazamos y me gustó mucho sentirme dentro de su chaqueta, protegida por alguien que se las había arreglado para llegar antes que yo a mi piso traspasando la barrera del portal y arriesgándose a un clamoroso rechazo. Nos aliamos para arrastrarnos el uno al otro hasta la cama. Y una vez allí me gustó la sensación de lo inesperado, del dejarme llevar, del olor a noche.

—Quizá sea un poco precipitado —dijo él—. Pero me gustaría verte todos los días de aquí en adelante.

Y puse la cabeza sobre su pecho y escuché un corazón constante y regular, un corazón de fiar.

12

MARISA

Las nuevas oficinas de Nilo Mayo están situadas en un polígono con modernas naves industriales mezcladas con antiguas carpinterías y talleres mecánicos. Se trata de un edificio prefabricado, de quita y pon, con mucho cristal, paredes blancas y mobiliario gris, suelos y mesas de vinilo. Solo hay que pasar un trapo para que todo brille como el plástico. Casi debo alegrarme de esta decadencia, de la degradación de Nilo en castigo por no valorarme. Tampoco tiene ya a Carolina, que se ha quedado con los nuevos dueños. «Te jodes, Nilo, a cada cerdo le llega su san Martín». Y sin embargo la intensidad del momento no me deja disfrutar. ¿Reaccionará ante mí como un hombre acabado? Le comentaré para hundirle un poco más que hace mucho que no lo veo en la prensa ni en televisión. Debo evitar que me dé pena, yo no se la he dado a él. Debo evitar que me caiga bien, que me recuerde algún momento bueno que seguramente habrá existido por endeble que sea. No debo mirarle a él sino al Nilo de hace treinta años lleno de poderío y presunción. Para esta entrevista me he arreglado más que para ir a la frustrada de la calle General Oraá. Quiero marcar la diferencia entre un editor viejo venido a menos y una mujer no tan vieja cuya novela está triunfando aunque sea en manos de otro. Me pongo unos palazos negros, camisa de seda también negra, tacones, pelo revuelto y pendientes largos. Me presento como una escritora de éxito, de un éxito que él no supo explotar y esa idea me hace fuerte y me cabrea.

Me apoyo en el reluciente mostrador y explico a una chica admirablemente maquillada lo de siempre que soy una antigua autora de la casa y que deseo hablar con Nilo.

—Creo que no está —dice empuñando el teléfono. Lleva manicura francesa y procura teclear con las yemas de los dedos—. Puede subir, planta 1, despacho 11.

No hay ascensor y la escalera parece sostenerse en el aire con escalones muy separados entre sí por los que cabe un niño. Cada despacho pertenece a una empresa diferente. ¿Qué habrá hecho Nilo con el dinero que ha ganado con Carolina y su famosa novela *Los tejados rojos*?

Tardan en abrirme. Un hombre con pantalones de pana y delgado que recuerda a Nilo me hace pasar.

Las paredes y el suelo están atestados de libros. Abre la ventana y arroja por ella las colillas de un cenicero lleno hasta los topes.

—No me mires así, es reciclaje puro, la acera absorberá la ceniza y las hebras de tabaco, mañana lloverá y se fundirán con la madre tierra, por eso fumo sin filtro, el filtro sí que es jodido, en el filtro está lo peor de lo peor. Por favor siéntate donde puedas —dice y coge unas tijeras junto a unas hojas de periódico.

Empieza a recortar los márgenes en blanco que agrupa con otros márgenes en blanco.

—No es lo mismo el papel con tinta que sin tinta, pero a la gente le da igual, tiran al contenedor periódicos enteros. Un completo desastre.

Le pregunto por Nilo. Le digo que ha sido mi editor, mi único editor.

—Pues no he tenido más remedio que meterlo en una residencia. Ya ni me conoce. Sí, lo siento, es mi padre, pero no puedo cuidar de él y de todo esto. Cuando empezó a verse mal, mal, me cedió lo que le quedaba del negocio, libros y más libros. He tenido que alquilar un almacén ahí al lado.

—¿No habrás oído hablar de mi novela *Días de sol*, publicada en 1989?

Hace que piensa unos segundos con las tijeras en alto y niega con la cabeza.

—Pero conservarás los contratos de todas las novelas.

—¿De todas las novelas de hace treinta años? Ya han prescrito, ¿para qué voy a conservarlos?

Casi le he puesto de mal humor. Una pregunta tonta porque en el contrato no figuraba como título *Días de sol*, sino uno preliminar con que presenté el manuscrito a la editorial. Lo único que podría respaldarme era la novela encuadernada y publicada.

—¿En el almacén están ordenados los libros por orden alfabético? —pregunto con una leve esperanza que va y viene.

—Estoy pensando contratar a dos estudiantes para que los coloquen en memoria de mi padre y por si alguien quiere comprar estos fondos. No pretenderás que te publique otra novela. Ahora mismo es imposible.

—¿Podría ver a tu padre?

—Si quieres, allá tú.

Me tiende una dirección y sigue recortando.

Malditos tacones y maldito Nilo y maldita yo. Solo yo tengo la culpa de no haber conservado ningún ejemplar de mi obra. ¿Por qué pretendo cargarles a los demás con esta responsabilidad?

Solo Carolina y su novela *Los tejados rojos* han sobrevivido a los bisontes pintados en las cavernas, al diluvio universal y a miles de terremotos. Su novela apareció casi al mismo tiempo que la mía y nunca había dejado de estar presente. Pero lo cierto es que me costaba meterme en la historia y lo intenté una y otra vez para entender por qué su novela sí y la mía no. Algo había que se volatilizaba ante mis ojos en cuanto me ponía a leerla. El que me repeliera ella y su novela no significaba que el mundo estuviera equivocado, los cientos de países, de editores, de traductores, de lectores, de críticos. Puede que para mí su belleza fuese algo así como la materia oscura, que está ahí, pero no se ve y yo era la única que no la veía, que no me encontraba en la misma frecuencia y lo achacaba a mi resquemor, a que era verano, a que era invierno, a que estaba cansada, a que no había visto suficiente cine francés.

A los cuatro años de su publicación, cuando ya había perdido toda esperanza de que alguien apreciara mi obra y antes de conocer a Mauricio y de que nos fuésemos a vivir con él, me decidí a leer *Los tejados rojos* de principio a fin como una cura de ego y de frustración. A lo largo de los años *Los tejados rojos* se habían convertido en una asignatura pendiente, me hacía dudar de mis gustos, que yo creía bastante refinados.

No sabía de qué fecha databa la construcción del centro comercial, justo enfrente de mi pequeño piso, que a los vecinos del edificio nos tapó las vistas de la calle y de los árboles, para compensarnos pintaron en la fachada una chica gigante rubia haciendo surf. El agua era azul y salpicaba las partes no pintadas y también la melena de la chica llenaba bastante vacío, la tabla de rojo chillón rompía las tonalidades pálidas y animaba la vista. Como la fachada era curva creaba sensación de movimiento y cuando me levantaba por las mañanas la surfista me saludaba con la mano que siempre tenía alzada. Y aunque parezca una tontería le estaba agradecida por la sensación de continuidad y estabilidad que creaba en Pedro. Pasara lo que pasara, aunque se pusiera malito, aunque enfermara yo, la chica siempre estaba allí, no fallaba su eterna sonrisa y su alegría de vivir. Y lo cierto es que, cuando al cabo de varios años nos trasladamos al adosado que Mauricio compró junto a la autovía, la chica ya estaba desapareciendo. La cara, prácticamente desvaída, se había fundido con la pared y el rojo de la tabla se había desconchado. Pedro ya no la miraba nunca y para mí suponía una continua señal de etapa consumida. Seguramente por eso me pareció buena idea empezar en otro lugar. Pedro al principio refunfuñó pero enseguida se acostumbró al aire libre, los perros de los vecinos, los nuevos compañeros y a Mauricio. Su vida se había vuelto más divertida.

En la terraza cabían apretados una mesita metálica, dos sillas y una hamaca en la que me encantaba tumbarme para tomar el sol, leer y corregir los cuadernos de los niños. Era una tarde melancólica, creativa. Pedro estaba jugando con un camión y yo me encontraba abierta a admirar cualquier cosa admirable. Llovía y por las mejillas de la chica corrían lágrimas de diez centímetros. Me acomodé lo mejor que pude y abrí *Los tejados rojos.* Estaba dispuesta a dejarme invadir por su luz. El sentirme tan herida en el pasado podría haber sido la causa de oponer tanta resistencia a su encanto. Algo debía de haber. Algo debía de haber que había atraído a tanta gente, y yo estaba dispuesta a encontrarlo. Aún quedaba algo en mí de escritora. A diario mi cabeza se enfrascaba en mil historias, así que, de alguna manera, era capaz de apreciar el talento de otra escritora, no obstante obvié la solapa en que aparecía su foto millones de veces reproducida con su melena lisa rubita, su mirada vagamente soñadora, distraída, de alguien que vive en otro mundo más imponente, el jersey negro de cuello alto oscureciendo el cuerpo para hacer más visible el talento que había dentro de su cabeza.

Nunca había sobrepasado las primeras veinte páginas

aun sabiendo que hay novelas que albergan toda su magia al principio para decaer progresivamente e incluso con golpes bruscos, eran semejantes a esos cuerpos decepcionantes bajo trajes armados con hombreras y botones de ancla. En cambio en otras, como podría ser el caso, había que saber esperar para obtener la recompensa. No tenía otra cosa que hacer más que confiar, así que llegué a la página cuarenta y a la cien, deseando que Pedro viniera a pedirme la merienda. Al menos la chica de la pared, llorando en medio de su mar tormentoso, sentía algo. Me levanté a beber agua pensando que quizá era esto lo que le gustaba a sus lectores, que precisamente era en este vacío en el que me negaba a entrar. No dejaba de llover y los pies de la hamaca se habían mojado. Me acurruqué, no estaba dispuesta a abandonar. Página doscientas, tuve que hacer un alto para darle la cena a Pedro. ¿La cena? Me había saltado la merienda. Le arranqué de entre los juguetes y lo metí en la bañera y le preparé una tortilla francesa con queso cheddar y ensalada. Sea por lo que fuera, por curiosidad, por tesón, porque estaba harta de ver aquella portada rodando por la casa, porque me fastidiaba no ser capaz de acabar con aquello de una vez por todas, me propuse terminarla esa misma noche. Acosté a Pedro y pasé de la hamaca al sofá. En la primera cabezada decidí sentarme en una silla. ¿Se merecía este sacrificio la estirada y presuntuosa Carolina cuando podría estar en la cama?

La cerré como la había abierto en el mismo estado de dudas, preguntándome qué tenía su novela que no tenía la mía. Y qué tenía ella que no tenía yo. Seguramente todo eso que le gustaba a todo el mundo. Y era una tontería sentirme agraviada. Por mucho que me empeñase ese no era mi momento, ni mi mundo, era el mundo de Carolina. Si hubiese nacido un siglo antes o un siglo después puede que me encontrase en su lugar. Y llegué una vez más a la conclusión de que nunca escribiría una novela mejor que *Días de sol* y que por tanto nada vaticinaba que fuese a cambiar la tendencia. Así que cogí la caja con los diez ejemplares que me había enviado la editorial, algo cubierta de polvo, y fue entonces cuando la tiré en el contenedor de los cartones y los periódicos.

13

MARISA

Mi extraño sentimiento hacia Carolina es antiguo, profundo y difícilmente reversible. La conocí a los veintiocho años, ella tenía tres menos que yo. Compartíamos a Nilo Mayo como editor.

Tiempo más tarde me di cuenta de que todas las señales sobre mi futuro empezaron a bombardearme a eso de la una de un viernes de primavera de 1989 cuando me acerqué por las oficinas de General Oraá para recoger el primer ejemplar de *Días de sol.* Estaba editada en tapa blanda con una portada brillante donde imperaba el azul. Un sueño hecho realidad. Pasé la mano por este azul como por el cielo.

—Recién salida del horno, querida —dijo Nilo—. Y quiero que tu primera firma sea para mí —añadió alargándome otro ejemplar.

Casi me temblaba la mano al escribir, pero me había puesto para la ocasión un anillo heredado de mi madre, y lo que quedaba en él de ella me otorgó aplomo para expresar lo maravilloso e inolvidable de aquel momento. La exaltación que sentí siempre ha supuesto un aviso ante cualquier emoción exagerada y sobre todo ante los sueños hechos realidad. Según guardaba el primer ejemplar de la novela en el bolso, me sugirió tomar una cerveza en Trocadero, el restaurante de la esquina. «Habrá que celebrarlo», dijo enrollándose la correa del perro en la mano. Y mientras recorríamos la calle mencionó el momento en que recibió mi manuscrito, lo leyó y pensó «aquí hay algo». Suspiré llena de felicidad, me habría gustado que me pasara el brazo por los hombros, que me los estrechara y me protegiera de todo mal.

Nunca le conté que el manuscrito había danzado por diversas editoriales y que de casi todas había recibido una nota negativa, de otras, ninguna, hasta que decidí dirigirme a sus oficinas, preguntar por él y entregárselo personalmente. Como era de esperar no me recibió, en su lugar salió a hablar conmigo su secretaria, a la que le conté todo lo que tenía pensado decirle a él: desde el argumento de la novela hasta que había algunas editoriales interesadas pero que a mí me gustaba especialmente esta porque apostaba por nuevos valores, por su vanguardismo y calidad literaria. Ella me escuchó de pie, algunas personas pasaban a nuestro lado, fantasmas, sombras de un bosque poblado por hadas y dioses en el que intentaba entrar. Contestó que se lo entregaría a Nilo Mayo, el director, pero debería tener paciencia porque antes el manuscrito tendría que pasar por un comité de lectura y todas esas cosas que sonaban a larga despedida. Me encontraba exhausta por el esfuerzo que acababa de hacer, con la mente nublada, confusa, igual que si hubiera levantado un camión. Le di las gracias y salí. Había ido a la guerra de los deseos y vuelto con las manos vacías. Así que me resigné a que los días pasaran de largo en el colegio mientras intentaba inculcarles a los niños el gusto por la lectura. No era difícil, los niños hacían caso, podrían ser grandes jefes de estado, ministros y presidentes de multinacionales que funcionarían con creatividad y raciocinio, ya había películas con esta temática, que no me parecían ninguna tontería. Me hacían ver que la inteligencia se desgasta como unas zapatillas viejas.

Y sin embargo los dioses intervinieron y recibí la anhelada llamada.

—¿Marisa Salas? Soy el director de Ediciones Ánfora, ¿podemos hablar?

Qué joven era yo esa primavera cuando fui a recoger la novela editada, el sueño cumplido, incluso Nilo era joven aunque entonces no me lo pareciese. La primavera me llevaba hacia alguna parte, una nave espacial nueva y reluciente recién lanzada al espacio. Volví a suspirar o mejor dicho a aspirar el olor a primavera y Nilo me miró de reojo. Quizá alguien que suspira o aspira, que hace ese ruido tonto no tenía madera de pelotazo.

—Aquí es —dijo empujando una puerta lacada en negro que presagiaba una carta cara.

Nos situamos en la barra. A Nilo lo conocían. Nos pedimos sendas copas de vino. Por ser un día radiante, porque la vida era joven, porque llevaba el primer ejemplar de mi primera novela en el bolso y porque me picaba la garganta me tomé la copa de un trago. Nilo no me preguntó si quería otra, estaba pendiente de la entrada hasta que agitó la mano y se aproximaron a nosotros una chica y un hombre de la edad de Nilo y también arrugado como él.

—Carolina Cox. Acabamos de publicar su primera novela *Los tejados rojos* —dijo cogiéndola por los hombros y estrechándola contra sí y apoyando la barbilla en su cabeza para respirar algo de su ser y su ingenio—. Y este es su agente.

No me quedé con el nombre del agente. Intenté mantener la sonrisa de una forma que recordaba esos andamios a punto de desplomarse y matar a alguien.

—Esta es Marisa Salas. También hemos publicado su primera novela. Os gustará.

No mencionó el título. Hice el ademán de sacar el libro del bolso pero me detuve ante la indiferencia de Carolina y la mirada alerta de su agente.

Nos pedimos otras copas y antes de terminarla Nilo dio por concluida la celebración.

—Bueno —me dijo—. Lo siento. Teníamos una cita previa.

—Si, yo también tengo algo de prisa.

¿Por qué dije eso, es que alguien me había invitado a quedarme? ¿Qué les importaba que yo tuviera o no prisa? Los tres se despegaron de la barra. El agente me tendió la mano. Carolina hizo ondear su tres cuartos negro sobre un cuerpo adolescente destinado a ser siempre así. Envidié que no intentara agradar. Sin embargo yo sin querer intenté agradarles a los tres. La sonrisa se me disparó y di las gracias varias veces porque me tendieran la copa de vino, porque me acercaran el cacharro de las servilletas y por algo más. Demasiadas sonrisas, demasiadas gracias, no podía dominarme. Carolina era ajena a estas debilidades. No me dirigió ni una palabra aunque yo la mirase con cierta avidez invitándola a ser colegas. Dejó claro que no tenía necesidad de ser mi colega ni de contemporizar conmigo y con el tiempo llegué a pensar que quizá Nilo recibió este mensaje y en ese momento decidió que me quedara al otro lado de la línea. ¿Se decide así el éxito y el fracaso?

Al salir el perro de Nilo me ladró y meneó la cola. Le miré a los ojos pidiéndole que le transmitiera a su amo apoyo para mí y me permanecí embobada en la contemplación de un Nilo que le ayudaba a Carolina a quitarse el tres cuartos negro y le acercaba la silla a la mesa. Envolviendo el aniñado cuerpo de Carolina quedaron al descubierto una simple camisa negra sobre unos pantalones igualmente negros. Su cara un poco ancha descansaba sobre un cuello largo y delgado sobre el que resbalaba una melena lacia y algo despeinada. Iba sin maquillar, no le daba importancia a esta cita, estaba por encima del momento. Sin embargo yo había tardado dos horas en alisarme el pelo, en elegir vestido y además me había maquillado, me había dado rímel e incluso me había pintado los labios. Ella era la única que parecía una escritora y probablemente su novela sería maravillosa.

Si no hubiese escrito ni publicado *Días de sol* no me habría dado cuenta de que existía algo chirriante por encima de mí, rozamiento entre universos, placas que chocaban y se alejaban un poco y yo estaba entre ellas tambaleándome y no podía hacer nada. Yo había caído en la grieta y Carolina había caído en la plataforma. La quiosquera del barrio también estaba en esa misma plataforma y leía la novela de Carolina en los ratos muertos. Además la había forrado con plástico transparente para no estropearla. No solo la había comprado, sino que se había molestado en ir hasta la papelería para comprar también el plástico para protegerla como si fuese una biblia. Y para no perderse no doblaba el pico de las páginas, sino que había hecho ella misma un marcapáginas con el rostro de Carolina troquelado. Y cuando me cogía el dinero del periódico cerraba con sumo cuidado aquellas páginas y metía entre ellas el marcapáginas, y me la imaginaba recortando ceremoniosamente el rostro, la melena y el jersey de cuello alto de Carolina, casi una manera de conjurarla.

La suavidad con que pasó la mano por el plástico me quitó de la cabeza la idea de regalarle mi novela para que hiciera publicidad entre la clientela, salí corriendo antes de que me contara la maravilla que estaba leyendo. Para ella la literatura sería como un cielo azul inocente en que los escritores seríamos ángeles que volábamos sobre los comentarios buenos y malos, sobre los oprobios con una sonrisa. A la quiosquera le atraía ese cielo, le encantaba comentar sus lecturas y a punto había estado de transmitirme su entusiasmo por *Los tejados rojos*, lo que me obligó a comprar la prensa en otro sitio.

No podía ser que todo el mundo estuviera equivocado y yo en lo cierto. ¿Tendría Carolina poderes sobrenaturales con su pelo lacio y su carita de lista? Creo que ese fue otro de los momentos en que decidí no volver a publicar.

Un futuro sin futuro literario, sin ambición, me serenó, me produjo mucha paz, volver a ser una espectadora del inocente cielo azul de la quiosquera donde de niña yo leía bajo la sombra de un manzano y todo lo que leía me parecía maravilloso porque lo que leía lo iluminaban rayos de sol y no pensaba en nada. Mi propia vida me iba alertando como podía que el futuro no tiene futuro, ni siquiera el futuro de Carolina aunque estuviera lleno de satisfacciones, flores y bombones, adoración y besos en el aire.

Mis padres se compraron una casita en el campo para escapar de Madrid los fines de semana. Cargaban el coche con urgencia y salían disparados como intentando alejarse de una vida desilusionada. Regresaban los domingos por la noche un poco achispados y sonrientes con las mejillas enrojecidas por el aire y los vinos que atesoraban en su pequeña bodega. En aquellos días no se miraban esas cosas. Al bebé le sentaba bien el campo y de vez en cuando nos íbamos con ellos, menos aquel día de invierno porque Pedro estaba acatarrado y yo había empezado *Días de sol* y quería aprovechar para escribir.

Era diciembre, antes de que estallaran las brillantes luces de Navidad. Cuando mis padres se dirigían a su casita con chimenea, árboles frutales y un gato al que dejaban provisiones en varios cuencos, derraparon en una placa de hielo y dieron tres o cuatro vueltas de campana hasta quedar el coche atascado entre los pinos. Permanecieron heridos e inconscientes toda una noche hasta que les falló el corazón. Un manto de estrellas heladas les cubría. «No tiene sentido», dijo el tipo de la funeraria por lo bajo. Tras el entierro, la familia (unos tíos lejanos y yo) fuimos a comer algo a un bar cercano al tanatorio. El de la funeraria estaba en la barra bromeando con la camarera. Nosotros nos sentamos en silencio mirándolos por fijar la vista en algo.

Días de sol fue mi paño de lágrimas, mi refugio. Escribía en un estado de felicidad y tristeza incomprensible. Siempre llevaba un cuaderno en el bolso y así cuando salía del colegio y recogía a Pedro en la guardería podía escribir en el parque mientras él intentaba andar. También escribía un rato por la noche y los fines de semana, luego lo pasaba a limpio en el Amstrad. Me ocurriese lo que me ocurriese en el día a día, Ismael estaba siempre esperándome en la pantalla pantanosa del ordenador como en un sueño en que el mundo tiene extraños tonos y extraños paisajes porque eso no es lo importante. A veces mi imaginación visitaba a mis padres penetrando ese mismo verdor. Me gustaba sentir que desde su casita con árboles frutales me lanzaban señales enigmáticas y tranquilizadoras. Y me aliviaba que en el mundo pantanoso de *Días de sol* murieran abrazados como si hubiesen sido felices.

En *Días de sol* había algo que no acababa de asomar la cabeza como una comadreja en su madriguera, un oso al fondo de una caverna y me atormentaba no ser capaz de sacarlo a la luz, permanecía en la oscuridad como un retrato en un salón en penumbra, como... Quizá era eso lo que echaba para atrás a los lectores, la impotencia de no llegar a ver ese algo latente, invisible. Yo tampoco sabía lo que era, un defecto de estructura, de trama, de coherencia posiblemente. Pensaba que algún crítico me lo echaría en cara, pero no hubo críticas, no tuve ocasión de decir nada al respecto.

14

LUIS

Estoy frente a la editorial. Alzo la vista hacia el anagrama M&T que brilla en las alturas. Desde un enorme póster que cubre la fachada lateral me mira la cara de uno de esos escritores que se sienten realmente escritores, lo he visto en el periódico, en alguna revista y en un programa de libros que ponen antes del telediario. Debe de ser muy bueno. Tiene pinta de estar siempre leyendo o escribiendo, con la camisa arrugada y dos bolígrafos prendidos en el bolsillo.

Me hacen esperar cinco minutos.

Mi madre ha insistido en que me ponga una chaqueta, así que voy informal y formal al mismo tiempo. Por otro lado esto no es como estar buscando trabajo. No creo que tenga que hacer nada especial.

Una chica, que luego sabré que es Teresa, la asistente que me asignará la editorial, me conduce a un despacho acristalado. Está tan reluciente que un pájaro se estrella contra él. Se levanta a recibirme una mujer de unos cincuenta, melenita gris y ojos enrojecidos se supone que de leer manuscritos sin parar. Me estrecha la mano con la fuerza de la fe.

—Soy Miriam, la editora.

Hay una cajetilla de Marlboro en la mesa que debe de ser la causante de esa voz un poco hollywoodense años cuarenta.

—Disculpa. ¿Quieres un café, agua? Te ofrecería un cigarrillo pero aquí no podemos fumar. Hay que salir a la terraza.

—Así estoy bien, gracias.

—Te preguntaría mil cosas sobre la novela, cómo se te ocurrió una historia tan verdadera y madura y por qué hay una narradora siendo tú un chico, pero ya tendremos tiempo de eso. Ahora quiero hacerte una oferta. Vamos a hacerte famoso, no lo dudes.

El hecho de que no me obligue a contestar sus preguntas me hunde cómodamente en el sillón, incluso me relaja. Solo tengo que escuchar y dejarme observar por sus ojos enrojecidos.

A mi madre y a mí nos parece bien la oferta, pero tardamos en contestar por si me llaman de otra editorial, y a los cinco días la editora sube la oferta así por las buenas y ya no esperamos más, firmo el contrato.

Mi padre dice que no se lo esperaba, que nunca me ha visto escribir. Y mi madre le responde airada que los escritores no escriben delante de la gente, que es un acto íntimo y que no diga tonterías. Él expresa con los ojos que está muy contento de que no sea un vago redomado. Mi padre se conforma con muy poca cosa, con que estemos sanos, con que haya comida encima de la mesa, con que mi madre no se vaya con otro y poder embelesarse mirándola y ahora con que yo gane dinero. También con que tengamos aire acondicionado y no tener que hablar y mucho menos oír hablar, le fatiga. Mi madre a veces le coloca el cuello de la camisa o le pone una mano en la rodilla y entonces respira profundo y todo cobra sentido para él.

—Tu hijo no es como tú ni como yo, es mucho más —le dice.

15

MARISA

Me ducho y me pongo las mallas y las botas de andar. Y como todas las tardes que Mauricio no tiene guardia en el hospital, nos marchamos al pinar a darnos un buen tute. Es un apretado bosque al otro lado de la carretera que llega a un lago y a unos búnkeres de la Guerra Civil, donde Mauricio ha encontrado algunas balas que atesora en su mesa de estudio junto con mi foto. Entre la ida y la vuelta nos hacemos unos quince kilómetros, luego agotados por la caminata nos tomamos una cerveza en el porche y un picoteo ligero o nos acodamos en la barra de O'Passo. En cambio esta tarde Mauricio me propone acercarnos a la librería del centro comercial. Quiere comprarle al hijo de Pedro, Gabi, al que adora como su auténtico nieto, unos fascículos sobre el cuerpo humano, saborea el sueño de que sea médico como él. El placer del afecto y la vida normal, el dejarnos llevar por las horas. No me hace ninguna gracia romperlo y volver a hundirme en esa marea de portadas, títulos, nombres, ver *Días de sol* bajo el título de *Los sueños insondables*, que me impele a actuar a la fuerza, sin haberlo buscado. Pero soy incapaz de desairarle, respeto la ternura y el cariño con que ha educado a Pedro y ahora a mi nieto. Procuraré esperarle contemplando los escaparates de Zara o tomando un café, le diré que necesito cafeína.

Para acceder al centro comercial tenemos que atravesar una cola que da la vuelta a la esquina y al entrar nos topamos con un cartel anunciando la charla de Luis Isla sobre *Los sueños insondables.* «¡Un joven autor!», exclama Mauricio entusiasmado. Es un forofo del arte en todas sus vertientes: cine, pintura, literatura, música. Admira a los artistas, los considera superiores al resto de la humanidad en imaginación, creatividad, sueños, libertad. Considera que cualquier cuadro o novela es superior a cualquiera de sus operaciones de apendicitis o de vesícula. Nunca trato de abrirle los ojos, no quiero que pierda ninguna de sus ilusiones por vivir conmigo.

La cola de fuera continúa hasta el mostrador para comprar *Los sueños insondables.* El autor ya está dispuesto para la firma junto a un troquelado tamaño natural de sí mismo. Joven, guapo, con unas gafas de cristales brillantes tras los cuales parece que llora. Los vaqueros, la camisa blanca como la leche, las zapatillas negras y el pelo cortado a lo marine, sin un solo pensamiento que ocultar, irradian melancolía. Firma con cierta timidez encantadora. A veces se queda unos segundos mirando a lo lejos como recordando, como buscando algo, como pensando. Todos respetan estos segundos de introspección mientras abrazan el libro protegiéndolo de todo mal. Parece pedir disculpas a un ser lejano e intangible. Y a continuación entrega el libro firmado sin petulancia, ni arrogancia, desde la posición del que no tiene nada que añadir a lo que ha escrito igual que un simple mensajero, un intermediario, de la forma en que un cartero entrega una carta.

Aunque han colocado dos aparatos refrigerados, Simón, el librero, suda como en la vida tratando de controlar a la clientela y por la misma emoción de verse en esta situación. Los dependientes no dan abasto.

—Ni siquiera vamos a poder acercarnos a la sección de

cuentos. Mejor volvemos otro día y aprovechamos para comprar los bastones en Decathlon —le digo a Mauricio.

—Espera, ¿por qué no escuchamos un rato a ese muchacho? Seguro que tiene algo interesante que decirnos.

Al menos puedo disuadirle de aguantar semejante alboroto para comprar el libro y que nos lo firme. Nos situamos en un lateral. Llevamos puestas las mallas y las sudaderas y yo el pelo atado con una goma, y es muy improbable que a esta distancia y con estas pintas, Luis Isla pueda reconocerme si es que alguna vez ha visto mi foto.

Su voz recién salida de la adolescencia nos cuenta cómo se le ocurrió la historia un verano tras enamorarse perdidamente de una chica en la playa. A veces nos lanza destellos azules y temerosos tras el brillante cristal de las gafas. Alguien murmura «qué triste está». Solo yo sé que su cuerpo lo recorre el temblor de poder encontrarse conmigo. Podría ser aquí o en cualquier otro punto del país, siempre le reconcomerá la duda de si la auténtica autora de la novela no alzará la voz y le acusará de impostor y ladrón. Siempre abrirá esos preciosos e inocentes ojos asustados ante su auditorio buscándome.

Escribí *Días de sol* en un viejo Amstrad que funcionaba con un disco de arranque y con disquetes que enseguida quedaron obsoletos y que desaparecieron en el trasiego de la mudanza desde mi pequeño piso de madre soltera al adosado de Mauricio. Con toda seguridad olvidé los disquetes en aquel piso, cuyos posteriores inquilinos los tirarían a la basura. Pero ¿y si no fuera así? ¿Y si el nuevo inquilino hubiera sentido curiosidad y los hubiese devuelto a la vida y hubiese pensado: «He encontrado una novela perdida de la que no se acuerda nadie», y luego hubiese buscado su rastro en todas las librerías y todas las bibliotecas públicas y, al no encontrar ningún ejemplar, le hubiese tentado la idea de apropiársela? No sería el único, la historia de la literatura está llena de apropiadores de ideas, estilos y todo lo que quieras, aunque en este caso al estar la obra publicada le atormentará la duda de que su autora, Marisa Salas, conserve ejemplares, ¿cómo no iba a conservarlos? Solo alguien tan traumatizado como yo los tiraría al contenedor, como así hice. Esa duda le intimida y tiñe su sonrisa con esa preciosa sombra que encandila a los lectores. Por eso en las semblanzas se le define como sensible, sumamente creativo y desapegado del éxito, humilde en cierto modo y también reservado. Y yo habría sido la primera en caer rendida si no fuera por lo que era. Se dice que la explicación más simple es la más real. O se había tropezado con algún ejemplar que habría sobrevivido de manera milagrosa en el tiempo y el espacio, un cometa surcando la indiferencia e incomprensión del universo, o se había topado con los disquetes.

Nilo, en los viejos tiempos, habría dicho «funciona», «todo en este chico funciona». Un pelotazo. Solo veo a un lector coger la novela de Carolina, leer la contraportada y volver a dejarla en el pequeño montón. Lleva *Los sueños insondables* en el brazo. Y este hecho me reconforta, de pronto empiezo a disfrutar. Luis Isla ahora está contando cómo cuando su editora leyó el manuscrito no pudo esperar al día siguiente y lo llamó a las doce de la noche cuando ya estaba con un pie en la cama, algo que jamás se habría esperado, algo que sinceramente no le parecía que le estuviera pasando a él. A mí también me gusta Luis Isla, me convence, me seduce. Él y mis *Días de sol* forman un gran equipo. Me veo en un cristal con las mallas, la coleta entre castaña y rubia, con unos kilos de más anclados en mi ser desde los cincuenta años. Me imagino sentada donde está él con la misma novela en las manos contando cómo en un pasado remoto me enamoré de Ismael, y Nilo habría sentenciado: «No funciona». Ningún pelotazo. Es un pensamiento pasajero que me produce cierta paz. De no ser capaz de demostrar que *Los sueños insondables* suplantan *Días de sol* me contentaría pensar que mi historia está en buenas manos. Fuera de la librería un lector espera su turno recostado en la pared con el libro abierto. La musculatura de la cara y los labios estirados sugieren satisfacción y pasa la mano por la página como por terciopelo.

A falta de comprar los cuentos, nos decidimos a hacernos con los bastones y después paramos a tomarnos unos pinchos en O'Passo; estamos de buen humor. Debo agradecerle a Luis Isla haber perdido la aprensión al mundo literario. De alguna manera se lo he traspasado a él. Estoy segura de que a pesar del éxito tiene úlcera de estómago.

—Me gustaría leer la novela de este chico —dice Mauricio.

—No te preocupes, yo me encargo de comprarla.

En el transcurso de los días se le olvidará. No soy capaz de ocultarle la verdad y escuchar cínicamente su opinión sobre un libro que casi me cuesta la vida.

Aunque duermo tranquila, abrazada a Mauricio como a una tabla de salvación, me despierto de madrugada con uno de esos pensamientos claros de las madrugadas, cristalino: saber cómo mi novela ha llegado a las manos de Luis Isla y por qué la ha elegido como suya y no otra más antigua y menos comprometedora.

16

LUIS

Otra presentación pública. La cola de lectores da la vuelta a la calle. Teresa me protege y trata con cierta severidad al librero y a los lectores, les pide que no desordenen la fila, la simpatía y el encanto los deja para mí, de modo que los lectores la consideran un hueso que hay que superar para llegar a mi altura, no la relacionan conmigo ni reparan demasiado en ella. Yo sí. Tiene el pelo largo y rubio y muy limpio, cuando el viento lo mueve parece que se le va a desprender de la cabeza y que volará hacia el sol. Se ocupa de todo y aguanta mis charlas por tediosas que sean con una cara de entusiasmo que intenta contagiar a todo el público. Y luego soporta las eternas firmas abriendo las novelas por la primera página para ahorrarme esfuerzo. Si pudiera, las firmaría ella misma. Por agotadora que sea la jornada jamás se queja y al día siguiente en el desayuno, generalmente a las siete de la mañana, aparece como un ángel perfectamente maquillado caído del cielo. A veces en los viajes intenta arrastrar mi *trolley* pero no se lo permito, no es una mula de carga, es frágil, huesuda, sin tiempo para engordar, no suda. Siempre carga con un bolso enorme y pesado donde lleva de todo, desde aspirinas a somníferos, el ordenador, la *tablet*, las agendas de papel, dos móviles, se supone que una bolsa de aseo, algún libro que debe promocionar aparte del mío, y su ropa enrollada al estilo Marie Kondo. Cuando se lo cuelga del hombro la cubre casi completamente. Ante la pregunta de por qué no se agencia una maletilla como la mía, responde que así lo tiene todo a mano al instante.

Hoy me toca en un centro comercial. La librería es bastante grande y Teresa me dice que venden mucho mi libro. Junto a mi asiento estoy yo en cartón casi a tamaño natural. Me impresiona, aún no me acostumbro. Es como si ese fuese otro que sí ha escrito *Los sueños insondables.* En todo caso, *Los sueños insondables* son del tipo de cartón y míos. Me han colocado una mesita para firmar, pero antes he de decir unas palabras, me entregan un micrófono. Doy las gracias por compartir conmigo los sueños de toda mi vida, un amor perdido y de alguna manera hallado en los lectores. Me aplauden. Ni Teresa ni el librero quieren que me enrolle, no quieren que se marche nadie sin comprar el libro. Mientras hablo, observo las caras de complacencia de los lectores, observo la novela entre sus brazos y cómo hablan con admiración entre ellos. Pero al fondo veo a una mujer de la edad de mi madre sin el libro, sin sonreír, que se limita a escrutarme. Una sensación agria. Desvío la mirada y trato de firmar lo más rápido posible e irme a casa. Me resulta casi insoportable que todo el mundo esté tan contento conmigo, que les haga tan feliz.

Mi madre a veces viene a las presentaciones cuando no hay que viajar, pero hoy se ha quedado en casa. Preferiría que estuviese aquí porque ella detendría cualquier situación desagradable. Siempre he dado por supuesto que ya habría muerto. De lo contrario, alguien habría venido a nuestra casa a reclamar aquellos disquetes del año de la pera. En treinta años, según la fecha de los disquetes, pasan muchas cosas. Su nombre es Marisa Salas y a veces sueño que una mujer levanta la voz y dice: «¡Soy Marisa Salas!», agitando *Días de sol* en la mano. Mi madre dice que si eso tuviese que ocurrir ya habría ocurrido y que no es tan fácil probarlo. A muchos escritores en cuanto tienen éxito los tachan de robarle la obra a otro. Grandes nombres de la literatura han sido perseguidos por esa sombra. La gente ya está acostumbrada. Tiene razón, la novela estaba comprimida en unos disquetes muertos en una caja, en una caja en nuestra casa además, como si la novela me hubiese buscado, como si el destino me la hubiese entregado. No la he usurpado, simplemente estaba escrito lo que quería escribir, la he escrito en sueños o en otra vida. Lo importante no es escribirla en un papel, sino tenerla escrita en la mente y en el corazón. Y yo siempre la tuve y un día la encontré y los lectores saben apreciar esta sinceridad en cuanto me ven.

17

MARISA

Pedro se casó y a los tres años se divorció. Disfruta de su hijo un fin de semana sí y otro no, a veces de varios continuos porque él y su ex quieren ofrecerle al niño una vida lo más normal posible. Pedro tiene presente la ausencia de su padre hasta que Mauricio entró en nuestras vidas.

—Me llevo a Gabi al zoo para que podáis ver el partido tranquilos —digo mientras Mauricio va sacando del frigorífico un par de cervezas de trigo bien frías.

Alguna vez me he preguntado si estoy realmente enamorada de Mauricio, pero enseguida esa pregunta se desvanece ante su entrega y su cariño por Pedro, por mí, por mi nieto, ante su buena mano con mi exnuera para que el divorcio se resolviera de la manera más tranquila. Incluso a veces se cita con ella para tomarse un café y encauzar la situación. El amor brillante se ha quedado encerrado en *Días de sol* y nada comparado con él podría llamarse amor, y nada de lo siguiente podría ser mejor que Mauricio. En mi vida de ahora no hay cabida para otros días dorados, no los soportaría. Demasiado exigentes, demasiado pesados, extenuantes. Prefiero las caminatas por el campo y el olor de los tomates del jardín, me dan libertad y alas.

—¿Te cansarás de andar? —le pregunto a mi nieto mientras le ato bien los cordones de las deportivas—. Antes de ir al zoo vamos a hacer un recado. Vamos a ir en el metro y tú vas a comprar los billetes, ¿quieres?

Me cuesta reconocer el portal número 49 de la calle Princesa porque han sustituido unas señoriales puertas de madera maciza pintadas en verde carruaje por una más pequeña de aluminio y cristal y el portero físico de nombre Manuel por otro automático. Que recuerde, lo mejor del edificio era aquel portón y las vidrieras de principio del siglo XX de los descansillos, por lo demás el piso era pequeño y necesitado de una reforma integral cuando mi hijo y yo lo dejamos. En el fondo siempre lo consideré un lugar transitorio hacia otro que nos esperaba en alguna parte. Allí empecé a escribir *Días de sol* tras venir Pedro al mundo, aprovechando la baja de maternidad, luego los recreos en el colegio, para de alguna manera retener conmigo a Ismael durante los dos meses de la plenitud y el sol, cuando el futuro era inocente y el cielo azul.

Después, las playas siempre me han parecido desiertas.

A pesar de que lo ocurrido después con la novela me obligó a volcarme en el colegio y en Pedro, no podía deshacerme del gusanillo de la escritura y comenzaba relatos que abandonaba en cuanto se me cruzaba el regusto amargo de *Días de sol*, la feroz duda de que si esa obra no le había interesado a nadie por qué iba a interesarle otra nueva. A esas alturas Carolina ya tenía siete u ocho en el mercado, los éxitos se le amontonaban. Era normal que se sintiera especial y que ni siquiera se acordase de que al inicio de su carrera tuvimos el mismo editor y que nos cruzamos brevemente en la barra de un restaurante junto con su agente literario, alguien que también creía en ella y la mimaba. Tuve que hacerme a la idea de que la vida era así, rácana para unos y espléndida para otros y a mí me había tocado la parte tacaña. Igual que nacer en una familia pobre u otra rica. Carolina era la rica, jamás supo qué era decaer. En el universo rico de Carolina todo el mundo sabía que debía comprar su novela y elevarla a los primeros puestos de venta. Lo ordenaban su voz, su cara, su melena jamás un milímetro más larga o más corta. Su imagen era un faro con luz inextinguible que guiaba a los lectores hacia ella.

Manuel, el portero, me habría facilitado mucho la labor, me habría contado con pelos y señales quiénes vivían ahora en el piso, mientras que de este modo debo arriesgarme a llamar a un timbre cualquiera o esperar a que alguien entre en el portal para consultar los nombres de los buzones.

Por fin un hombre empuja la puerta y me pregunta adónde vamos. «A la gestoría», digo. El cartel de la gestoría continúa pegado a la fachada, está situada en el primer piso donde nunca se vio a nadie entrar ni salir, por lo que el hombre me mira con cierta curiosidad. Mi nieto levanta la cabeza hacia mí esperando el siguiente paso. Su madre lo viste como un hombre moderno pequeño: pantalón vaquero largo, cinturón, camisa blanca de manga corta y unas Nike también blancas. Lleva el pelo corto, peinado con raya al lado. Los vecinos de los otros adosados en cuanto lo ven le preguntan si tiene novia y si va a casarse pronto. Y él contesta muy serio que aún no de una manera que me deja en la incertidumbre de saber si ha pillado o no la broma. Su madre desea con toda el alma que su hijo sea importante el día de mañana y cree que tiene que empezar ya a parecerlo.

—¿Qué es una gestoría? —me pregunta mientras yo indago en los buzones.

—Un sitio con muchos papeles, cariño —contesto más animada de lo normal, excitada por haber descubierto el nombre de Luis Isla en el buzón correspondiente a mi antiguo piso.

La ventana de la portería ha desaparecido. Seguramente han reconvertido el espacio en un miniestudio. No tomamos el ascensor, recuerdo que no es de fiar, prefiero que subamos la escalera en algunos tramos resbaladiza por la cera pero preferible a quedarnos encerrados. Cuántas veces he hecho este mismo recorrido con Pedro de la mano, como ahora con su hijo, distraída pensando que no estaba sincronizada con el mundo que era lo mismo que pensar que no tenía suerte. Y por eso seguramente la imagen de nosotros dos subiendo esta misma escalera no está clara. Y esa falta de claridad es angustiosa como si la vida vivida acabara valiendo menos que un mueble, un vaso o unas tijeras oxidadas. Gabi se sienta en el último escalón del cuarto piso.

—Estoy cansado. ¿Cuándo vamos al zoo? —dice.

La ventana de vidriera que da al patio está entornada, por ella he saltado muchas veces a la ventana de la cocina jugándome la vida aunque entonces no sentía que me la jugase por el simple hecho de saltar en el vacío y poder caer en un duro, frío y gris cemento como más o menos debía de ser el lugar de la muerte. Llamo al timbre y oigo pisadas y cómo se abre la mirilla desde la que puede observarse todo el descansillo. Espero varios minutos y cuando me doy la vuelta oigo correrse el cerrojo FAC, que yo misma había colocado para sentirnos más seguros.

Asoma medio cuerpo una mujer de unos sesenta con un caftán de seda y oliendo a perfume caro.

—Disculpe —digo—. Estoy ofreciéndole a todos los vecinos una gran mejora en sus seguros de hogar. Los seguros convencionales no cubren muchas de las averías de estas casas antiguas. Lo sé porque yo vivo en una. La aseguradora también se compromete a hacer una valoración del piso, de modo que usted sabría con bastante precisión cuál es su valor real de compra y de venta. Si ahora no le viene bien y le interesa puedo volver otro día.

Permanece desconcertada y con la vista clavada en las uñas rojas de sus pies unos segundos. Va descalza, probablemente la he sacado del sofá. Siesta, pereza, indolencia. La entiendo. A veces en cuanto Mauricio se marcha de casa, doy rienda suelta a la melancolía y me tumbo en la cama leyendo o simplemente cerrando los ojos hasta que vuelve. El mundo ya no espera nada de esta mujer, mejor dicho, no quiere nada de esta mujer.

—Iba a hacerme un café, ¿quiere uno? —dice por fin.

Gabi prefiere quedarse sentado en el escalón y la mujer, comprensiva, no cierra la puerta. Han hecho pocos cambios estructurales. La verdad es que hacerlos es difícil por la pared maestra que impide unir una habitación al salón. Ella está de acuerdo, las pocas posibilidades de remodelación empequeñecerían el piso más de lo que es y lo es bastante, pero ahora desde que su hijo reside en el apartamento de la portería a ella le sobra, se ha acostumbrado a las estrecheces, y además su marido siempre está de viaje.

La acompaño a la cocina a hacer el café y recuerdo cómo me descolgaba de una a otra ventana cuando me olvidaba las llaves.

Coge la taza con las dos manos para agarrarse a algo.

—A veces hemos pensado comprar el piso, no nos vendría mal una valoración —dice.

Echo de menos a la chica surfista donde ahora hay acero y cristal. Su melena al viento, su eterna sonrisa. Definitivamente es el pasado.

Sin querer, giro la cabeza hacia mi antiguo salón. Me hace pasar.

—Ahí continúan los libros de mi hijo —dice señalando una librería—. Abajo no le caben. Es escritor.

Le expreso mi admiración y a ella le brillan los ojos. Damos unos pasos hacia allí con las tazas en las manos.

—Nunca imaginamos que teníamos un genio en casa. Su padre siempre le ha considerado un vago y ahora ha tenido que echar el freno.

Bajo la ventana continúa la misma mesa de cerezo donde escribí en el viejo Amstrad *Días de sol*. Ella sigue mi mirada.

—No me gusta mucho esa mesa, pero les pertenece a los dueños del piso y hay que conservarla hasta que se decidan a vendérnoslo. En cambio mi hijo le tiene cariño.

Mañanas y tardes sumida en la pantalla verdosa del ordenador mientras alzaba la vista de vez en cuando al vuelo de la tabla de surf sobre olas desvaídas.

—No pensábamos pasar en este piso más de dos años y ya ve. La costumbre.

Me acerco a las estanterías y busco *Días de sol*. La posibilidad de encontrar la novela me agita tanto que se me nubla la vista. Los libros se amontonan unos sobre otros, hay bastantes de Derecho, que será lo que él habrá estudiado. Y de poseer mi novela en papel lo lógico sería que la tuviera guardada bajo llave en su pequeño estudio de la portería.

—Lee mucho —dice con orgullo—. Todo lo contrario que su padre.

Y saca de alguna parte *Los sueños insondables*.

—Se la regalaría, pero se ha agotado la edición.

—No se preocupe. No la entretengo más.

—Vuelva cuando quiera, me paso el día sola. Luis con la promoción tiene que viajar constantemente. Y su padre está con el tráiler.

Logro escabullirme sin decirle mi nombre, ni el de la

aseguradora, ni contarle nada sobre mí y cojo a Gabi de la mano para bajar.

Desde luego han pasado años, sin embargo si en la mudanza hubiese recogido los disquetes estarían en algunas de las cajas de cartón encima del armario o en el trastero. Y si por despecho, rabia y la decepción que sentía entonces, los hubiese tirado, lo recordaría. También podría ser que en una última limpieza antes de volver a alquilar el piso, la propietaria se hubiese deshecho de ellos aunque es más probable que pasaran desapercibidos y que los encontrase Luis, que por curiosidad los hubiese transformado y que de pronto se topase con lo que necesitaba en esos momentos para que su padre no volviese a tildarlo de vago: una novela de la que no existiría PDF, como esas fotos que alguien se encuentra en la basura de gente que una vez existió.

Mientras Gabi me insiste con el zoo, echo un vistazo al miniestudio de la portería donde sé que existe una puerta que da al patio. Ahora con los *royalties* de la novela Luis podría trasladarse a un sitio mucho mejor. Unos *royalties* que me ha robado y que no puedo demostrar que me pertenecen, algo que me repito una y otra vez para no relajarme. También me ha robado el orgullo, la autoestima, la vanidad, el sentimiento de superioridad de ser alguien a quien otros desean conocer y adorar, incluso odiar.

Tomamos un taxi hasta al zoo y después merendamos tortitas con nata y chocolate, algo que su madre le tiene prohibido a Gabi. Regresa tan somnoliento que le doy un vaso de leche y le acuesto, con tanto ajetreo no se acordará de que hemos estado en ese piso tan raro. Pedro aprovecha para salir con sus amigos y Mauricio y yo nos sentamos con dos cervezas que les han sobrado frente al telediario de las nueve. Y ahí está Luis Isla, como salido de mi cabeza y de todo lo que ha ocurrido por la tarde, hablando antes de los Deportes de cómo nunca se habría esperado que una novela tan personal, tan íntima, alcanzase un éxito así de descomunal.

«Mira, el escritor del otro día, un chico muy interesante», exclama Mauricio. Luis mira a cámara con candor y una adorable humildad que solo yo sé que es miedo de que al otro lado, sentada en un sofá con una cerveza en la mano, esté Marisa Salas escuchándole. «Jamás soñé con que esta historia llegase a tantos lectores», repite. Lo único verdadero. Como en las fotos, como en la librería del centro comercial, sus camisas y sus pantalones tienen el aura de lo nuevo, lo bueno y lo sencillo. Pantalón negro, camisa blanca sobre un cuerpo delgado de pura juventud, deportivas también negras, gafas sin montura más brillantes que las de la última vez, se coge una rodilla con sus bonitas y masculinas manos. No está dispuesto a cambiar la estética seguramente aconsejado por su agente. Uno de esos agentes protectores de los que yo he carecido. Con toda probabilidad estará esperándole fuera del plató para felicitarle por su intervención. Mauricio también le habría felicitado. «Me gusta este escritor. No te olvides de comprar la novela», dice.

18

MARISA

Para ir a la residencia de Nilo he de coger un autobús que me deja bastante lejos. Está en la sierra y la caminata resulta agradable entre robles, pájaros, aire fresco. A pesar de todo me alegro por Nilo o más que por él me alegro por la vejez en general, que se merece un entorno fresco y limpio. Sin embargo, cuando llego en lugar de encontrarme una muchedumbre de ancianos en sillas de ruedas empujadas por enfermeras y enfermeros de blanco, me encuentro ruido de pájaros entre los pinos y chicharras de fondo. Un jardinero riega una pequeña huerta con calabacines, pimientos y tomates. Me quedo mirando y pensando que sus tomates son bastante más grandes que los nuestros y le pregunto si añade algún nutriente.

—Están muy hermosos —digo—. Y huelen de verdad.

—A veces hay que ayudarles un poco —contesta apoyándose en el azadón—. La puerta de entrada está en el otro lado.

En la recepción, ante mi asombro por no ver a nadie en el jardín, me informan que no son horas de visita y que por eso están en la sala de la televisión. Harán una excepción conmigo, aunque no debo acostumbrarme porque los residentes necesitan un ritmo, un horario, una rutina muy marcada.

Parecen medio atontados ante la televisión, algunos dando cabezadas con la barbilla en el pecho.

—Ese es Nilo —indica una limpiadora con uniforme azul y zuecos blancos de goma.

Está en un rincón bajo los rayos de sol que entran por la cristalera. Unas hebras de pelo cano le caen sobre el cuello de la camisa. Tiene algunas manchas en la camisa, probablemente del desayuno. No ha cambiado tanto, solo que su sitio estaría más en una playa de Ibiza que aquí. Me cuesta acercarme a él, para mí no es un simple viejo. Aún es aquel con un hermoso San Bernardo con los que recorrí la calle un mediodía de primavera hasta Trocadero, el restaurante de la esquina para celebrar la salida de mi primera y única novela. Es aquel, cuyas palabras y consejos se me quedaban grabados como si él pudiera hacer y deshacer el universo con una sola mirada.

Una llamada suya llenaba el día de densidad, de consistencia, dejaba de ser algo que pasa y se va para siempre, de hecho casi podría narrar una por una nuestras conversaciones de hacía treinta años, aunque menos que cada segundo que pasé con Ismael.

Al acercarme, Nilo se pone en guardia.

—No quiero echarme la siesta.

—Nilo, soy una amiga.

—¡No y no! —exclama.

—Solo quiero hablar contigo. Soy una autora de tu editorial.

Pasan unos segundos de pensar o de descanso tras la agitación.

—Dame un plátano.

Busco alrededor una posible mesa con fruta. Junto a la pared hay un mueble metálico lleno de bandejas con restos de desayuno y en una descubro un plátano entre mondas de manzana. Lo limpio con una servilleta y se lo tiendo.

—No pretenderás que me coma eso ahora.

Lo dejo en la mesa de al lado y enseguida se acerca la limpiadora, quejándose de la falta de orden.

—Nilo, ¿quieres que demos una vuelta por el jardín? —le pregunto, a lo que contesta airado.

—No son horas de salir al jardín. Son horas de echarse un rato en la cama.

No digo nada, no es mi padre, no le quiero, no tengo que luchar por que disfrute del jardín.

—Puedes acompañarle a su cuarto, es el 110. ¿Eres su hija? Siempre está preguntando por ti. Sin embargo por su hijo no pregunta nunca.

—¿Ah, sí?

—Siempre está: «Carolina, Carolina». A las cinco pasa el médico por si quieres hablar con él.

Ni afirmo, ni niego. Nilo acaba de perder la oportunidad de que me interese por él, de que luche para que tenga una vida mejor.

—Vamos Nilo, tu hija te acompaña. Estarás contento.

Me mira completamente desconcertado. Le ayudo a levantarse. Anda zigzagueando y debo cogerlo del codo para dirigirlo. Un codo puntiagudo, un brazo esquelético, una camisa con manchas, un pantalón amarrado a su cuerpo con un cinturón de cuero raído. La habitación no está mal. Por la ventana abierta entran cierto verdor y olor a pino.

—Tengo ganas de orinar —dice dirigiéndose a lo que debe de ser el baño.

Se tropieza con el quicio de la puerta y ruego que vuelva con la bragueta cerrada. Intento no fijarme. Mecánicamente se tumba en la cama y se queda mirando al techo. Le tapo con la colcha.

Hay una televisión, un escritorio y una librería de Ikea con algunos libros, que debe de haberle traído su hijo. No es probable que se concentre para leer.

—Tú no eres Carolina.

—No, soy Marisa Salas, la autora de *Días de sol.* ¿Recuerdas? Me publicaste mi primera novela.

Centra la mirada en el techo con más fuerza intentando atravesarlo y llegar a ese otro lado donde esperan todas las explicaciones del mundo.

—*Días de sol*—murmura—. No me gusta el título.

—Sí, ya lo sé. Pero la novela te gustaba mucho.

—¿Sí? ¿Estás segura?

Echo un vistazo a su exigua librería, una panorámica de sus más sonados éxitos. Una novela de Milan Kundera, otra de Peter Handke, varios clásicos de toda la vida y *Los tejados rojos.* Sobre la repisa una foto de Carolina abrazada al San Bernardo de Nilo. Sonríe a cámara y también el perro. Nunca se me ocurrió acariciarlo ni revolcarme con él en la alfombra persa del despacho de Nilo. Me la imagino regalándole correas de brillantes y bozales de seda. Tampoco me aseguraba nadie que haciendo lo mismo que Carolina el resultado fuera parecido. Uno no puede saltar de una casilla a otra sin permiso del sol, la luna, las estrellas y miles de millones de galaxias que chocarían unas con otras si intentara pasar a la casilla de Carolina.

Abro *Los tejados rojos* por una página cualquiera y me siento en la cama junto a Nilo. Él continúa mirando el techo y no parece que esa contemplación le aburra. Leo una página que en su momento me hizo bostezar y que sin embargo ahora entra por los oídos de Nilo como hojas de primavera, como agua fresca, como una melodía de Leonard Cohen, como si él la estuviera reescribiendo en el techo. En este instante lo entiendo todo. Nilo había deseado con todas sus fuerzas que le gustaran *Los tejados rojos* y en su mente *Los tejados rojos* era perfecta y había publicado, difundido y apoyado a muerte esta novela de su mente y esta novela de su mente era la que leía todo dios, menos yo. Yo leo la auténtica, la que se ha escapado de las fuerzas sobrenaturales de Nilo. Y ahora, después de tanto tiempo y desengaños, por arte de magia, cada una ocupa su verdadero lugar. La mía con un nuevo título por el que Nilo habría apostado más: *Los sueños insondables* y en manos de un autor que le habría encandilado. Sin embargo yo sigo en la misma casilla y nadie tiene la culpa.

—¿Eso lo has escrito tú? —pregunta extendiendo el brazo sobre la mesilla de noche.

Palpa un vaso con agua blanquecina y corro a dárselo para que no lo tire.

—No —contesto—. No lo he escrito yo.

—Menos mal —dice y deja caer la cabeza en la almohada.

¿Se refería a que el vaso permaneciese intacto? ¿Se refería a que suponía un alivio que yo no hubiese escrito aquella página?

¿Cómo explicarle que él la tiene dentro de su cabeza entre otros recuerdos también desvanecidos? ¿Habrá olvidado cómo acompañaba a Carolina a todas las ferias del libro, mesas redondas, entrevistas? Se hicieron inseparables hasta vestirse ambos de blanco. Él, alto y flaco, y ella más baja, como John Lennon y Yoko Ono por detrás. No pude evitar verlos, hace unos cuatro años, por sorpresa andando por la Feria del Libro de Madrid. Habría preferido no verlos, de hecho evitaba los eventos literarios todo lo que podía, pero Pedro me había encargado unos libros de medicina y como si me estuvieran esperando, allí encontré a ambos. Destacaban entre la gente, entre los torrentes de lectores, eran los escritores que todos querrían conocer y tocar. Me dejé engullir por el torrente. Luego leí en algún sitio que el mal de ojo rebota en el color blanco, así que era explicable que fueran de blanco de pies a cabeza porque yo misma sería la peor de todas esas personas que envidiaban su suerte.

Meto en el bolso la novela y la foto de Carolina besando al perro. Y en el trayecto de vuelta empiezo a pensar si Carolina no habría perdido su poder cuando Nilo perdió la memoria. Lo tiro todo sobre los escombros de una obra.

Mauricio me mira preocupado.

—Te veo distraída, ¿te ocurre algo?

Me tiende unos folletos sobre cruceros por el Danubio.

—Rosa y Fernando van a ir. Conocen perfectamente el recorrido y son muy agradables.

Los hojeo preguntándome si mi visita le habrá dejado a Nilo algún recuerdo y si echará de menos la foto de Carolina.

—Es mi regalo por nuestro aniversario.

Se muestra contento, en realidad no sé si lo está o es una actitud con la que superar la jubilación. Quizá supone un alivio no tener que asistir al fallecimiento de ningún enfermo ni tener que anunciarle que no sobrevivirá, ahora su única preocupación es que se le pudra algún tomate. Quiere recuperar el tiempo perdido en quirófanos y consultas y viajar a la desesperada como sus amigos también recién jubilados.

—Sería maravilloso, Mauricio, pero tendremos que esperar unos meses.

En unos meses ya se habrá resuelto el caso de *Los sueños insondables.* O habré destapado la impostura de Luis o me habré resignado o habrá sucedido algo que ahora no me imagino. Lo que no puedo hacer es abandonar en este momento.

—Me gustaría más adelante. Ahora tengo que ayudar a Pedro con el niño.

Me escucha confuso, desilusionado.

—Rosa y Fernando me han dicho que es la mejor época.

Tengo ganas de echarme en la cama. La visión de Nilo me ha agotado, el viaje en autobús, la saca de escombros. No es buena señal haber tirado allí la foto de Carolina. Ella no tiene la culpa de mi soberana culpa.

19

—

LUIS

Me acomodo en el tren con un conjunto de cuaderno y pluma Montblanc que me ha regalado Miriam, mi editora. «Para cuando te sientas inspirado», me ha dicho con una sonrisa que interpreto maliciosa. Solo quiere agradarme, pero a veces tengo la impresión de que lo sabe todo, que olfatea el secreto. Cuando me mira fijamente, cuando habla de autores que han sido plagiados por otros. Cuando me presenta como un joven escritor absolutamente original y novedoso y luego me dirige una de sus sonrisas cómplices. Su sonrisa, se la borraría de la cara, no se da cuenta de la angustia que me ocasiona. La prefiero seria y hermética, no quiero saber lo que piensa. Pero ella se empeña en meterse en mi mente creativa, en ser una editora a la antigua usanza comprometida con mi obra palabra a palabra. Para dejar su postura más clara me recomienda ver una película sobre el editor de un escritor norteamericano de los años treinta más o menos, Thomas Wolfe, y al verla se me ponen los pelos de punta. Le planto cara diciéndole que no puedo trabajar con alguien mirándome ni hablándome ni leyendo delante de mí lo que escribo. Reconozco que es mi descubridora y también que cree demasiado en mí.

Seguramente detrás de la ventanilla hay suficiente material para llenar este cuaderno. Nubes, árboles, tierra rojiza, casas aisladas. Me gustaría ir a caballo por ahí, galopar. Desenrosco la pluma, abro el cuaderno con la marca Montblanc incrustada en la tapa y escribo esa frase, que es bastante sincera porque me encantaría hacer eso. ¿Y qué más? La vuelvo a enroscar para que no se seque la tinta. Si se seca acaba apelotonándose en el plumín. Ojalá hubiese algo más ahí fuera, alguien matando a alguien o matando a un caballo. Sería un buen arranque para una historia. Observo a mi alrededor. Gente sentada dormitando o hablando por el móvil, lo más animado es el carrito de las bebidas y la azafata que no estaría mal si no me hubiese sonreído con la sonrisa de la editora al preguntarme si no quiero un panecillo integral. Solo algunos viajeros Premium tenemos derecho a este tentempié gratis. No, por Dios, me ha reconocido y me dice que es una pena no tener aquí mi novela para que se la firme. Una pasajera vuelve la cabeza hacia mí. Otra sonrisa. No me dejan concentrarme. El tren reduce velocidad y empiezan a aparecer bloques de pisos amarillentos. Podría escribir sobre alguien que vive ahí, ¿pero quién? No conozco a nadie que pudiese vivir ahí con el ruido del tren a todas horas y el peligro que supone cruzar las vías. Un adulto si no está borracho no las cruzaría, pero un niño es capaz de todo. A mí de niño me atraían los peligros: sacar medio cuerpo por la ventana, cruzar la calle sin mirar, saltar desde algún peñasco alto. Podría escribir de mi infancia, eso es fácil, hay que limitarse a recordar y recordar aunque mi editora me ha sugerido que los lectores están esperando más «sueños insondables» y que podrían sentirse defraudados si cambio de rumbo. Ya habrá tiempo de dejarse arrastrar por la tentación de escribir algo diferente. Y además, para qué engañarme, mi infancia se cuenta en dos patadas, lo más destacable es la sutil decepción de mi padre hacia mí y la abnegación de mi madre para hacer mis sueños realidad. Precisamente a ella se le ocurrió el título «Sueños» y la editora añadió «insondables», todo un acierto, la verdad. Los hermanos Gallagher, de Oasis, tuvieron suerte con su padre alcohólico y odioso, que les dio esas caras de cabreados y canciones también cabreadas. La madre de John Lennon murió atropellada por un coche en la calle y la madre de Paul McCarthy también murió. Así se puede. Vislumbro a un hombre viniendo hacia mí con un móvil y cierro los ojos, no soportaría hacerme un selfi y coloco la mano sobre el cuaderno y la pluma no sea que alguien quiera algún recuerdo mío. Cuando abro los ojos ya hemos llegado. Quizá en el hotel se me ocurra algo. Teresa viene a recogerme a mi vagón. Hemos tenido que viajar separados por falta de plazas y me dice que ha estado en tensión todo el tiempo preocupada por que no me dieran el coñazo.

20

MARISA

Los sueños insondables no bajaban del número uno de ventas, lo que me llena de orgullo, y al mismo tiempo siento una punzada que me atraviesa el pecho. Mi vida habría mejorado tanto. Con los derechos de autor que gana este chico me habría comprado un piso grande en el centro y habría contratado a una niñera, que llevara y trajera a Pedro del colegio, jugara con él y me dejara libre para marcharme de compras o con las amigas a tomar copas, aunque pensándolo bien nunca he tenido muchas amigas o no amigas permanentes, la más constante en mi vida ha sido Sofi.

Nos conocemos desde el colegio y aunque con el tiempo nuestra relación ha ido decayendo, ella fue la primera persona a quien le entregué el manuscrito antes de llevarlo a las editoriales. Y esa sí que sería una prueba contundente de mi autoría a no ser que Sofi lo hubiese tirado en cualquier momento a lo largo de tantos años. ¿Cómo iba a conservar aquel manojo de folios escritos en un viejo Amstrad? Aunque tal vez compró la novela cuando salió a la venta, al fin y al cabo yo fui su mejor amiga hasta que la crianza de Pedro y mil problemas más nos distanciaron. Sin embargo, ahora el asunto de la novela me trae a la mente a Sofi una y otra vez. He soñado con ella, nada especial, estaba tal como la vi la última vez: llevaba una falda de peto vaquero y debajo una camisa blanca que resaltaba su melena y sus ojos negros. Tenía unas piernas fuertes con ligeros arañazos como de andar entre cardos. Todo crecía en ella con la misma energía que las plantas en primaveras de mucha agua y mucho sol. Huesos grandes y sólidos, cabellera frondosa y tan llena de vida que tenía que frenarla atándola con una goma. Siempre nos sacó la cabeza a las de su edad por lo que parecía que miraba con algo de altanería. Y siempre fue mayor, no le impresionaban los profesores, ni las notas, ni las peleas, ni que la llamasen peluda, mona Chita, como si hubiese visto por un agujero el futuro y ese momento fuese el menos malo. De niñas jugábamos o hacíamos los deberes en mi cuarto y no salía de ninguna de las dos la propuesta de hacerlo en el suyo. Se daba por sentado que a su casa había que ir lo menos posible. Y estiraba las tardes en la calle o en mi casa hasta que mi madre montaba la mesa para cenar y no tenía más remedio que marcharse arrastrando los pies escaleras abajo hasta los bloques marrones donde vivía. Sin embargo, una madrugada, a eso de las seis, sonó el telefonillo del portal y después voces en el vestíbulo entre susurros y tonos alterados. Salí en pijama y vi a la madre de Sofí. Nunca había llegado a verla entera, siempre fue un reflejo por el pasillo o en la salita de su casa en las pocas ocasiones en que estuve allí, un poco de perfume, una risa al fondo. Y ahora aquellas sensaciones estaban envueltas en un camisón debajo de una gabardina. El pelo castaño claro revuelto y recogido con un pasador, la piel pálida, los ojos claros, cuerpo fino de bailarina. Parecía imposible que de ella hubiese salido Sofía.

Pedía disculpas a mis padres por las horas, pero Sofía no había regresado a casa, estuvo esperándola toda la noche y se había decidido a venir por si se había quedado a dormir conmigo. Se derrumbó sobre el sillloncito de piel de la entrada en que nos sentábamos para descalzarnos y quedaron al descubierto unas rodillas puntiagudas bastante bonitas. Mi madre las miró, mi padre apartó la vista. Dirigió hacia mí preguntas desesperadas y entrecortadas. ¿Sabía yo dónde podría haber ido?, ¿la había seguido alguien al salir del colegio? Y elevando la mirada al techo exclamó: «¿Quién podría querer secuestrar a Sofi?». Fue un pensamiento unánime que expresado por la madre resultaba triste. Los secuestradores preferirían chicas más delicadas y guapas. Entonces mi padre alargó la mano y le tocó una de esas rodillas para reconfortarla. «Llamaremos a la policía», dijo. Y mi madre un tanto abruptamente preguntó por su marido. «¿Dónde está el padre de Sofi?». Una pregunta maliciosa porque todo el barrio sabía que esta señora no tenía marido sino amantes. Uno detrás de otro. A veces se la veía con alguno, aunque la mayor parte del tiempo vivía hacia dentro en un mundo imaginario para los demás.

—De viaje —contestó ella—. No puede hacer nada.

—Qué fatalidad —dijo mi madre—. Haré café.

Hizo dos cafeteras mientras esperábamos que de repente Sofí llamara a la puerta. Yo me duché para ir al colegio y mi madre fue a vestirse.

—Iremos todos al colegio, no hacemos nada aquí —dijo.

No hizo falta llegar tan lejos, la encontramos tumbada debajo de la escalera del portal.

—No entiendo por qué me tratas así —le reprochó su madre medio ahogándose de desesperación primero y de alivio después.

Y no hubo más explicaciones dejándonos a la puerta de su mundo.

Lo más lógico sería llamarla al móvil para anunciarle mi visita, pero prefiero darle una sorpresa y de paso adentrarme en el pasado aprovechando el partido de tenis de Mauricio. Son las tres de la tarde, una hora apropiada para que al menos la madre de Sofi esté en casa.

Me bajo dos paradas antes de llegar. De repente se ha nublado y el barrio de mi infancia y adolescencia se presenta con perfiles poco claros, un cristal empañado. Desde que murieron mis padres no he vuelto por aquí, he tratado de seguir adelante como me aconsejaba todo el mundo y no mirar atrás. Todo me empujaba hacia delante: la crianza de Pedro, el trabajo, no disponer de tiempo libre, la inmersión en *Días de sol*, el encuentro con Mauricio, solo Ismael permanecía inalterable en su esfera vibrante. ¿Dónde estaría ahora? Es imposible que él pueda imaginar que sigue atrapado en Playa Brava bajo el mismo cielo azul de entonces besando a una chica que le ha dado un hijo de nombre Pedro. No puede sospechar que esa sensación de vacío que sentirá es porque su existencia allí donde esté no es completa. ¿Habrá pensado alguna vez en mí? ¿Notará algo? Si *Días de sol* se hubiese traducido en Estados Unidos y hubiese sido un *best seller* y a él le gustase leer quizá por casualidad hubiese comprado el libro y se hubiese reconocido en el personaje que lleva su nombre y me hubiese buscado. Pero puede que ni siquiera siga vivo. Le encantaban los deportes de riesgo, además del surf hacía escalada, se tiraba en parapente, paracaídas, se ponía a prueba constantemente, como si le tuviera que rendir cuentas a alguien de que su cuerpo funcionaba. Y aun así siempre albergaba ese punto melancólico de tener que estar en algún otro sitio al mismo tiempo.

A Pedro le conté una primera parte real y otra inventada sobre su origen. Le dije que su padre se llamaba Ismael, que era un tipo increíble, un deportista, que era extranjero y que un día murió en el mar y que ahí se acabó todo, que se trató de una relación de unos meses como en realidad fue y que lo único que sabía de él es que no tenía hermanos ni familia por lo que ante los ojos de Pedro su padre se consumió como una hoguera sin que quedase un ápice de él. Enseguida se disipó el miedo de que le entrase el gusanillo de buscarle y que desperdiciara su vida tras una sombra. Y en cierto modo, que Pedro no tenga ni pajolera idea de que su madre ha escrito una novela en que cuenta su idilio con su padre es un alivio, habría vivido su juventud obsesionado con la idea de que un hombre perfecto e ideal anda por ahí.

Escribí la novela durante el primer año y medio más o menos de vida de Pedro. Según fue creciendo, me quedaba mirándolo y creía que cada vez se parecía más a Ismael. Pelo medio rubio, cuerpo delgadito, ojos marrón claro vagamente soñadores. Con el tiempo el pelo se le oscureció y la mirada se le avivó. Ahora también se parece algo a Mauricio. Pero cuando se queda contemplando algo a lo lejos de espaldas tiene esa manera de apoyarse una mano en la nuca y separar la piernas que aún me revuelve la sangre y me deja claro que ha merecido la pena que Pedro surgiera de los días más luminosos de la historia de la humanidad, eso lo convierte en un ser excepcional aunque él no lo sepa.

También Mauricio lo considera así y suele decir que ningún hijo propio podría ser mejor ni él lo querría más. Ismael me dio un hijo, una novela y la imposibilidad de volver a ser más feliz que entonces.

Los bloques marrones parece que han sido remozados y están más claros de como los recordaba. Me abre una chica de unos veintitantos y acento extranjero. Pregunto por la madre de Sofi.

—Ahí dentro. Yo ya me marcho.

El piso es igual, pero distinto. El lugar que me indica la chica es una salita por la que siempre he pasado de largo camino del cuarto de Sofi. Conserva la vaga sensación de luz rosada y ondear de cortinas, y la cálida brisa de la calle en verano y un chorro de frío en invierno. Casi podría decirse que la salita no pertenece al piso y que no debe entrarse allí bajo ningún concepto. Por eso me paro en seco ante sus puertas abiertas de par en par.

Sofi se vuelve hacia mí observándome de arriba abajo, yo también a ella.

—¡Vaya sorpresa! —exclama—. Ni en mis peores sueños.

No ha cambiado o no del todo, la voz grave, su corpulencia.

Detrás asoma una mano pálida, y Sofi se aparta.

—¿Recuerdas a mi madre?

La recuerdo en pie y su aire de pequeña bailarina. Está en una silla de ruedas y me mira fijamente.

—Sí guapa, aquí me tienes, esclavizada, cuidando de este trasto —dice Sofí.

Me dirijo a los ojos abiertos de su madre, que nunca he sabido cómo se llama, Luisa o Laura o Elisa.

—¿Qué tal se encuentra? Soy Marisa, una amiga de Sofi.

—No se entera de nada —dice Sofi con los labios apretados, un gesto nuevo—. Y hace bien, así es feliz.

Le preguntaría si también ella es feliz, pero a la vista está que no. Sigue con sus rencores y sus desprecios hacia el mundo que ahora parecen más verdaderos que antes. Le cuesta unos segundos hacerse cargo de la situación y pedirme que me siente. El sofá es de flores, nunca lo habría sospechado, siempre me pareció rojo o naranja.

—¿Lo habéis tapizado?

—Ni loca me gasto un euro en este antro. En cuanto esta, ya sabes..., vendo y me largo de aquí.

—Hace mucho que no nos vemos. ¿No te alegras de que haya venido?

—Pues no sé, la verdad, me has pillado por sorpresa. ¿Es que no tienes teléfono?

Me río. Aún late en mí mi antiguo cariño por ella. Solo yo sé que tiene buen corazón y que su acidez es un mero escudo ante dios sabe qué, quizá ante su madre. Ella también ríe.

—Me da igual por lo que hayas venido. Seguro que no te pasas la vida pensando en mí. Vamos a tomarnos un lingotazo.

Abre un aparador y saca una botella de whisky y tres vasos de cristal muy historiado.

—Esto lleva aquí desde antes de que a mi madre le pasara eso. ¿Con hielo?

—Así está bien —digo preguntándome si pensará darle también a su pobre, enferma y anciana madre un lingotazo.

Lo cierto es que me anima y a ella también. Las dos repantingadas en el sofá de flores exhalamos un suspiro con el primer trago.

En el otro vaso sirve un poco y se lo pone a su madre en los labios.

—Venga, Lara, empina el codo un poco, anímate.

Así que se llama Lara. Lara no lo rechaza y también exhala un suspiro.

—No sé cómo acabar con ella —dice—. Le he retirado el plátano que se come todos los días desde que oí en la televisión que es suficiente para sobrevivir.

Se ríe con fuerza y sirve en los vasos otra dosis. Me parece bien. Seguimos animándonos. ¿Qué hace ella? Nada, cuidar a su madre, cobra una pensión y da clases puntuales de informática, pero se cansa, es un coñazo, a ella qué le importa que alguien aprenda o no informática. ¿Y yo? Profesora. Cuando Pedro cumple siete años conozco a un hombre y me caso. Pero antes publico aquella novela, *Días de sol*.

Sofí me escucha sin interés con sus robustas piernas cruzadas pegando sorbos a un whisky con sabor a madera vieja, bajo la atenta mirada de su diminuta madre. Su imagen es una canción pegadiza que ya no se me irá de la cabeza: la silla de ruedas ha ido chupándola hacia dentro y solo se salvan de momento las manos asidas a los brazos, la cabeza perdida en el respaldo y los pies asomando bajo la manta.

—Nos la regaló una vecina —dice Sofi siguiendo mi mirada—. La había usado su marido, un hombre muy corpulento. No sé cómo podía con él.

Su reducida madre asiente con su empequeñecida cabeza.

Han acabado unidas y solas entre las corrientes de aire de la salita. Lo que no entiendo es por qué no se dignó echar un vistazo a mi novela.

Se levanta para guardar la botella de whisky. ¿Se habrá dado cuenta de que la novela es el motivo de mi visita? Es muy lista, de niña le daba rabia ser tan lista y no tener casi que estudiar, le daba rabia que los demás fuéramos tan tontos. Le daba rabia todo. Es inútil tratar de engañarla.

—Sí —digo—. Entre otras cosas, aparte de verte, he venido para preguntarte si te acuerdas de mi novela y si guardaste el manuscrito que te entregué. La novela está dedicada a ti y fuiste la primera persona en leerla.

Escucha de cara al aparador y de pronto se vuelve.

—Nunca la leí. Primero no tenía tiempo y cuando lo tuve ya no encontré los folios. [No lo llama manuscrito. Lo llama «los folios».] He perdido muchas cosas sin saber cómo.

Por el balcón abierto entra un rayo de esperanza. La pequeña mano blanca de Lara cierra la toquilla que lleva echada por los hombros.

Le preguntaría si no tiene miedo de que su madre coja frío, pero no quiero desviar la atención del manuscrito.

—¿Y no puedes buscarlos?

—¿Para qué?

—Sería la única prueba de que *Días de sol* la he escrito yo.

—Pero ¿para qué? Hace mucho tiempo de eso. Nadie va a querer ya una cosa tan vieja.

—¿No llegaste a comprar la novela?

—No sabía que la habían publicado. Nunca le di importancia a los folios, pensaba que era un entretenimiento. También una vecina me entregó otros folios con poesías y tampoco sé dónde están. De verdad, Marisa, no sabía que lo tomabas tan en serio. Por aquí solía venir un amigo de mamá que era escritor y no era nada del otro mundo.

Voy hacia el balcón e intento cerrarlo, no cierra. Ese es el misterio de que toda la vida haya estado abierto. Sofi se levanta en tono de despedida, le ha quedado clara mi intención al venir a verla y ya está todo dicho.

Los pantalones vaqueros se le meten por las ingles y se le clavan en la tripa, ningún rastro de la Sofi que habría podido ser presidenta de un banco por su facilidad para las matemáticas, ningún atisbo de una Sofi que quisiera algo en la vida. ¿Y si ella no se sacaba ningún rendimiento, por qué iba a molestarse en leer unos folios para satisfacer mi ambición o la ambición de la vecina?

En la puerta abre la boca para decirme algo, pero retrocede.

—Hasta otra —dice.

¿Por qué no se dignó a echar un vistazo a la novela de su única amiga? Nada habría cambiado para ella y una palabra de aliento suya me habría servido para pelear. Ahora me doy cuenta de lo pronto que me rendí, lo pronto que acepté una absurda derrota. ¿Será consciente Sofí del daño que me ha hecho? Dada su perspicacia, sí. Pero no soy capaz de preguntárselo.

Ha empezado a lloviznar y de vuelta al metro paso por la casa de mis padres, un edifico rojo de ventanas cuadradas desde las que había contemplado una llovizna parecida en días de sueños melancólicos. Una ráfaga fresca y las hojas de los árboles temblando. No puedo más. Paso al bar de enfrente y me pido un whisky de malta como el que me había servido Sofi. No tienen whisky de ninguna clase, tienen coñac. Reconozco al dueño de siempre. De pronto tiene arrugas, los ojos más pequeños y las orejas más grandes, como si se hubiese sometido a uno de esos simuladores de edad de Internet. Sin embargo, las copas pequeñas y chatas no han cambiado desde que mi padre se aferraba a alguna de ellas concentrado en cierta tristeza, decepción o en nada. En el bar no solo no han sustituido la vajilla, sino que ni siquiera han instalado plasmas para ver el fútbol. Y en el cristal de la puerta permanecen pintados un pulpo y un chuletón.

No puedo evitar contarle al dueño que he vivido en el barrio, en dos portales más allá, y que mi padre fue parroquiano habitual suyo. Hace memoria mientras me rellena la copa. Se ha contagiado de la palidez del chuletón de la puerta y ha perdido corpulencia, su pecho se contonea en una camisa grande y desgastada.

Se enteró de la trágica muerte de mis padres y lo sintió mucho. Durante bastante tiempo echaron de menos a mi padre, si bien era cierto que hacia el final de su vida ya no pisaba por aquí y permanece mirándome con insistencia. ¿Trata de reconocerme o quiere decirme algo?

—El mes que viene me jubilo y traspaso el local. Van a poner una pizzería. Todo cambia demasiado rápido.

No tan rápido, iba a decirle. Aún conservan el teléfono de monedas de la pared. Y tengo la sensación de que el bar ha estado esperándome intacto. Estoy a punto de preguntarle si llegó a enterarse de que yo había publicado una novela. No es probable, solo mi padre podría habérselo dicho, pero murió junto a mi madre antes de terminar de escribirla.

Muchas veces pienso que le habría gustado presumir de hija escritora y que por otra parte se libró de tener que justificar que no saliese en televisión ni en ningún periódico. Me levanto somnolienta de la mesa de formica marrón anclada en este mismo sitio desde los años sesenta. Una especie de atmósfera fangosa me agarra por los tobillos y vuelvo a sentarme, no tengo prisa. Mauricio no es un niño, puede sobrevivir sin mí unas horas. El dueño me sirve un vaso de agua sin pedírselo y me dedica un profundo análisis ladeando la cabeza. Un nuevo ángulo que le hace suspirar.

—Ahora me acuerdo de tu madre, eres igual que ella.

—No sabía que mi madre viniera por aquí.

—A veces, a buscar a tu padre cuando...

Evita decir «cuando se pasaba de la raya».

—Al verte entrar enseguida me has recordado a alguien, pero, claro, no sabía a quién. Aunque han pasado muchos años, la tragedia de tus padres es una de esas cosas que no se olvidan.

Durante un tiempo pensé que la muerte de mis padres

había impregnado *Días de sol* de tristeza y que por eso no le había gustado a nadie. Quizá mi rencor hacia Nilo es injusto, quizá intentó promocionar la novela, pero al recibir rechazo tras rechazo de los críticos y los libreros habría desistido. Y todo fue por mi culpa.

21

LUIS

Marisa Salas cada vez está más presente en mi mente, ya no solo como un peligro que acecha sino como un espíritu, con esa fuerza que tienen los espíritus de estar en todas partes. No he tenido más remedio que leer *Días de sol* tres veces porque me preguntan mucho por la relación de la narradora con Ismael y por la muerte de los padres de la narradora y la insoportable pérdida de un amor que ha desaparecido, pero que no ha acabado. Al principio no sentía gran cosa leyendo la novela, ahora me entristece, más de día en día. A veces leo en las charlas alguna página para no tener que hablar tanto y me entran ganas de llorar. Pienso en una chica del instituto que se llamaba Laly y que siempre llevaba pañuelos en la cabeza, se los anudaba en torno a un moño o en torno a una trenza o alrededor del cuello y tenía un olor muy característico como a nuez moscada. De cuando en cuando me pillaba mirándola pero nunca me atreví a acercarme a ella, me limitaba a pasar a su lado o a observarla hablando con unos y con otros, en ocasiones besándose con alguno de aquellos chicos que tenían acceso privilegiado a su olor, ¿de dónde provendría?, ¿de alguna parte de su cuerpo o del jabón que usaba o de un perfume? Antes de leer *Días de sol* no me había dado cuenta de la frustración que me ocasionó mi cobardía, mi baja autoestima o como se llame lo que yo sentía. La protagonista de *Días de sol* no tuvo miedo al rechazo ni a la pérdida, se arriesgó a vivir una aventura que a todas luces no iba a salir bien. No quiso mirar más allá de Ismael en la playa, de ellos dos cobijados junto a aquella barca varada en las dunas, no quiso pensar en ningún otro mundo que no fuese aquel. Al menos tuvo eso aunque luego también tuviese sufrimiento. Yo, en cambio, en cada chica que me gusta veo los pañuelos de Laly y su despiadada mirada y sus besos en los otros y por eso siempre espero que ellas vengan hacia mí, que ellas me besen, que ellas franqueen la barrera de las simples miradas y que me cojan la mano y que me propongan ir a la cama, y cada una de las veces supone un triunfo más de Laly sobre mí. Y me gustaría que algún día Laly lea *Los sueños insondables* y se acuerde de mí y piense que yo merecía mucho la pena. ¿Por qué no? Seguramente ella no se ha marchado a playas lejanas como Ismael y no sería imposible que apareciera en alguna de mis presentaciones o firmas. No he cambiado tanto. Si me ha reconocido habrá dicho: «Vaya qué sorpresa con el atontolinado ese» o «Ya se veía que tenía algo». Todo es posible, la gente que me conoce ya no me mira igual. Más que a mí ven las portadas de las revistas, los artículos de los periódicos, las entrevistas, mi nombre por todas partes. Yo también lo veo, me veo a mí gustando a la gente. Me veo a mí llorando por Laly en *Los sueños insondables.*

El otro día se me fue la olla y conté mi historia con Laly en un club de lectura bastante numeroso. Confesé que todo lo que sucede en *Los sueños insondables* está basado en aquella frustración amorosa y pedí públicamente que Laly apareciera en cualquier parte en que yo estuviera porque la reconocería nada más verla, al fin y al cabo el éxito de

Los sueños insondables se lo debía a ella por ser tan encantadoramente arisca conmigo. Tras estas declaraciones, en muchos clubes de lectura me preguntan si yo tengo algo de ese Ismael que se va, que corre hacia delante sin mirar atrás o simplemente me he inmolado en la historia para salvar a la Laly real, a mi amor de instituto. Desde entonces miro con avidez la sala por si la veo aparecer. Sueño con ella. Imagino cómo será ahora. Podríamos tener un hijo. Busco fotos de aquella época. Hay una de toda la clase y amplío su cara aunque al ampliarla le quito nitidez y se pierden los rasgos. Todo el mundo alardea de tener «un amor de su vida». Nadie confiesa no haber estado enamorado nunca. ¿Y cuáles de esos amores son unos más grandes que otros? Imposible saberlo. Incluso los más sonados podrían ser más insignificantes que el de mi padre y mi madre, que el de esos retratos antiguos en que los protagonistas salen bastante feos, sin ningún atractivo, graníticos, de mirada inexpresiva. Y que sin embargo han tenido hijos y se han revolcado en alguna cama. Pero en el fondo, he de reconocerlo, la sugestiva e improbable aparición de Laly me sirve para rebajar la angustia ante la amenazante aparición de Marisa, la autora de *Días de sol*. Siempre hay alguna mujer de pelo rubio, de pelo blanco, de pelo corto, que podría ser ella. Me la imagino con el pelo corto entrecano y gafas. Si aún vive será profesora o algo por el estilo con un pie en la jubilación. Ni siquiera se acordará ya de que en su juventud escribió una novela, con suerte tendrá demencia senil o al final se encontró con el tal Ismael u otro parecido y se marchó a vivir al extranjero, y allí tuvo más hijos y apenas ha vuelto por España, de modo que no tiene ni idea de lo que ocurre aquí.

22

MARISA

Por unos pocos segundos uno puede adentrarse en el terreno de los espíritus que poseen ojos y oídos descomunales, y los míos toman esa forma agigantada nada más poner la televisión. La habría apagado al encontrarme con el famoso programa de libros *Las Letras*, pero aguanto al descubrir que dentro de sus negras y holgadas ropas Carolina parece la madre bien conservada de aquella joven escritora de hace treinta años. Congelo la imagen con el mando. Descolocada, encogida, sus finos dedos se agarran a la tela de los pantalones como intentando no caerse.

Hasta hoy, en tantos años y tantas entrevistas nunca oí titubear a Carolina. Jamás supo lo que era decaer, todo el mundo sabía que debía comprar su novela y elevarla a los primeros puestos de ventas. Lo ordenaban su voz, susurrante y nasal como una cantante de jazz, su mirada serena y confiada en su suerte, incluso los movimientos de cabeza, que sacudía discretamente para que el cabello se le soltara de detrás de las orejas y volviera a florecer y brillar. La primera vez que la vi en televisión en aquel lejano año de 1989 me quedé atontada contemplándola. Nuestras novelas acababan de salir y ella ya estaba ahí exhibiendo una ligera indiferencia ante la importancia del programa y ninguna ansiedad ante lo que podría suponer semejante entrevista, lo que resultaba estremecedor. Se trataba del programa de libros más encumbrado de la televisión, primo hermano del legendario *Apostrophes* francés y por tanto reservado a unos cuantos privilegiados, y ella siempre fue una de ellos en el lanzamiento de cada una de sus novelas. El formato consistía en entrevistar a tres escritores, y por entonces Carolina solía ser la principal, el conductor la situaba a su derecha y mantenía su libro sobre las rodillas todo el tiempo, la interpelaba con una sonrisa y asentía con entusiasmo ante sus respuestas por banales que fuesen. Y si era sincera, la situación habría sido tan estresante para mí que en el fondo no deseaba estar en su lugar.

Y ahora, treinta años después, aquel antiguo enamoramiento del moderador del programa lo acapara el joven escritor, su hipnótico desapego del éxito es tal que ni ella en sus mejores tiempos ha llevado con tanta maestría las riendas de una entrevista que podría encumbrarle o destruirle. Y Carolina tiene que tragarse la leve sonrisa del moderador hacia ella, una sonrisa de simple cortesía sin concesiones mientras le expresa a Luis su entusiasmo por la maravillosa historia que ha escrito. Me parece que una luz me sale del corazón e inunda la habitación. Aquel tipo que siempre había considerado odioso dice que mi novela es maravillosa. El sedoso y aniñado pelo de Carolina va languideciendo y pegándosele a la cabeza. Su voz de espeso terciopelo negro rechina intentando hacerse oír. Y cuando se calla se produce un silencio total, espantoso, a la espera de que Luis abra la boca y todo se ponga en movimiento de nuevo. Los tertulianos, el público presente y seguramente la audiencia están con Luis. Mi novela está segura con él, la protege de la hostilidad del mundo, en sus manos resplandece llena de purpurina.

Aun así, incluso en estas circunstancias de derrota, Carolina aún conserva restos del aura de aquel mediodía de hace treinta años en el restaurante Trocadero cuando Nilo la prefirió a ella, y también los libreros, los lectores, los periodistas, el mundo en su sentido más enorme y redondo. Esta mareante cifra de años pasados no ha alterado su melenita, su cuerpo de pájaro aleteando en unos pantalones negros anchos y una camisa igualmente negra y ancha. Solo ha sustituido los mocasines por unas deportivas de suela gruesa, que la ubican en el presente. En cambio yo, durante este tiempo, he adelgazado, engordado, vuelta a adelgazar. He sido morena, rubia, con mechas, sin mechas, castaña, he tenido un nieto, llevo trajes de chaqueta y zapatos de tacón en el colegio y fuera del trabajo ropa ligera y deportivas como las de Carolina, por lo que de alguna manera volvemos a compartir algo.

¿Intuirá que a pesar del vacío al que la están sometiendo existe una espectadora cuya atención es toda para ella? Una idea que le serviría para no seguir desmoronándose en el asiento y desear con toda su alma que acabe el suplicio. Observo expectante que levanta una mano, gesto que el moderador no ve u obvia. Le atraen más las frases titubeantes de Luis Isla, su frescura, el no intentar deslumbrar. A su lado las agudas reflexiones de Carolina impacientan al moderador. En cuanto ella abre la boca, él empieza a mover una pierna. Al principio este movimiento de pierna logra quebrarle la voz a Carolina, por lo que decide desviar la vista hasta el propio Luis, su competidor, su destructor, cuyas piernas, al menos, permanecen inalterables, para transmitirle todo el frío de su corazón.

Los ojos de Luis, tras cristales brillantes, afrontan la mirada y el discurso de Carolina como los de un niño ante su maestra. Seguramente Luis admira su éxito, puede que incluso sus novelas y se habría decantado por la mía porque no la conocía nadie. La cámara enfoca sus ojos azules mientras la voz en off de Carolina sobrevuela el plató.

«Muy agradecido por tus sabias palabras», le corta fríamente el moderador, y Carolina vuelve a entrelazar los dedos, a cruzar las piernas y a hundirse en el sillón del que sobresalen sus deportivas blancas exactamente iguales a las mías.

Por fin puedo ver un programa sobre libros a corazón abierto, sin resquemores, con atención, incluso me abro una cerveza. La chapa salta con alegría. Ahí estoy yo compitiendo con Carolina en el mismo terreno y al mismo nivel, solo que yo no soy yo. Yo estoy aquí, con las piernas sobre la mesita de centro y una birra en la mano. Tranquila, en paz, una espectadora feliz. El moderador de vez en cuando hojea otros libros cuyos autores no están presentes sin poder evitar acariciar más largamente el lomo del mío, algo que a Carolina no le pasa desapercibido, una humillación más. Un acto que a Luis no le conmueve, es como si el moderador acariciase al hijo de otro, al perro de otro. Diez semanas en venta y diez ediciones.

—Una reedición por semana. ¿Te habías imaginado algo así cuando escribías la novela? —le pregunta el moderador.

Carolina clava los ojos en Luis, y él mueve la cabeza afirmando y negando al mismo tiempo, se agarra una rodilla.

—Comprendo —dice el moderador—. Es una pregunta sin respuesta.

—No pensaba en nada —suelta por fin Luis.

Es sincero. Ha decidido no mentir dentro de la gran mentira. Solo yo sé que es un mentiroso, que lleva la gran mentira con mucha seriedad, sin alardes ni tonterías, algo que entusiasma a bastante gente.

—Nos has hecho llorar con la muerte de los padres de la narradora. Qué manera tan poética de contar algo tan devastador.

—En efecto —dice Luis—. Son los padres de la narradora. Los míos aún viven.

La expresión con que pronuncia esta frase queda colgando unos segundos a la altura de los focos: ha hablado demasiado, no tendría que haber dado esta explicación. A la gente no tiene por qué interesarle si sus padres viven o no y además esta confesión le resta tensión al momento.

El moderador le sale al rescate.

—¿Qué opinan entonces sus padres de ese episodio? Es usted muy joven, hace nada era un niño, jajaja.

—Que preferirían morir así más que de otra manera.

El moderador asiente satisfecho. Si esta estrella literaria tiene que desmoronarse en algún momento que no sea con él. Ya no me impresiona verle hablando de mi novela, solo me intriga cuándo meterá la pata. Al principio era más retraído en las entrevistas, ahora se suelta más. Y en alguna ocasión ha dejado caer la palabra «Días» y le ha faltado muy poco para añadir «de sol». Cuántas veces ha debido de leer y pensar en este título.

A Nilo le pareció un título vago, decadente, melancólico y poco juvenil, pero acto seguido lo pensó mejor y dijo, echándose la melena hacia atrás y pasándose la mano por un mentón de puntas entrecanas, que podría funcionar. Quizá su primera impresión fue la buena. Quizá *Días de sol* hacía pensar demasiado en el pasado, el recuerdo y mentes envejecidas. ¿Por qué me empeñé? Incluso tuvimos una pequeña discusión al respecto. Esa duda, esa sombra, me ha acompañado desde entonces: ¿leería yo la novela de una desconocida que se llamase *Días de sol*? Tampoco sabía si leería sin pestañear *Los sueños insondables* de un desconocido. ¿Y *Los tejados rojos* también de una desconocida como era Carolina hacía treinta años? Me enteré tarde de que Nilo había elegido como pelotazo de la temporada *Los tejados rojos* porque el título sugería París, bohemia, juventud. Y la verdad era que de no habérseme atragantado Carolina y su éxito, de no haberla conocido y no ser yo misma escritora, quién sabe si la habría comprado. Y como cierre del programa, como broche de oro, el moderador se dirige a Luis más sonriente que nunca, más a favor, con entrega total.

—Y, por último, señor Isla, ¿podría decirnos si ya se ha encontrado con su antiguo amor Laly? No, por favor, no conteste, el desenlace en nuestro siguiente programa.

23

—

MARISA

Tuve dos faltas en la regla y pensé que se deberían al *shock* sufrido por la desaparición de Ismael, no era la primera vez que me pasaba. Me había ocurrido en el instituto con algunos exámenes y cuando mis padres estuvieron a punto de divorciarse por no sé qué presuntas infidelidades de mi padre. No me preocupé hasta el tercer mes, sobre todo cuando en la playa me mareé. A media mañana escaseaba la clientela y entonces me sentaba en la orilla y me quedaba escudriñando el mar como si pudiera obligar a Ismael a salir de sus entrañas y que todo volviera a ser como antes.

Me desvanecí, la arena estaba tibia y me sentía bien así, un agradable oleaje parecía que iba a tragarme.

—¿Te encuentras bien? Toma, bebe un poco.

Una mano me levantó la cabeza, pero no tenía ganas de abrir los ojos. Solo sentía una voz de hombre, no de chico como la de Ismael, sino más grave y madura y la mano grande que trataba de incorporarme. Bebí e hice un esfuerzo por levantarme, él me ayudó.

—¿Puedes andar? ¿Podrías andar hasta la furgoneta, que está ahí? Voy a llevarte al médico.

Me negué, pero insistió, no podía dejarme así, dijo que desde el momento en que se acercó a mí contrajo una responsabilidad.

—¿Y si eres un asesino o un secuestrador? —pregunté

arrastrando los pies por la arena. Solo le veía los suyos descalzos y el borde de los pantalones. Sabía que si levantaba la vista volvería a marearme.

—Si te ocurriera algo no me lo perdonaría. Un desvanecimiento puede no tener importancia o tener mucha. Eres muy joven, aún no sabes estas cosas.

El coche olía a pescado y se me revolvió el estómago, saqué la cabeza por la ventanilla. Él aceleró hasta dejarme en la puerta del ambulatorio. Ni siquiera le di las gracias, me dejaba llevar por los minutos, la gente, los ruidos, por la bondad de este hombre que no sabía qué cara tenía. Las cañas de pescar sobresalían y brillaban en la parte trasera de la furgoneta mientras se alejaba. Ismael se había esfumado y todo seguía extrañamente igual. Y ya que estaba allí esperé a que me atendieran, en el fondo me costaba levantarme y comenzar a andar hacia el centro del universo. Me hicieron una analítica y seguí sentada en la sala de espera. Luego me pidieron entrar en la consulta. Me dejaba llevar una vez más. Este era un lugar tan raro como otro cualquiera. «Estás embarazada. Vamos a hacerte una ecografía». Me costó unos segundos o minutos enterarme bien de lo que me decían y a continuación pensé que era una equivocación. Estos retrasos me han sucedido otras veces, balbucí y me dejé trasladar a una camilla.

—Estás de dos meses y medio —comentó otro médico como si tal cosa—. El feto de momento está bien.

Me entregaron unos papeles y una cita para obstetricia. No entendía por qué la gente se ocupaba de mí si yo a mí me daba igual. Me senté un rato más en la sala de espera y, cuando el resto de los pacientes empezaron a mirarme, me levanté y me marché. Entonces me di cuenta de que había llorado. Comencé a andar en dirección al camping como si también me dejara arrastrar por un futuro hijo. Al llegar, le conté a Jane lo que me ocurría y me condujo a su caravana, me pidió que descansara y que le dejara leer el informe del médico.

Cerré los ojos y al abrirlos tenía en la mesilla dos cajas de pastillas y un sinfín de cojines de terciopelo alrededor, me encontraba sobre sábanas de hilo finísimo y en todos los rincones se apoyaban mesitas de caoba y espejos. Nunca sospeché desde fuera que su *roulotte* fuese tan lujosa.

—He ido a la farmacia —dijo con ternura y severidad al mismo tiempo—. Pero no creo que pueda hacer más por ti. Ese tío no va a volver, no te hagas ilusiones. Estará en otra playa dios sabe dónde haciendo lo mismo que hacía aquí. Dudo que se acuerde de ti. Son todos unos payasos. ¿Qué vas a hacer con el niño? No lo sabes, no me extraña. Vaya putada.

Sus palabras, el ruido del mar, de coches y de risas en alguna parte. Me sentía mal. Me quedé dormida.

¿Qué hora sería al despertarme? Por el ventanuco de la *roulotte* entraba una claridad estridente. Llevaba la misma ropa del día anterior: pantalones cortos y camiseta, y me dirigí medio cegada hasta los aseos del camping. En otra ocasión me habría duchado, pero en esta las cosas normales no contaban.

—Por fin se ha despertado la bella durmiente —dijo Jane al verme desde la recepción—. Espabila porque hoy nos llega otra remesa de chiflados.

Sus palabras fueron un conjuro que hicieron renacer el sol, el mar, la brisa, el cristal de los vasos del chiringuito. ¿Y si Ismael regresaba en esa remesa y por eso no se había despedido? Ahora sí me duché a conciencia y también me cambié de ropa. Aún no se me notaba el embarazo e Ismael se encontraría con la Marisa de antes. Buscaría un buen momento para darle la noticia de que iba a ser padre y luego le pediría que se tranquilizara, no necesitaba nada de él, no quería que cambiase de vida, él era un ser nómada y me gustaba así y también le gustaría a su hijo, pero me hacía feliz que supiera que iba a tener un hijo y que este hijo supiera que lo tenía a él como padre. Había hecho bien en no marcharme corriendo cuando él desapareció, algo me decía que aquí no se acababa todo.

A pesar de que había dormido catorce horas, me tomé dos cafés bien cargados y comí para estar en forma cuando llegaran los nuevos. Puede que la huida de Ismael se debiera a que le habían llamado para solucionar algún asunto urgente y ahora volvía a mí.

Ayudé a Jane a inscribirles. Algunos se nos escapaban, se iban corriendo al mar, otros estaban englobados en el nombre del grupo, Ismael debía de ser uno de ellos. Pero según iban pasando por el mostrador y según iba revisando las fotos de los pasaportes, mis ilusiones se desvanecían. Sobrevivió la esperanza de que al día siguiente llegaran más, pero no llegaron. Sin que Jane me oyera, iba preguntándoles a unos y otros si conocían a Ismael, al fin y al cabo todos ellos frecuentaban playas parecidas, formaban una especie de hermandad con sus cabelleras revueltas y sus neoprenos, sus miradas lejanas, su indiferencia ante la quietud de los demás.

—¿Estás ya mejor? —me preguntó una voz mientras yo trataba desesperadamente de arrancar a Ismael de entre las olas. Era la segunda vez que la oía. Y al volverme vi la cara sonriente de un hombre con botas de goma.

—Lo siento, no le di las gracias por llevarme al ambulatorio, me encontraba aturdida.

—En el chiringuito he dejado pescado fresco, no te lo pierdas —dijo con ganas de decirme algo más.

Un pescador de unos cuarenta años, con la fortaleza

del trabajo de verdad. Me miraba tan atentamente que me volvía real.

—Si algún día quieres ir de pesca, dímelo, te gustará aunque hay que madrugar bastante.

No me dijo dónde podría avisarle, un mensaje lanzado al viento. Tenía unos ojos bonitos, verdosos, y una barba corta y negra, también el pelo, revuelto por un viento real, muy distinto al de los surferos. Podría haberme gustado si no fuera porque Ismael era como una interferencia de radio, una señal que anula otra. Ni siquiera supe el nombre del pescador y pese a que era imposible que me llamara la atención ni que le dedicara un segundo de pensamiento, no me habría importado volver a sentir su voz detrás de mí mientras le daba vueltas a la idea de cómo descubrir el paradero de Ismael. Me irritaba lo difícil que era que aquellos chicos comprendieran mi angustia y que me hicieran caso, lo difícil que era que dejaran de estar distraídos, que por un momento volvieran a tierra firme y me miraran a los ojos y quisieran ayudarme.

Se marcharon como habían venido. A los veinte días llegó otra remesa de jóvenes que parecían los mismos y que me contestaban con la misma desidia que los anteriores. Aun así me sentía atada al camping por si de pronto Ismael regresaba y al no verme se marchaba, además me quedaban teléfonos en los que indagar su paradero. Alguien tendría que ser su amigo, alguien tendría que conocerle, esto era lo único que tenía sentido para mí. A finales de noviembre ya estaba de cuatro meses y los días amanecían neblinosos y húmedos, el mar se había vuelto gris y más inmenso si cabe. Las náuseas pasaron y el ginecólogo me anunció alegremente que el embarazo iba viento en popa. Todo lo que tuviera que ver con Ismael seguía su curso independientemente de mí. Él continuaría viviendo en alguna parte, su hijo se desarrollaba por su cuenta, el mundo giraba sin tener que darle cuerda. La vida sucedía.

Una mañana llegó a nuestro chiringuito el pescador vestido con vaqueros y una sudadera. Se pidió un café y me observó preocupado.

—Estás pálida, creo que necesitas salir a alta mar —miró alrededor—. ¿Qué te parecería ahora? En el barco tengo ropa de abrigo.

No podía, estaba trabajando y lo más seguro es que en el barco me marearía y a pesar de mi relación con Ismael no estaba acostumbrada a improvisar.

—Está bien —dije, saliendo de detrás del mostrador—. Me vendrá bien un poco de viento.

No se lo esperaba, reaccionó bajándose del taburete y subiéndose la cremallera de la sudadera, metiéndose las manos en los bolsillos, poniéndose serio. Cogí un chubasquero que siempre veía colgado junto a los delantales y dos botellas de agua. Caminamos en silencio hasta el puerto y me ayudó a subir a un catamarán bastante grande, blanco, sin un rasguño y con mástiles bastante altos. Advirtió mi desconcierto.

—Es de un amigo que vive en Francia. Yo trabajo para un patrón.

En otra vida me habría impresionado lo ágil que era, me habría fijado más en su cuerpo, en el pelo arremolinándose alrededor de sus ojos verdosos por el verde del mar. Las velas aleteaban furiosas y el viento se metía por el chubasquero. Sacó de alguna parte un anorak grueso y me lo puso. Si se lo permitía cuidaría de mí, me protegería del frío y me ofrecería un cobijo seguro.

—Me llamo Valentín —dijo.

—Y yo Marisa.

—Ya sé cómo te llamas. Me fijé en ti en el chiringuito un día que servías Coca-Cola a los chavales.

Los chavales no bebían solo Coca-Cola, bebían vino, ginebra y lo que cayera y se cogían sus buenos pedos. Fumaban porros, se metían alguna raya. Me hizo gracia su intento de que los viera como niños. ¿Me habría visto alguna vez besándome en la playa con Ismael? Valentín empezó a parecerme demasiado fuerte, demasiado hombre. Se me acercó con dos cervezas. La mirada le chispeaba en medio de las gotas que lanzaba el viento. Sentía la cara mojada y los labios salados.

—Quizá prefieras algo más fuerte —dijo y se sentó a mi lado. El catamarán se vencía hacia la derecha.

A estas alturas me había convertido en una espectadora a la espera de la siguiente frase mía: una chica en medio del mar con un desconocido y una botella de cerveza en la mano esperando o temiendo que él se le acerque y la bese en la boca porque la situación no puede ser más propicia, más salvaje, más poética, porque ellos dos son hijos del mar y la brisa y están solos. Él la mira insistentemente y le retira suavemente la cerveza de la mano. «Ven», le dice, y le coloca el timón en las manos, él detrás, pegado a ella, esperando que gire la cara para besarla. Pero ella no la gira, le parece ver un delfín saltando entre las olas mientras siente los brazos de él en los costados, brazos duros, de trabajador y de no andarse con tonterías. Él le entrelaza los dedos con los suyos. Y ella siente que se ahoga.

—Perdona —le dice—, no puedo respirar.

Y se despega de él. Él la mira con los ojos entrecerrados por el agua, por el desconcierto.

—Te vi en la playa con uno de esos mocosos. Perdona, no es de mi incumbencia.

Las gotas se me metían en los ojos, eran saladas y me hacían llorar. Busqué con la vista la botella de cerveza. Él se apresuró a tendérmela.

—Son aves de paso. Aves pequeñas, aves tontas. Te vi besándole.

Cerré los ojos. Y sentí la tibieza de la boca de Valentín y nada más. Cuando los abrí me topé con sus ojos verdosos. Un beso intenso, unos ojos bonitos. Pegué un trago a la cerveza, me daba igual.

—Estoy embarazada, por eso me mareé en la playa el día que me llevaste al ambulatorio.

Se pasó la mano por un pelo lleno de aros, rizos, mechones y furia. La embarcación ahora se inclinaba a la izquierda.

—Regresamos cuando quieras.

Empezó a trajinar con las velas, a saltar con sus náuticos marrones de un lado a otro, a endurecer los brazos al levantarlos y agarrar los mástiles. Sorteábamos el oleaje en silencio. Y mientras amarraba el catamarán me preguntó por qué había accedido a navegar con él, y yo contesté que no lo había pensado. Y entonces me preguntó si no pensaba lo que hacía, si no pensaba en las consecuencias. Y sin contestar me quité el anorak que me había prestado y me apresuré a desembarcar y a alejarme de allí. En su última imagen estaba enrollándose una cuerda en el brazo. No se había ofrecido a llevarme de vuelta al camping, ni yo habría aceptado. Volví andando y al encontrarme con Jane me preguntó qué tal me había ido con ese tío tan macizo. Le dije que bien y me puse a repasar la lista de clientes y a llamar a algunos números, porque en el barco y cuando Valentín me besó, con su lengua salada en mi paladar, me acordé más que nunca de Ismael y me entró la angustia de estar perdiendo el tiempo en lugar de seguir buscándole. Porque si no lo buscaba acabaría desapareciendo completamente.

—Dios le da dientes a quien no sabe comer —dijo

Jane—. No le haría ascos a que me diera una vuelta en alta mar.

Me tropecé con Valentín alguna vez en el pueblo. Solía llevar las botas de goma y un jersey azul marino pegado a los músculos de la espalda y los brazos. Nos decíamos hola de pasada y torpemente como si tuviésemos algo que ocultar. En el fondo me molestaba porque no era para tanto, no le había insultado ni había incumplido ninguna promesa, no tenía por qué sentirme culpable de nada, quizá él por haber reaccionado de una manera tan seca.

El camping cerraba hasta marzo, aunque Jane seguía viviendo en su lujosa *roulotte*. A estas alturas los clientes escaseaban y a Jane no le merecía la pena pagar los sueldos de los cuatro empleados que tenía. Al menos esperé hasta el final y no desesperaría pensando que Ismael habría vuelto y no me encontraría. Fin de temporada. Los «días de sol» se habían clausurado.

Después de nacer Pedro, recibí una carta de Jane, un sobre acolchado de color mostaza que me intrigó bastante, no recordaba haberme dejado olvidado nada de valor en mi pobre *roulotte* sobre todo porque no tenía nada de valor, le habría costado más el sello de correos que unos pendientes del mercadillo.

Un folio escrito por Jane envolvía otro sobre. Leí atentamente lo que ella me decía. Imaginaba que no podría seguir contando conmigo para ayudarla en el camping, ¿o sí? Con un bebé sería difícil, lo comprendía. De todos modos le encantaría conocer al renacuajo, ¿iríamos a verla? Me echaba de menos y no era la única, como prueba me enviaba una carta que alguien le había dejado para mí.

Me paralicé, toda la sangre fue al corazón y no tenía fuerza para rasgar el sobre y además no quería estropearlo y necesitaba buscar unas tijeras. ¿Dónde estarían las malditas tijeras? ¿De verdad Ismael aún se acordaba de mí, me echaba de menos, le había impresionado de tal manera que en los aviones, barcos, autobuses y entre descomunales olas pensaba en mí? ¿De verdad que entre miles de distracciones y miles de caras nuevas yo permanecía inalterable en su mente? ¿Le habría contado Jane que era padre? No, habría preferido no asustarle, quizá la carta le había llegado a través de otra persona, no tenía matasellos. Me daba miedo abrirla, prefería un poco más este momento porque yo sabía algo, lo sabía sin querer.

Por fin las tijeras en un cajón de la cocina. Pedro medio lloraba en la cuna, se aburría y pronto estallaría de rabia, hambre, sueño, impotencia por no poder ponerse de pie y echar a correr. «Mi querida Marisa», empezaba la carta. Una letra inclinada a la derecha en tinta azul. Era como ver la imagen borrosa de alguien. «Quiero pedirte disculpas por haberme comportado como un capullo. Lo siento muchísimo por mí porque es imposible que pueda gustarte alguien como yo. Me detesté aquella tarde en el barco y no he dejado de detestarme un segundo desde entonces. Solo quería decirte que ese no era yo y que enhorabuena por tu hijo, seguro que será un niño muy feliz y tú también. Valentín».

Por lo menos no se había puesto poético ni tierno ni me había escrito su dirección, de modo que no me sentía obligada a contestarle. Arrugué la carta y la tiré a la basura. Tenía razón, en el barco me había molestado aunque no por lo que él creía, sino porque no era Ismael y esta carta también porque no era de Ismael. Y sin embargo me había agradado que nos hubiese visto en la playa besándonos, tener un testigo de nuestro amor. En el barco me quedé con las ganas de pedirle detalles: qué hacíamos en aquel momento, si Ismael tenía los ojos cerrados o abiertos, si yo estaba sobre él o él encima, si estábamos desnudos o vestidos, si nos mirábamos o nos revolcábamos en la arena. Ismael venía por las noches a mi *roulotte* a dormir conmigo, pero también le gustaba cogerme de la mano y arrastrarme entre dos rocas o abrazarnos en la arena a la luz de la luna, y yo sabía en esos momentos que jamás nada de lo que me ocurriera en el futuro sería comparable y que los días venideros serían más o menos buenos, quizá mejor que buenos, pero sin ese algo caído imperceptiblemente de alguna parte.

A Pedro le faltaba poco para cumplir siete años cuando Jane me invitó a volver al camping una semana como invitada. «Hemos mejorado las instalaciones —dijo—, hemos colocado columpios y un tobogán para los niños, lo pasaréis muy bien». La oferta me llegó en un momento en que solo vivía para el colegio y para Pedro, desgraciadamente carecía de la ayuda de mis padres y me daba apuro convencer a la vecina de dejarle a Pedro para salir a cogerme un medio pedo y evadirme. *Días de Sol* ya iba quedando atrás e iba habituándome a estar tristona y decepcionada. Por entonces aún no se llevaba la costumbre de los terapeutas para los artistas, el que acudía a un psicólogo es que estaba loco. No se iba al psicólogo por un bajón de ánimo, ni por una decepción, ni por una frustración. Uno debía estar al borde del suicidio o absolutamente ido. La novedad es que había conocido a Mauricio y me había pedido que me casara con él. No rechacé la oferta, ni tampoco acepté. No sabía qué hacer.

A Pedro le entusiasmó la idea del camping y que tendría una tabla de surf. Y evidentemente Jane había prosperado: dos chiringuitos, uno con hamacas y camas con mosquiteras, barras con grifos de cerveza helada y cocinas relucientes, baños nuevos, empleados de la limpieza con mono naranja. Nos había preparado una *roulotte*, el sueño de un niño. Al verle Jane lo observó atentamente.

—No voy a negarte que tenía mucha curiosidad —dijo—, porque ya no me acordaba de él, por aquí pasan muchos chicos parecidos, pero tu hijo me lo ha recordado.

Tenía el mismo color de pelo castaño claro y, si daba el sol, rubio oscuro y la misma mirada distraída y la misma postura estando de pie.

—Y todo esto —dijo Jane abarcándole con la mano al trasluz— lo hiciste en cinco minutos. ¿No te da miedo?

Me sonreí con cierta amargura pensando que si no fuese por Pedro y las descripciones que había hecho de Ismael en *Días de Sol* ya no me acordaría de cómo era. Ni siquiera le pregunté a Jane si había sabido algo de él.

—La vida es muy simple, ¿no te parece? —dijo Jane cogiendo a Pedro de la mano, cosa que a Pedro le repateaba pero que soportó pensando en una posible tabla de surf.

Estaba de acuerdo. Todos nacemos y todos morimos, da igual si has escrito *Días de sol* o *Los tejados rojos*. Pedro había nacido lo supiera o no su padre y así una cosa tras otra.

Habíamos llegado al camping a las cuatro y, nada más poner los pies en el camping, Pedro estuvo revolcándose en las olas y la arena, era inmensamente feliz, y a las ocho cayó rendido, casi no le dio tiempo de tomarse un plátano y un vaso de leche. Como decía Jane, la vida era muy simple, Ismael había estado aquí mismo y ahora no estaba y yo conocía dolorosamente la diferencia.

Le pedí a Jane ayudarla como en los viejos tiempos.

«Pues toma nota de aquella mesa», dijo señalándome la que estaba más cerca de la orilla entre ráfagas plateadas que venían del mar y la luz tenue que venía del chiringuito. Según iba acercándome fui descubriendo los grandes y fuertes rizos de la cabeza de Valentín volcados sobre la carta plastificada del menú. Le alegró verme, pero no le sorprendió, lo que significaba que estaba al tanto de mi visita o que no le causaba ninguna emoción especial. Le acompañaba una chica a todas luces nórdica o descendiente de nórdicos o de los países del Este. Me la presentó de pasada. Y ya no hablé más con él. Le pedí al otro camarero que les sirviera. De vez en cuando le eché alguna ojeada para ver si me miraba, pero solo miraba a la chica que a la luz de una vela, cuya cera iba formando una montaña alrededor de una botella de cristal, parecía de seda. Los surfistas se apiñaban en el chiringuito antiguo que no disponía de camas y que tenía pinta de ser bastante más barato.

Me acosté aturdida. Pedro dormía profundamente. Por la ventana de la *roulotte* entraba olor a sal, yodo, peces y pinos, y el ruido del mar iba acercándose más y más amenazando con tragarnos. Los ojos se me cerraban y el agua me cubría, nunca me había sentido tan en paz.

No tenía obligación de levantarme temprano, me despertó Pedro excitado. Quería salir corriendo a la orilla, se había puesto el bañador. «Primero desayunaremos», dije mientras veía por la ventana un intenso cielo azul. Debían de ser las nueve. Senté a Pedro a la única mesa que quedaba libre y fui a preparar los desayunos. Cuando regresé Valentín estaba con él sin la chica sedosa.

—Si Pedro se toma todo el desayuno, quizá haya una sorpresa para él —dijo Valentín.

Pedro se alborozó aún más de lo que ya estaba y se tomó el bol de cereales y frutas a toda pastilla. Valentín y yo le mirábamos a él, al mar, a nosotros sin hablar y cuando terminó Valentín le hizo seguirle.

Esperé sentada observando cómo le entregaba una tabla de surf con un delfín pintado. Pedro se marchó con un grupo de niños y un monitor y Valentín regresó a la mesa.

—Quién pudiera volver a sentir esas emociones —dijo.

Le di las gracias. Le dije que Pedro estaba más feliz que nunca en su vida y que seguramente este viaje le haría madurar.

—Y pensar que cuando te recogí en la playa él ya estaba en camino. Me alegra que todo haya salido tan bien. ¿Os gustaría dar una vuelta en barco? Olvida, por favor, lo patán que fui. Me avergüenzo de mí. Creo que estaba un poco celoso de aquel chico.

No quise incomodarle contestándole que de eso hacía mucho y que mi vida había cambiado mucho.

—Era el padre de Pedro —dije—. Según vino se fue, no hay rastro de él, aparte de Pedro, claro.

Hundió los dedos entre los rizos negros y macizos, pesados, y dejó al descubierto una mirada grande y asustada.

—Los fantasmas siempre ganan —dijo.

Yo también me asusté de que los fantasmas siempre ganasen la partida y al día siguiente le dejé una nota de disculpa en el chiringuito. «He conocido a alguien en Madrid, se llama Mauricio y vamos a casarnos. No es buena idea que vayamos a navegar juntos. Buena suerte».

Me alivió volver a Madrid. Puede que en la distancia me diese cuenta de mis verdaderos sentimientos hacia Mauricio, aunque no era buena señal tener que alejarse para saber lo que uno siente. Nunca dudé de que estuviera loca por Ismael aunque lo tuviese a un centímetro de mí. ¿Hay que enamorarse así para estar enamorada?

24

LUIS

Mi madre me confiesa que a mi padre le haría mucha ilusión que les regalara un apartamento en Alicante, pero que debemos esperar a que pase el tiempo y que no surjan inconvenientes. Llama inconvenientes a que se abra la caja de Pandora. Y llamamos la caja de Pandora al Apocalipsis. A mi madre no le hacen ni pizca de gracia las miradas que me echa Carolina Cox en las tertulias en que participamos juntos. «Es como si se oliera algo», dice. Le explico que los grandes escritores tienen que ser competitivos, bordes y maliciosos, que necesitan ser así para escribir novelas fuertes. «A la gente no se llega sin un punto de aspereza», le digo y me bajo a mi pequeño estudio a ver la tele con la novela de Carolina en brazos.

25

MARISA

En el colegio formo parte del pelotón de los veteranos, una manera de llamarnos a los que no nos queda ambición ni posibilidad de enrollarnos con nadie, y esta destructiva sensación nos une frente a un profesorado ambicioso, descontento y con la libido por las nubes. Los hay que escriben, hacen teatro o tienen una banda de rock y que sienten que se están desperdiciando entre alumnos tarados y colegas mediocres de los que yo formaría parte. Los comprendo perfectamente y podría aconsejarles que no pierdan su precioso tiempo y que tomen las riendas de sus deseos. Podría pero no quiero y procuro no verlos demasiado por lo que en la sala de profesores mi sitio favorito es una silla junto a la ventana desde donde contemplo las nubes pasar mientras me tomo una taza de té y oigo voces destempladas y descontentas. A veces otro veterano aburrido se me acerca a charlar, lo que me obliga a tener que implicarme en la vida y malgastar energías.

«Toma», dice uno de ellos, tendiéndome un papel. «En Secretaría me han dicho que esta persona te busca». No suelo ir por Secretaría ni por Dirección salvo que me reclamen algún papel. Los tiempos en que tengo que simpatizar con todo el mundo para conservar mi trabajo han pasado. «Gracias», digo desdoblando la nota. Me quedo conmocionada y él me mira intuyendo que algo fuera de lo normal ocurre.

No le doy opción a que pregunte, me levanto y salgo. Por la mañana ha estado nublado y ahora hace un viento de mil demonios y frío. La única preocupación, aparte del problema del éxito ajeno de *Días de sol*, es dónde comprarle un juguete a mi nieto y una camisa a Mauricio, algo sencillo que se ha convertido en un mundo por mi estado mental de estrés. En el patio estiro lo que puedo el papel entre las manos enrojecidas. Algunos profesores fuman y los niños de primaria juegan.

> Si tienes un momento libre, me gustaría hablar contigo.
>
> Carolina Cox. [Añade un número de teléfono.]

Me falta una clase por impartir, algo imposible en esta circunstancia. Les digo a los alumnos que me encuentro mal y que pueden salir al patio. Yo me dirijo a Secretaría, donde no recuerdan a la persona que ha dejado la nota, lo que me hace dudar si habrá sido ella. Es muy famosa y la recordarían. Pero el hecho de dedicar tanto tiempo a las nubes hace que cualquier acontecimiento fuera de lo normal me agite y mucho más uno de esta envergadura. Así que antes de que todo me dé vueltas, me decido a llamar a Carolina.

Me contesta ella misma. Su voz inconfundible que suena por todas partes.

—Estaba esperando tu llamada. Me gustaría verte por algo que te concierne muy directamente.

En medio de la conmoción acierto a preguntarle sobre qué es.

—Es mejor que nos veamos. ¿Puedes venir a mi casa?

Me da la dirección.

La cita es a las cinco y media, tras mi salida del trabajo. Tomo un taxi con la sensación de ir en dirección contraria, de ir hacia una vida que he dejado estancada en alguna parte. Jamás se me habría ocurrido pensar que Carolina se acordara de mí, ni que supiera quién soy. Únicamente nos habíamos encontrado aquel mediodía de primavera en el restaurante Trocadero en que no me había mirado ni una vez. Y ahora estoy yendo hacia ella, hacia un portal señorial de la calle Velázquez por donde alguna vez entraron carruajes tirados por caballos, que refleja su éxito y dudo si no deberíamos habernos citado en un lugar neutral.

Me abre a los tres timbrazos. Es más delgada y algo más mayor que en la tele y resulta menuda en medio de la extensión del salón. Va como siempre de negro y con unas bailarinas que no hacen ruido. En cambio el suelo se abre con crujidos bajo mis toscas pisadas. Me observa tratando de reconocer a aquella joven y efímera escritora que había ignorado.

—Me alegra que hayas podido venir.

La interrumpen dos niños que llegan corriendo hacia ella descalzos.

—Son mis hijos, fulano y fulano.

Los miro.

—Son de origen ruso.

«Vaya», digo, dirigiendo ahora la vista hacia los sofás y las mesas, sillones en los rincones, esculturas buenas, cuadros buenos, espejos y la enorme librería, testimonio de que ella es una gran escritora. Y no sé por qué, al pedirme qué quiero beber, le digo champán. Y alguien llega con champán y dos copas. Solo sirve una, ella es abstemia. Ah, por eso está tan delgada, yo no le hago remilgos a una buena copa de lo que sea. Me apetece tomármela de pie paseando por esta vastedad de madera crujiente a la espera del sentido de todo esto. Ella sentada me llama la atención sobre las esculturas y los cuadros y por fin dice: «Nos conocimos hace treinta años, ¿verdad? Teníamos el mismo editor». Iba a responderle que me sorprende que se acuerde, pero la veteranía me aconseja callar y esperar.

—Ambas publicamos nuestra primera novela —dice.

Alguien pone en la mesa unos pastelillos y tomo uno. El champán ha sido una gran idea y un gran apoyo emocional. Me dirijo a la cubitera y me lleno la copa.

—*Los tejados rojos* era la mía. La tuya, *Días de sol.* Me gustó mucho, la verdad, una novela muy bonita.

—¿La leíste? ¿Por qué?

Alguien le trae una botella de agua de Vichy. Por eso se mantiene así.

—Me la recomendó Nilo. Me dijo que no estabas teniendo suerte en tu debut. Sin embargo, yo enseguida tuve éxito.

No puedo tacharla de engreída porque es la pura verdad. Las preguntas se me amontonan en la cabeza: ¿y eso por qué si mi novela era bonita según tú?, ¿por qué no te dignaste decirme nada?, ¿por qué me haces esta confesión ahora?, ¿cuál fue el secreto de tu éxito? Y sobre todo: ¿conservas un ejemplar de *Días de sol*?

—Entonces, tienes un ejemplar de *Días de sol* —digo por fin.

—No lo sé, hace tanto tiempo... a saber dónde lo coloqué. Pero Nilo tenía razón, se mereció algo mejor. ¿Continúas escribiendo?

¿Y a ella qué mierda le importa si sigo escribiendo?

—Me harías un favor enorme si encontraras ese ejemplar y me lo dieras. Lo necesito.

Me mira intrigada o algo parecido, se levanta con el vaso de Vichy en la mano algo temblorosa y se acerca a la librería. Me coloca ante las narices *Los sueños insondables* de Luis Isla.

—No hace falta que busque una copia, esta novela es calcada a la tuya. Si Nilo en aquel entonces no me hubiese insistido en que la leyera nunca habría sospechado que el exitazo del momento es un plagio con todas las de la ley. Y se lo está llevando este mocoso.

—Ya lo sé —digo llenándome la copa de ese champán que Mauricio y yo con nuestros sueldos no podemos permitirnos. Sus burbujas heladas me traspasan de arriba abajo. Por unos segundos la urgencia y la tensión de lo que ocurre se desvanecen. Para Carolina no han pasado treinta años, para mí sí—. Es muy joven. No sé si comprende el peligro que corre.

El hecho de que no parezca todo lo enfurecida que debería estar la enfurece a ella y agita la novela delante de mi cara hasta hacerme retroceder.

—Es tu obra —dice o, mejor dicho, grita—. Ahora sería el momento de reivindicarla y reivindicarte.

Y yo le contesto en el mismo tono que no puedo hacer nada sin la edición original. ¿Qué espera, que se la arranque de las manos y la despedace? ¿Qué despedace a Luis Isla? Me mira desde el mismo mundo de entonces mientras que yo vengo del callejón de detrás, de la puerta trasera.

Nos callamos cuando se abren dos puertas correderas de cristal repujado de una manera muy artística. Unas puertas que deben de costar la mitad de nuestro adosado. Y de ellas surge uno de esos hombres sin edad con vaqueros y chaqueta de vestir.

—Cariño —le dice—. Tenemos eso a las ocho.

Carolina arruga su carita en una muesca de asco y se deja caer en el sofá.

—Ah, perdona. Es Stephan, mi marido.

A mí no me presenta. Stephan me echa una breve ojeada y se marcha. Ahora se abre ante mí, como una revelación, aquel mediodía en el restaurante Trocadero: Carolina estaba destinada a dar un salto a este salón, a este apuesto marido y a esos hijos traídos de Rusia.

—¿Qué tal te va con la nueva gente de la editorial? Son americanos o alemanes, ¿no? —pregunto.

Se remueve incómoda en el sofá, cruza sus delgadas piernas y aprieta sus picudas rodillas con sus estilizadas manos. Siempre la había envidiado y siempre creí que era por la injusticia que se había cometido conmigo y ahora me doy cuenta de que simplemente la envidiaba por todo.

—Suizos —dice.

La miro a los ojos transmitiéndole un pensamiento: «Stephan es el director, el editor, tu nuevo Nilo ¿verdad?».

Baja la cabeza y deseo creer que a pesar de todo no es tan feliz como parece. La felicidad es el último bastión del éxito, la fama y el brillo, como si la felicidad fuera el paliativo de los pobres y los fracasados. ¿Acaso quiere Carolina ser feliz? ¿Sustituiría todo lo que tiene por la felicidad?

—Tienes que hacer algo —dice—. No puedes consentir que ese payaso te arrebate tu gloria.

—¿En serio te importa lo que me ocurra?

Un golpe bajo, ella a mí no me debe nada. Había tenido más suerte que yo, había gustado más, se las había ingeniado mejor. Y además de mi boca no ha salido nada bonito sobre su novela.

—Me importa que ese no se salga con la suya.

—No puedo demostrar que su novela sea un calco de *Días de sol* si no encuentro un ejemplar original.

—Pues habrá que pensar en algo.

—Te vi en la televisión con él —digo.

Por dentro de la frente empiezan a bajar ríos turbios que le empañan la mirada.

—Hoy tenemos una cena, pero podemos seguir hablando mañana o pasado. Este es el número de mi móvil.

La cito en el centro comercial de mi barrio, en un Starbucks cerca de la librería donde permanece expuesto el troquelado de Luis Isla y pilas rebosantes de *Los sueños insondables* y donde apenas se distingue la novela de ella. Al pasar ante el escaparate no se para, se limita a hacer un barrido visual concienzudo con el que todo le queda claro. La amargura se le concentra en los labios. Se sienta de espaldas a la librería y pide su consabida agua de Vichy. Echo de menos las burbujas del champán. Las asocio a la hermosura de su salón y la necesidad de sentirme achispada. Me pido una Coca-Cola Zero.

—Querría que me devolvieras la foto que te llevaste de la habitación de Nilo en la residencia de ancianos.

Es el momento de no precipitarse ni dar explicaciones, de no descubrirse voluntariamente, tampoco de negar.

—Al no ver la foto le pregunté a Nilo si había tenido visita y me dijo que habías sido tú —dice.

Esa posibilidad me emociona y también me parece una estratagema de Carolina. Así que procuro no variar el gesto, pero sí el rumbo del pensamiento.

—Sigues enamorada de él, ¿verdad? Es normal. Erais como uña y carne, los dos vestidos de blanco.

Un baño de sonrisa le cubre la cara. La he ayudado a recordar momentos bonitos, seguramente la protección sin fisuras de Nilo, probablemente el permanente y satisfactorio éxito. Ahora una súbita tristeza cubre la sonrisa, y la palidez el sonrosado de la cara.

—Apenas me reconoce —dice con pesar—, ni siquiera echa de menos la foto. Yo le habría cuidado, lo habría traído a mi casa, pero él no habría soportado a los niños y además conocí a Stephan. La vida continúa.

—Tu vida es perfecta —digo—. No puedes sacrificarla por el pasado.

Asiente, es objetivamente verdad, real, incontestable.

—No puede ayudarte en lo de tu autoría —añade—, no se acuerda de nada, solo ráfagas, momentos preciosos que trato de atrapar. De todos modos, creo que te reconoció porque dijo bastante extrañado: «Esa joven autora ha envejecido». Lo siento.

Si hubiese siquiera sospechado que Nilo me valoraba no habría tirado la toalla, pero es difícil saber lo que ocurre si nadie te lo cuenta. «Me habría gustado tanto que me dijeras que mi novela te gustaba», pienso. «La indiferencia me mató», pienso más dolorosamente aún o quizá lo digo en voz alta. Me saca de quicio no poder arreglar el pasado.

—Los principios siempre son complicados, las circunstancias extrañas —dice—. Hasta ahora no volví a recordar tu novela, desapareciste muy pronto del mapa. Te confieso que cogí *Los sueños insondables* por curiosidad y me quedé en *shock*, de piedra. Me recordó de pe a pa tus *Días de sol*. Se apropió de la muerte de tus padres y de ese amor de verano tan mágico, ¿no te indigna?

«Sí, claro, todo me indigna bastante», pienso.

—¿Por qué no tuviste hijos con Nilo? —pregunto pasándome de la raya seguramente.

—Era mi editor, yo su autora fetiche. Íbamos juntos a los sitios, formábamos una fantasía, no un matrimonio con hijos. No era el momento.

—Y ahora ya es tarde.

Cabecea afirmativamente, es absurdo que a mí trate de engañarme, soy un fantasma del pasado.

—Si él se encontrara bien de salud, todo esto no estaría ocurriendo —dice.

Todo esto: su deslizamiento hacia el precipicio.

—¿Stephan no te ayuda, no es del gremio?

No contesta, se levanta y va a la barra a pagar. No ha tenido más remedio que cambiar a Nilo por Stephan, el pasado por el presente, el futuro se le va de las manos.

—No sabes lo que se siente —dice poniéndose su típico tres cuartos de cuero negro.

—No, no lo sé —digo.

No lleva bolso. Se mete las manos en los bolsillos y marcha hacia la salida sin echar una sola ojeada al escaparate de la librería.

Cuánto me tranquiliza no sentirme deslizar montaña abajo del éxito. Solo he sentido desamparo y decepción.

26

MARISA

No es disparatado pensar que el troquelado de Luis Isla permanecerá mucho, mucho tiempo en el centro comercial. Desde que Luis Isla pide públicamente que una chica llamada Laly, un amor del instituto al parecer, acuda a alguna de sus presentaciones, las salas se llenan hasta la bandera de jovencitas enamoradas y las ventas vuelven a dispararse. Me sorprende mucho este giro y me parece una falta de vergüenza absoluta. ¿Qué tiene que ver esa Laly con Ismael o conmigo? La locura llega a tal punto que cuatro o cinco chicas aseguran ser esa Laly. Una incluso le acusa de ser el padre de su hijo y aprovecha para dar una exclusiva en televisión llorando. Había tenido el niño a los dieciocho años justo cuando saltaron a la universidad y todos se perdieron de vista. Y aunque ahora ha acudido a su llamada, él no quiere verla y niega toda relación con ella. Empujado por las circunstancias, Luis no tiene más remedio que salir a la arena para aclarar que lamentablemente se ha enterado de que Laly, el amor de su vida, ha muerto y que por tanto le ruega a la falsa Laly que no le importune más. Y esto que le estaba ocurriendo es lo más terrible que le ha pasado en su vida y tiene que quitarse las gafas para pasarse la mano por los ojos, con lo que da a entender que llora o que intenta borrar imágenes dolorosas. Mauricio me comenta que este escritor le da pena: «Se nota que es sincero y que sufre y que escribir así desde el corazón, debe de suponer un suplicio». Y ya no le apetece mucho leer *Los sueños insondables* porque en este momento de su vida, con la jubilación encima y con todo lo que ve en el hospital día tras día, lo que menos necesita es que le invada la tristeza de ese muchacho.

Por mi parte me alegra que desista de leer la dichosa novela. Me ha pedido una y otra vez que la compre y me hago la remolona todo lo que puedo y por fin se ha cansado. Quizá otra mucha gente renuncie a leerla, gente que prefiere leer algo que no le ataña en absoluto y que en el fondo le sea indiferente.

27

MARISA

Tengo una llamada de Carolina. Suena agitada.

—Tenemos que vernos —dice.

Estoy dando una vuelta por el pinar con Mauricio. Hemos decidido llegar hasta el lago antes de que nos interrumpa alguna urgencia del hospital. De una manera instintiva estamos trazando rutas que nos curraremos cuando se jubile y yo pida reducción de jornada o me prejubile.

—¿Qué quieres de mí?

La cobertura es mala y solo puedo deducir que he de echarle una ojeada al periódico. No pienso hacerlo, será para que vea alguna entrevista o noticia de ella, su foto una vez más, que van a hacer una película sobre alguna de sus novelas.

Mauricio se ha adelantado y me dedico a observarle unos minutos. Está adelgazando, preparándose para su nueva vida en la que no querrá entrar decrépito. Conserva la espalda más o menos recta y un tercio de aquel cabello negro, que ahora es gris. Se vuelve hacia mí y me parece un desconocido, alguien con quien paseo, como, hablo, veo la televisión y me acuesto de vez en cuando. Y no obstante una persona ajena a mí. El marido de cualquier otra. Un vecino. Un compañero de trabajo. Un amigo de la facultad. Voy hasta él y le abrazo para hacerlo mío. Recoge los cuatro bastones con la mano derecha y andamos abrazados hasta el lago. Ahí me besa. El beso del marido de otra, del vecino. En el lago se refleja el verde de las hojas, un verde intenso, casi feo, que tiene su aquel.

—No me bañaría ahí por nada del mundo —comento.

—Ven —dice tirando los bastones a un lado y cogiéndome la mano.

Nos adentramos en la maleza y hacemos el amor como dos adolescentes torpes sobre hierba húmeda. El polvo de un compañero. Mejor de un completo desconocido, algo clandestino de absoluta propiedad privada. No me desagradaría repetir. Él parece satisfecho.

—¿Quién te ha llamado? —dice recogiendo los bastones con inusitada hombría.

—Del colegio —digo.

—Me temía que fuese Pedro. Hemos quedado para jugar al tenis y al final siempre le surge algo —dice.

A la vuelta nos acercamos por O'Passo. Mauricio se toma dos cervezas con gusto y me alegra verle tan contento. Siempre hay algún periódico sujeto por una varilla de madera. La llamada de Carolina me intriga y lo abro directamente por la sección de Cultura, la única que puede unirnos. Enseguida distingo un comentario sobre Luis Isla, sobre el drama que debe de estar viviendo por la muerte de Laly, su antiguo amor de instituto, que seguramente le está impidiendo centrarse en su esperada y deseada segunda novela.

¿Podría ser que este simple comentario enerve tanto a Carolina?

Hay algo tan satisfactorio en el infierno de Carolina que por la noche, casi sin darme cuenta, empiezo a escribir *Inconfesable* sobre una pareja como Mauricio y yo, que arranca en el momento en que me ayudó a recuperarme de la borrachera aquel lejano día. Me dan las seis de la mañana escribiendo en un estado agridulce de consternación por todo lo que la vida me ha dado y por todo lo que no me ha dado, que es mucho. Me ha dado a Pedro y a Mauricio, me ha quitado a mis padres y a Ismael y cientos de momentos que inundan el alma de almíbar, de ensueño, de calor feliz, de satisfacción, de facilidad. Todos esos han ido a Carolina y a Luis Isla.

Era de esperar que Carolina volviese a la carga, el odio como el amor no descansa, y al día siguiente me deja un mensaje en el móvil pidiéndome que vaya a su casa. La voz suena medio ahogada, medio gritona. Cuánto habría agradecido que me llamara en aquellos días tan necesitados de solidaridad artística, me habría encantado ser su colega aunque triunfase infinitamente más que yo. Ahora ya ha pasado todo, el presente es un cadáver más o menos curioso. Y pienso en el champán.

El conserje del edificio me abre la puerta del ascensor, huele a maderas nobles y a cera virgen. ¿Habría querido ganar tanta pasta como ella y tener este ascensor a mi disposición y al conserje? ¿Por qué no si pudiese conservar a Pedro y tal vez a Mauricio en lugar de a Stephan? Cuando lo conocí en mi anterior visita no me pareció que fuese a sentirme cómoda con él. Tuve la sensación de que tendría que encontrarme siempre en estado de revista y que debería saber esquiar y montar a caballo y desplazarme por los salones de la casa como una escritora-hada contemplando cuadros buenos y esculturas raras. Tendría que saber mucho de pintura. Había descuidado mi cultura por culpa de que nadie esperase nada de mí, ningún Stephan lo soportaría. Sin embargo Mauricio admira cualquier cosa que le cuente sobre libros y me dice que tendría que haber sido escritora, lo que me obliga a zanjar la conversación.

Quizá es por la hora. El otoño está siendo frío y a las siete de la tarde en el ambiente se produce una profunda sensación de agotamiento. Carolina me abre la puerta con unas gafas enormes, lo que le imprime a la mirada algo de locura. Ha desaparecido el brillo habitual del pelo y su lisura. Lleva atada a la cintura una bata de algodón orgánico sin color.

—Perdona, acabo de levantarme.

—¿Estás enferma? ¿Me marcho?

Todo indica que la copa de auténtico champán francés se ha esfumado.

—No, quédate —me coge la mano con una mano de huesos frágiles y helados, que saca del bolsillo con esfuerzo—. Solo me duele la cabeza.

Andamos por el vestíbulo y el salón hasta uno de los sofás, separado del resto por metros y metros de parqué reluciente y alfombras enormes. Siento un escalofrío.

—No puedo dormir pensando en lo que está haciéndote ese desgraciado.

Las ojeras, las arrugas, la mirada vuelta hacia dentro. ¿Padecería las típicas jaquecas de los genios? Mientras que yo he escrito una novela, ella ha escrito más de quince por lo que nuestras mentes no funcionarán igual.

—¿Viste lo del periódico? ¿Cuántas mentiras más tendremos que soportar? Dan pena todas esas pobres infelices engañadas.

Se saca del bolsillo de la bata papel de liar y una cajita con maría. Se ensimisma en el aliño del porro.

—A Stephan le saca de quicio que haga esto en casa y que puedan verme los niños, pero hoy no vendrá, está de viaje.

Cuando termina pega una larga calada y me lo tiende.

Hoy definitivamente no hay champán, hoy hay porro, que será de gran calidad. Apenas he comido y me entra un agradable y pequeño mareo.

—No sabía que necesitaras gafas.

—Solo cuando me duele la cabeza.

Fumamos en medio de esta explanada alfombrada sin decir nada, dejándonos llevar, intentando que los pensamientos floten a nuestro alrededor. Ella se descalza y se hace un ovillo en un rincón del largo sofá, a mí no me parece procedente quitarme las botas y hacer lo mismo. No estoy aquí para colocarme aunque lo haga. Al fin entran corriendo los niños rusos con batas también cien por cien ecológicas. Van directos hacia Carolina hasta que ella les da el alto con el porro en una mano.

—Por favor, Susi, llévatelos.

Susi se materializa ante nosotras y grita: «¡Niños, a la cama!».

—No puedo con todo esto, es mucho trabajo. Stephan se empeñó en que fuésemos padres y al mismo tiempo quiere que no pare de escribir.

Me da pereza hablar. Un mirador cubre la pared de enfrente y el atardecer me produce mucha melancolía, así a palo seco, sin nada que beber.

—La competencia es insoportable. Has tenido suerte de no tener que enfrentarte a jóvenes autores sin escrúpulos que quieren ocupar tu lugar —dice.

La ceniza le cae en la bata (he visto ese modelo en Muji haciendo juego con unas zapatillas y toallas) y luego la colilla se le desliza de los dedos a la alfombra sin que se dé cuenta. Reprimo el impulso de recogerla, solo Carolina es responsable de que se esté chamuscando una orquídea del estampado. De nuevo saca la cajita y empieza a liarse otro porro. ¿Desde cuándo fumas esto?, ¿te emporras para escribir?, ¿tomas también coca?, ¿tienes un camello de confianza? Las preguntas no traspasan su pelo revuelto. No pregunto nada. Se levanta lentamente y lentamente va hasta una mesita lacada en el otro extremo del salón. Abre el cajón y saca un libro. Lo levanta en alto para que vea la portada. Achico los ojos para distinguirla. Una portada borrosa que va definiéndose según avanza hacia mí. Una playa y cielo azul. *Días de sol.* Tiendo la mano para cogerlo, pero ella lo atrae hacia sí mientras pega una calada.

—No sabes lo que me ha costado conseguirlo. He tenido que poner la editorial patas arriba rebuscando antiguos papeles de Nilo y cajas personales llenas de polvo. Todos me miraban como a una trastornada y Stephan se ha enfadado conmigo. Estoy haciendo por ti más que tú misma, no te lo mereces.

Su cara es tan pequeña que al sonreír se le junta la boca a la nariz y los ojos, por eso procura estar siempre seria. Se le abre la bata y deja al descubierto unos pechos pequeños y caídos. Se los medio tapa.

—Si no quieres nada más, me marcho —dice la misma empleada de antes, pero ahora vestida como Carolina, lo que hace suponer que le regala la ropa que le sobra.

—Es como de la familia —dice—, los niños la aman.

Sin apartar la vista de *Días de sol* impidiendo que se desvanezca por no mirarlo, pienso que Carolina definitivamente pertenece a la *high class* que sabe integrar como de la familia a quien jamás será de la familia.

Carolina cada vez habla más pausadamente. Parece que jamás llegará al sofá, parece que va a tropezarse con las flores de la alfombra.

—A pesar de tu ingratitud, yo seré tu justicia poética.

Espero pacientemente que esté a tiro para arrancarle el libro de las manos.

—Lo quieres, ¿verdad? —dice abriendo el mirador y fingiendo que arroja el libro a la calle—. Ahora es mío, yo lo he encontrado, me pertenece y puedo hacer con él lo que me dé la gana.

Se ríe hasta llorar y hasta caerse al suelo. Desde allí con la cabeza aplastada en esa lana tan buena y la cara demacrada, el pelo como una madeja deshecha, abraza el libro en el pecho y cierra los ojos. Parece muerta. Apretado entre sus brazos se nota que el libro está muy usado, con el abultamiento de haber sido abierto innumerables veces.

—Pues dime qué vas a hacer con él, ¿sacarlo a la luz pública?

Se levanta con gran esfuerzo.

Tengo una sed de la hostia y Susi se ha marchado. Solo tengo que darle un empujón, arrebatarle la novela y salir corriendo.

—¿Sabes una cosa? —digo—. *Los tejados rojos* me aburren miserablemente.

No me oye. Por fortuna hablo demasiado bajo en el momento en que alguien abre la puerta de la calle. Permanecemos expectantes ante pasos que crujen. Carolina intenta levantar la cabeza, que vuelve a caer.

Stephan entra y arroja una mochila de ejecutivo en un sillón.

—Hasta el portal llega el olor —dice airado con un acento mitad italiano, mitad alemán. Me mira también airado—. Te vi aquí el otro día, ¿eres su camello?

Carolina le tiende la mano para que la ayude a levantarse, gesto que él ignora.

—Soy amiga de Carolina. Nos conocimos hace muchos años en su antigua editorial. Yo también soy del gremio.

—Ah —dice él prestándome más atención—. ¿Qué haces? ¿Debería conocerte?

Voy a contestarle que he escrito la novela que su mujer abraza con tanto énfasis, pero me contengo. ¿Acaso pretendo deslumbrar al marido de Carolina, acaso me gusta su marido, acaso lo suyo me parece mejor que lo mío?

—Ya sabes, en este negocio vamos y venimos todo el tiempo.

Ella nos observa desde la alfombra. ¿Le gustaría a Stephan *Días de sol*? Qué más da, nunca me lo confesaría, debe absoluta fidelidad a la literatura de su esposa, a su éxito, a sus ventas.

Emplea unos segundos en pensar, se afloja la corbata y va hacia ella. La coge en brazos como a una niña o a una anciana. Ella se abraza a él y el libro se desliza hacia abajo. Carolina lo ve caer y caer y hace el ademán de que Stephan lo coja, pero él no hace caso.

Por fin lo tengo en mis manos. *Días de sol* ya es mío. Recojo el bolso, paso la mano por la suave piel de la mochila de Stephan, echo un último vistazo a toda esa sedosa desolación, oigo el llanto de Carolina, aparece uno de los niños rusos en el umbral del pasillo, me mira retador y salgo todo lo deprisa y silenciosamente que puedo.

Llego a casa casi a las diez de la noche. Al salir del piso de Carolina me siento un poco atontada o demasiado en paz, a lo que estoy tan poco acostumbrada que prefiero volver a mi estado normal y decido caminar hasta la parada de autobús más lejana posible. El fresco de la noche me sienta bien, se me mete por los poros, por la abertura de la gabardina y consigue que cese de flotar, consigue que sienta en el costado el duro contorno de *Días de sol*.

—El salmón se ha enfriado, cariño. ¿Lo has pasado bien?

Él ya está sentado viendo las noticias y me acurruco a su lado. Me coge por los hombros. *Días de sol* está en mi poder y puede esperar. A Mauricio verme en casa sana y salva y la casa entera y el mundo sin cataclismos le tranquiliza hasta la felicidad. A la hora, empieza a cabecear, se quita las gafas, me da un beso y dice que se va a dormir.

—No tardes mucho, si no, te desvelas.

A estas alturas de mi vida no tengo claro si es o no agradable que alguien sepa tantas cosas de mí, cosas como que me desvelo. ¿Tiene alguna importancia que alguien lo sepa?

Me tumbo en el sofá dispuesta a sumergirme en una parte de mi vida manoseada por otros, por así decir. La televisión permanece encendida. Las páginas de *Días de sol* están ahuecadas y algunas líneas y párrafos subrayados en lápiz y en fluorescente amarillo y anotaciones al margen alabando alguna frase, también encerrada en un círculo la palabra «Rama» corregida como «Roma». ¿Serán obra de Nilo?

Vuelvo a leer la novela igual que si recordara una vieja canción, igual que si tarareara una de esas melodías que uno tiene metida en la cabeza, y hasta las siete de la mañana no me quedo traspuesta. Entre sueños oigo el trajín de Mauricio haciéndose un café y noto cómo me tapa con una manta y cómo recoge la novela del suelo y la coloca sobre la mesita y cómo se aleja sin detenerse a leer el título y el nombre de la autora. Al abrir los ojos veo que está boca abajo y respiro. Por nada del mundo querría que Mauricio la leyera ni supiera que la he escrito yo, algo me dice que si eso ocurría todo cambiaría para peor después de saber que lo mejor de mi vida está encerrado en aquellos días.

Pero sueño a menudo con la muerte de mis padres. Estalló como un vaso que se rompe en mil pedazos, y no tenía más remedio que recogerlos y tirarlos a la basura. La ropa de ambos, las gafas de cerca, de lejos, de sol, la rodillera de mi padre, sus relojes, las gorras con visera, los cosméticos de mi madre, alguna ropa interior aún en la lavadora esperando a que regresaran de la muerte. Miles de millones de células pegadas a sus cosas, y yo acababa de heredarlas. También estaban en las paredes, la cafetera con posos del día anterior a su aventura, en las sábanas y en los muebles. Todo tenía su olor, a la espuma de afeitar de mi padre y a la crema de manos de mi madre. Como hija única no podía compartir lo que quedaba de ellos con nadie, una pesada carga.

La psicóloga del colegio me aconsejó donar a Cáritas la ropa mejor conservada y los muebles. Con el dinero de la venta del piso y del plan de pensiones abrí una cuenta en el banco a nombre de Pedro destinada a sus estudios y a un cierto desahogo económico que su padre nunca le daría. Las fotos las ordené por fechas en varios álbumes y no volví a abrirlos en mucho tiempo. Las joyas de mi madre las guardé y dos años después me puse el anillo que a ella más le gustaba, de oro con una amatista morada, de aire majestuoso, para firmarle a Nilo el primer ejemplar de *Días de sol*.

28

MARISA

Mauricio se marcha al hospital y me subo a la buhardilla a escribir sobre estos días, los días previos a su jubilación, en realidad meses, en que me quedo sola en casa a la salida del colegio y puedo recrearme en mi libertad. A veces me asalta la imagen de Luis Isla firmando pilas de mi novela, y otras la imagen de Carolina en brazos de Stephan medio desmayada, pero luego miro a mi alrededor y me invade la paz de saber que Pedro y mi nieto están bien y que por la noche o de madrugada llegará Mauricio y que no deseo otra vida. He alcanzado un punto en que desear otra vida es más angustioso que la vida que tengo. Me pongo música y consigo escribir dos folios relatando cómo Mauricio observa la marcha de los tomates, cómo hace planes para pescar con Pedro, cómo trata de creer que yo me conformo tanto como él y sobre todo cómo consigo que la vida parezca normal. Nada es normal, nada de lo que hace el ser humano es normal, enamorarse, sostenerse sobre dos pies pequeños, dormir en una cama. La escritura de *Inconfesable* me ayuda a olvidarme de *Días de sol.* Logra que el presente sea tan fuerte como el pasado. Tengo la novela en la cabeza y aprovecharé los recreos del colegio, todos los ratos muertos en la sala de profesores y en el aula mientras los niños hacen ejercicios, todas las horas libres en casa y parte de la noche, para darle forma. El timbre del móvil se mezcla con la música y la bajo. No reconozco el número y dudo si contestar, pero tampoco me llama tanta gente como para despreciarlo.

Es Stephan, el marido de Carolina. Su voz encierra el misterio de lo lejano, de lo que se ha engendrado en otras tierras.

Carolina está en cama con fiebre desde la última vez que nos vimos en su casa. Come poco y cualquier cosa la altera. No es capaz de escribir, se encuentra bloqueada y se han cancelado todas sus presentaciones y charlas. Habla de un libro que yo me habría llevado de su casa por error. ¿Podría devolvérselo?

No he sabido reaccionar. ¿Niego habérmelo llevado? ¿Confieso que ese libro es mío? ¿Le confirmo que me lo he llevado y que no pienso devolverlo? ¿Y si me lo ha dado ella y no se acuerda? Le cuelgo, conversación interrumpida. No tengo por qué dar explicaciones. A la mierda. Es mi novela y ella es una de los que me han regateado el mérito. Por nada del mundo voy a satisfacer sus ansias de venganza por el éxito de Luis Isla.

A la semana siguiente de la llamada de Stephan, descubro una figura vestida de negro con el pelo revuelto esperándome a la salida del colegio. Es Carolina. Me marcho en otra dirección y ella echa a correr detrás de mí. Yo no pienso correr, dejo que me alcance jadeando, parece muy débil. Antes de que hable le pregunto.

—¿Estás enferma? ¿Te ha visto un médico?

—Déjate de gilipolleces. Tienes algo que me pertenece.

—No sé de qué me hablas.

Ha perdido el brillo. Todo lo que antes era brillante ahora es opaco, pálido, sobre todo los ojos.

—Solo te enseñé la novela, no te la di. Devuélvemela.

—Me han emocionado las anotaciones al margen. ¿Son de Nilo?

No contesta. «¿Por qué no le dijiste a Nilo que te gustaba? ¿Por qué no me lo dijiste a mí?». No es justo que le pregunte esto y no se lo pregunto, no tiene ninguna obligación hacia mí, ni yo hacia ella.

—Francamente, no sé qué quieres de mí —digo.

—Que se te haga justicia poética.

—Otra vez con eso. ¿Sabes una cosa? Ya se me ha hecho justicia —digo y la dejo ahí plantada como una pobre mujer que no es, si se piensa en Stephan, en su gran salón, en los niños rusos, en sus miles de lectores, en sus treinta años de éxito ininterrumpido, en nuestro editor, Nilo, dorándole la píldora, en su desdén hacia mí aquel mediodía en el restaurante Trocadero.

Y de pronto, mientras abro la cancela de mi casa y saludo al vecino con la mano, me asalta la duda de que mi novela de verdad le haya gustado y necesite decírmelo para que la ayude a destruir a Luis Isla. Es evidente que tiene un umbral muy bajo de aceptación de la frustración, que debe de llegar al máximo cuando el fin de semana entre los libros más vendidos ha desaparecido el suyo mientras que el mío sigue en el número uno.

—Te veo muy contenta —dice Mauricio dándome un beso de buenos días en el cuello.

No sé cómo decirle que los besos en el cuello me dan unos escalofríos muy raros, casi desagradables, no quiero herirle. Terminamos de desayunar y como todos los sábados cogemos los bastones nórdicos y nos damos una buena caminata. Mauricio quiere repetir la experiencia de hacer el amor entre las plantas y me coge de la mano. Me duele desairarle y accedo aunque tengo la cabeza en *Inconfesable* y en que estas escenas de una pareja adulta, que ni siquiera son amantes, jugando a ser apasionados sobre la fría hierba es el reverso perfecto de *Días de sol.* Y nada más llegar a casa, mientras Mauricio se ducha y luego prepara unas chuletas en la barbacoa con energía renovada e ilusión en el porvenir puedo escribir un folio más. Cuando bajo al jardín, Pedro y el niño le están ayudando con los platos. Han situado la mesa bajo unos cuantos rayos del sol de octubre. Y me paralizo en la puerta: si pongo un pie en esta visión, si la toco con un dedo o con una palabra se deshará para siempre.

—Ven, ¿qué haces ahí? —grita Mauricio con su renovada masculinidad.

Gabi corre a abrazarse a mí.

—Mira lo que me ha regalado el abuelo.

Mauricio suspira al oír que le llama abuelo y Pedro y yo nos miramos cómplices. La vida continúa desvaneciéndose a cada instante. Mi nieto se hará mayor muy pronto como se ha hecho Pedro y no quiero pensar más. Pedro me pregunta si conozco a ese joven escritor del que le habla Mauricio, si he leído su novela.

—No es para ti —digo—. No es tu estilo.

—No sabía que yo tenía un estilo —contesta riéndose.

Mauricio se queja de que también le he disuadido de leerla.

—Un escritor debe tener experiencia de la vida —concluyo.

—Bueno, a comer —dice Mauricio.

Estoy deseando que entremos en el invierno. En el ambiente denso del frío, menos volátil que la primavera y el otoño.

29

LUIS

Mi padre toca tímidamente con los nudillos en la puerta de mi miniestudio. Quizá un timbrazo le parece demasiado intrusivo. Creo que desde la reforma no ha bajado por aquí. Tras comprárselo a la comunidad de vecinos, él mismo con la ayuda de dos colegas también camioneros lo reformaron de arriba abajo. Tiraron dos paredes, hicieron un baño nuevo con azulejos color naranja para dotarlo de más luz y una cocinita con todo lo necesario, incluso un pequeño lavavajillas, también una lavadora de las que se abren por arriba, pero que apenas uso, mi madre se sube la colada sin que mi padre se entere, no porque vaya a protestar sino porque sería menospreciar su trabajo de albañilería, él piensa que ha liberado a mi madre de mi carga. Así que en cuanto oigo los nudillos recojo lo que hay por en medio.

—Perdona, hijo, sé que estás muy atareado, solo te entretendré unos minutos.

Le digo que no importa, que se siente.

—Ponte cómodo —le digo—. ¿Quieres tomar algo? Tengo cerveza y Coca-Cola.

Las cervezas y los refrescos de cola también los compra mi madre. No quiere que me sienta desplazado del piso familiar, en tierra de nadie. Mi padre niega con la mano. Se sienta en el borde del sofá, dando a entender que se trata de una visita breve. Ha llegado de viaje ayer o anteayer. Lleva pantalones de pana que lo hacen más recio todavía y el pelo mojado por una reciente ducha. Huele a jabón sin más. Las manos son anchas, del volante, de abrir y cerrar las puertas del tráiler, de cargar y descargar algo. No sé nada de su mundo, de esos compañeros con los que bromeaba cuando arreglaban mi estudio. Picaban y cargaban los escombros gratis. Alguna vez les oí preguntar por qué yo no echaba una mano y mi padre movía negativamente la cabeza y ahí se acababa la cuestión. Por algo sería, quizá estaba enfermo, y sencillamente él pensaría que mi madre no quería que me manchara de yeso.

—Me preocupa que seas tan famoso. Creo que lo mejor será instalar una alarma. Ya eres un personaje público —dice.

—Los escritores no somos auténticos famosos, con otro cerrojo bastará.

—También quiero decirte que puedes contar conmigo para lo que necesites —dice, y se me queda mirando significativamente para no tener que seguir hablando.

—¿A qué te refieres? Estoy bien como estoy, no tienes de qué preocuparte.

—Me refiero a lo de esa chica, Laly, la que ha muerto. ¿Puedes darme un vaso de agua?

—¿Cómo te has enterado?

—Lo oí por la radio el otro día. Tu madre no me cuenta nada, no quiere darme problemas, pero es que ahora eres un personaje público —repite.

—No pasa nada con ella —contesto.

Carraspea, bebe agua y deja con cuidado el vaso en la mesa, una mesita que hizo él mismo.

—Si la dejaste embarazada y ahora hay un huérfano rodando por el mundo, puedes contármelo, nos haremos cargo de lo que sea. Un amigo mío me ha dicho que eras muy joven cuando ocurrió y que por eso no fuiste capaz de asumirlo.

Esbozo una sonrisa y me echo hacia delante en la butaca en que estoy sentado para mirarle mejor.

—Papá —digo maravillándome de pronunciar esta palabra que en muy raras ocasiones he pronunciado—. Laly no existe. Bueno existió pero no tuvo importancia. Es un personaje que he creado para hablar de algo.

—¿Y entonces esa chica que dice que tiene un hijo tuyo?

—Es una impostora, alguien que quiere salir en televisión a mi costa. No la conozco.

Alargo la mano y toco la suya brevemente, nos estremecemos los dos.

—Dile a tu amigo que todo es una invención —digo, y me levanto, abro el frigorífico y saco dos cervezas. Saltan las chapas, brindamos, nos limpiamos la espuma de la boca y no separamos la vista de la mesita.

»No tengas la más mínima duda —remacho, y nos levantamos; se mete las manos en los bolsillos del pantalón.

—Está bien —dice en la puerta—. Uno de estos días te coloco un cerrojo FAC.

30

MARISA

El fresco sol de la mañana me inunda de suficiente fuerza para dirigirme a la calle General Oráa, a la multinacional que ha comprado el sello editorial de Nilo y preguntar por Stephan.

Mientras le espero en la recepción, me viene a la cabeza la imagen de Carolina rebuscando en las cajas personales de Nilo, guardadas en la editorial a la espera de que el hijo las reclame, y su delirio al encontrar mi novela y sobre todo descubrir que Nilo la leyó y releyó y en cierto modo la amó.

Alguien me conduce al despacho de Stephan, que es el que ocupó en su día Nilo, solo que renovado y más grande y con mucho más orden, librerías nuevas hasta el techo con escalera corredera. Echo de menos los cuatro pelos de Nilo recogidos a veces con una goma y el perro a sus pies, los cigarrillos amarillos y mordidos en el cenicero y sus ojos secos de leer fijos en mi frente donde se suponía que se asentaba mi talento. Echo de menos aquel conato de mundo que fue mío por unos días, y lo agradezco. Me gusta haber estado aquí y me gusta recordarlo.

Stephan titubea si tutearme. Tengo el aspecto de una mujer corriente de sesenta años, sin estilo determinado, que no encaja en las amistades de Carolina.

—¿Has encontrado el libro? —pregunta—. Carolina está desesperada.

Tengo que morderme la lengua para no contarle que el ansiado libro de Carolina lo he escrito yo. Me indica con la mano que nos sentemos en unos silloncitos flanqueando una mesa de cristal.

—Carolina me abordó en mi lugar de trabajo exigiéndome el dichoso libro. Me pareció demasiado agitada, excéntrica, fuera de lo normal —le explico.

—Hay que tener en cuenta que es escritora. Los artistas son personas hipersensibles y les puede perturbar algo tan mínimo como perder un libro que les interese.

—Querría que le quitaras esa obsesión de la cabeza y que se olvidara de mí —digo.

Stephan se coge la cara con las manos. En un dedo lleva la alianza de casado y en una muñeca una pulsera de macramé que le habrán hecho sus hijos rusos. Cuando las baja, ha llorado.

—El otro día se presentó aquí montando un cirio sobre encontrar no sé qué en unas cajas del antiguo director en el almacén. Y hoy en casa ha roto una escultura muy valiosa. La empleada me ha llamado y cuando he llegado estaba tirada en el suelo sin poder respirar. Hemos tenido que avisar a una ambulancia. Por eso te ruego que si tienes el libro lo devuelvas. Para ella debe de tener un significado especial.

—Lo siento —digo sin sentirlo—. No puedo hacer nada.

—Carolina ya no mira a los niños, están tristes. Vaga de un lado a otro sin saber qué hacer, no es capaz de terminar la novela que está escribiendo.

—No creo que ese pobre libro sea el responsable de todo lo que le pasa.

—La verdad es que el mercado está cambiando, aparece gente más joven con menos escrúpulos —añade.

—¿Como Luis Isla? —pregunto.

—Exacto —dice frotándose los ojos y eliminando el último rastro de lágrimas—. ¿Lo conoces?

—Podría decir que sí. ¿Os interesaría publicarle?

Abre los ojos desconcertado y se toca la pulsera de macramé pidiéndole auxilio.

—Carolina es la estrella de este sello. Pero el mercado es leonino y no podemos anclarnos. Tal vez lo comprenda, cuando se recupere, claro. ¿A qué te dedicas, si puede saberse?

—Además de amiga de Carolina soy lectora en varias editoriales y casualmente cayó en mis manos *Los sueños insondables* y recomendé su publicación. De alguna manera soy casi responsable de su descubrimiento.

Me ruega que no haga partícipe a Carolina de esta conversación. Antes de que yo inicie cualquier gestión, él deberá convencerla de que al fin y al cabo es un empleado de la editorial y necesita aportar éxitos. Le pido que confíe en mí, le comprendo perfectamente, remamos en el mismo barco, como me dijo Nilo cuando publicó los *Días de sol* aunque, al final, solo remase yo.

No voy hacia Stephan con un propósito claro, quizá sondear la parte más desconocida de Carolina: él. Y me deja bastante satisfecha. El puente del doce de octubre se acerca y reservamos un hotel en la playa. Mauricio podría pescar y yo dedicarme a *Inconfesable* con todas mis ganas. No sé qué haré con esta novela pero debo terminarla, me empuja una fuerza superior a mí como esos vientos estelares que empujan las velas solares.

31

MARISA

Se inauguran unas jornadas literarias en el Círculo de Bellas Artes que siempre contarán con la presencia de un escritor consagrado y otro novel. En la primera entrega, los invitados son la autora de la inolvidable novela *Los tejados rojos,* Carolina Cox, y el joven superventas Luis Isla con *Los sueños insondables.* No pienso perdérmelo. Desde mi visita a Stephan no he vuelto a saber nada del estado de Carolina y siento una enorme curiosidad. Su última novela ya ha desaparecido de las mesas de novedades para dejar más espacio a *Los sueños insondables* y me llama la atención que Carolina acepte exponer públicamente este fracaso.

Por mi parte me encuentro relativamente contenta con el borrador de *Inconfesable* que corrijo cómodamente mientras Mauricio lee en una hamaca novelas negras. Y aprovecho esta circunstancia para salir disparada con el pretexto de firmar unas actas en el colegio. Por nada del mundo querría que me acompañase y que me distrajera un milímetro del que promete ser un auténtico disfrute.

Se ha concentrado bastante público y han dispuesto una pantalla fuera de la sala. Me acomodo en la penúltima fila desde donde puedo ver sin ser vista. Primero sale al escenario la moderadora, una famosa presentadora de telediario, y luego los protagonistas: Carolina de negro como siempre y Luis con vaqueros y camisa por fuera y chaqueta. La moderadora les pregunta dónde prefieren sentarse si en el silloncito de la izquierda o en el de la derecha. Tras unos segundos de titubeo Carolina elige el de la derecha y nada más sentarse se da cuenta de que prácticamente solo se la ve de perfil, mientras que el silloncito de Luis está absolutamente frontal al público. En la pantalla de fuera, cuya existencia ella ignora, se le ve la cara descompuesta por este contratiempo mientras que Luis se contempla las deportivas para luego salpicar al público con discretas ráfagas de sus ojos azules. Hay muchas adolescentes con su libro abrazado contra el pecho. Siguen anhelantes cada movimiento que hace. Pero no solo jóvenes, también mayores y también escritores en ciernes en busca de desentrañar su éxito.

Con todo esto debe lidiar Carolina.

La moderadora se sienta en el centro y cruza las piernas con la tranquilidad de quien no se juega nada. Está radiante, muy bien maquillada y parece más delgada que en televisión. Los presenta tratando de ser ecuánime y repartir bien los tiempos y las miradas, las sonrisas e incluso los piropos a sus respectivas novelas, lo que no contenta a Carolina. Se muestra recelosa, descontenta. Cuando su contrincante la mira, ella desvía la vista al techo, algo que debe de quedar muy patente en la pantalla grande. Desea dejar constancia de su desprecio hacia él y lo consigue. La moderadora elogia la manera exquisita con que Luis Isla narra la pasión fugaz de su narradora. «Se clava en el corazón», dice la moderadora. Carolina esboza una mueca. El poco público que le presta atención parece desconcertado. ¿Ella no está de acuerdo? La moderadora se atreve a preguntárselo.

—Esa delicadeza ya la he leído en otra parte —contesta Carolina—. Con las mismas palabras e imágenes, por cierto —añade.

Ahora la moderadora le presta toda la atención del mundo. Luis Isla abre los ojos espantado. La moderadora la interroga con las piernas cruzadas hacia un lado y medio cuerpo dirigido hacia ella.

—¿Qué quiere decir? —suelta al fin.

Carolina clava la vista en el joven autor.

—Pregúntaselo a él.

Entonces el medio cuerpo se gira hacia un Luis perplejo, hundido en el silencio. Transcurren unos segundos tensos, casi un minuto en que la sala entera empuja con la respiración a Luis para que conteste. La única que se siente cómoda en esta situación es Carolina.

Y por fin un carraspeo y un sonido. La gente se remueve en los asientos, la moderadora sonríe aliviada.

—Lo que mi colega quiere decir es que, y se lo agradezco profundamente, yo no sería escritor si no existiesen otros escritores; la sensibilidad nace de otras sensibilidades. Y lo digo humildemente.

La sala estalla en aplausos, la espera ha merecido la pena, no se esperaba menos de él. Mientras tanto Carolina niega con la cabeza.

—No he querido decir eso, no he querido decir eso.

—Está bien, Carolina —la interrumpe la moderadora—, Luis Isla ya ha contestado. Pero quizá podría iluminarnos sobre lo que siente una autora consagrada ante un nuevo valor que arrasa en ventas y críticas, uno de esos valores que pasan a la historia con una sola novela.

—A mí no me engañas —dice Carolina dirigiéndose a él.

La moderadora ríe.

—Evidentemente esa es la labor del escritor: mentirnos, engañarnos a los lectores de a pie, hacernos creer que sus fantasías son reales, hasta que se topa con una escritora del calibre de Carolina Cox. Gracias a los dos por esta maravillosa e interesante velada. Para la firma de libros, por favor formen dos filas ordenadas. Nuestra próxima cita será en una semana.

Tras estas palabras los hombros de Luis Isla se relajan tanto que bajan unos centímetros. Lo bueno del Círculo es que tiene columnas y puedo esperar tras una de ellas para ver salir a lectores entusiasmados con *Los sueños insondables* firmados. Y a muchos menos con la novela de Carolina y enseguida a ella huyendo por la escalera en lugar de tomar el ascensor. Bajo a la cafetería y como es normal no la veo, está deseando salir de aquel infierno. En cambio, yo me siento a una mesa del fondo.

No tengo nada mejor que hacer que continuar viendo *Los sueños insondables* sobre las mesas. En un momento determinado asoma el grupo de Luis. Todo el mundo se les queda mirando. Sus caras de satisfacción y triunfo se dejan mirar, admirar más bien. Menos él, cuya encantadora mirada de susto busca alrededor ¿a Carolina?, ¿o a la auténtica autora de la novela? Y en algún momento me embarga la sensación de que detecta mi presencia. Algún lector rezagado tiene la valentía de acercarse a él solicitando una firma más. El grupo habla agitado, en voz alta.

Se sientan en torno a una mesa redonda preparada para ellos.

Una chica rubia de pelo largo, a todas luces la asistente de Luis, no se separa de él, le custodia y deja claro que ella es la puerta que abre o cierra el acceso al escritor. Le mira ostentosamente embelesada, mostrando la manera en que debe ser admirado y asiente a sus palabras mostrando la forma en que debe ser escuchado.

Me saca de mi ensimismamiento una mano en el hombro. Me vuelvo sorprendida, es Stephan, lo que me sorprende aún más. Nos preguntamos qué hacemos allí, y se sienta a mi mesa.

—He llegado tarde —dice—. ¿Has ido al acto? ¿Qué tal ha estado Carolina?

—No he subido a la sala —miento para no dar explicaciones.

—Ah, ya, bueno. Estoy preocupado. Este autor en concreto le pone enferma y le aconsejé que no aceptase la invitación, pero está descontrolada.

—La he visto salir a la calle, me ha parecido muy desmejorada —digo.

—No sé qué hacer. La vida de cualquier escritor oscila, sufre vaivenes, hay que estar preparado —comenta dirigiendo la vista hacia la mesa de Luis—. ¿De verdad crees que podría interesarle cambiar de editorial? Sé que es una locura, le va muy bien así.

—¿Por qué no? —contesto—. Ya te lo dije, no es imposible.

Se levanta, me observa con interés. Yo también me levanto.

—¿Puedo llevarte a alguna parte? —dice.

Carolina estaría vagando por las calles desmadejada o estaría en casa sentada en el sofá de seda dándole vueltas a la entrevista.

Subimos en su coche, me bajaría en plaza de España. En un cambio de marchas me aprieta la mano fuerte.

—Sería fantástico que me consiguieras un acercamiento a Luis Isla. Carolina superará esta crisis y comprenderá la situación, aparte de su marido, soy editor.

—Claro —digo. Y nos despedimos con un beso bastante cerca de la boca y por un instante siento lo que debe de sentir Carolina junto a él.

Mauricio ha preparado la cena. La coloca en la mesita frente a la televisión y, mientras picoteamos y vemos una película, le miro de reojo y me parece que pensar en enamorarme de otro hombre que no sea él me supondría una desazón mayor que no estar enamorada del todo. Le cojo la mano y él me corresponde efusivamente. No escamotea el afecto, es directo, es digno de todo el amor del mundo.

Me acurruco en el sofá y me adormezco preocupada por el estado alocado de Carolina. La próxima vez no podrá contenerse y acusará a Luis de haberse apropiado de la autoría de *Días de sol* aunque no pueda agitar el cuerpo del delito ante el mundo entero. Al arrebatarle de las manos la novela, la estoy privando de este triunfo, de esta venganza, de este escarnio público que la colocaría de nuevo en el *top ten.*

Empiezo a sentirme muy sola por no poder compartir mi incertidumbre con nadie. Mauricio dejaría de verme tal como soy y nuestra rutina se resentiría, incluso querría tomar cartas en el asunto y desenmascarar al impostor. Mi hijo está completamente descartado, aún no ha llegado el momento de que lea *Días de sol.* Me queda Sofía, la amiga de la infancia, a la que todo le importaba una mierda.

32

MARISA

Sofía me dice que ha dejado a su madre en la silla de ruedas de cara al balcón. Le pregunto si no se aburrirá y si no cogerá frío. «No, qué va, tiene mucho en qué pensar y mucho de lo que arrepentirse, se distrae rezando o hablando sola». Nos hemos citado en un bar con aspecto de pub irlandés en tonos verde oscuro y una pared iluminada por cientos de botellas. Conocen a Sofía. Se presenta con un vestido largo de granjera, una cazadora vaquera y botas de *cowboy*, el pelo hasta los hombros negro y rizado entre el que aparece un pendiente en forma de pluma de ave. Tal como me pareció la vez anterior prácticamente no ha envejecido, sus grandes huesos han impedido que la piel se le descuelgue. Nos situamos en una mesita junto a una ventana y enseguida le sirven un whisky y me preguntan qué deseo yo. Pues lo mismo. Los clientes habituales la saludan.

—Es una pena que hayas malgastado tanto talento. Siempre te consideré muy inteligente —digo sinceramente.

—¿Y tú, escribiendo una novela que no ha leído nadie?

Sofía es experta en hundirte, pero yo ya estoy hundida así que me da igual. Le cuento todo lo referente a Luis Isla y mi novela de pe a pa. Se ríe y pide otros dos whiskies aunque no me haya terminado el primero. Al instante me arrepiento de habérselo contado, sobre todo que mi hijo es casi fruto del viento.

—*Días de sol*—dice—, el romanticismo más tonto te ha perdido.

Me contengo para no decirle que yo tengo un hijo y un nieto a los que adoro y que ella solo tiene una madre impedida a la que odia. Sin embargo, hay que reconocerlo, no parece triste, bromea con los camareros y un hombre con barba y ojos vidriosos la invita a cenar y ella acepta encantada. Nunca ha sido escrupulosa, la verdad. No le importaba beber en el vaso de otro, a morro de una botella pasada por mil bocas, sentarse en el inodoro de un bar de mala muerte, sonarse con un clínex usado, no teme a las infecciones ni posiblemente a la muerte. Está en este mundo porque la han traído sin permiso, no para hacer nada, ni para sobrevivir, ni para poner poesía en él, ha caído entre flores y bolsas de basura y no se queja.

—Siempre fuiste un poco boba.

No le falta razón porque a su lado cualquiera es un poco bobo, nadie tiene los pies sobre la tierra como ella.

—Por eso necesito tu consejo. Eres muy lista.

No se lo toma como un cumplido porque siempre ha estado clara la superioridad de su mente analítica y nunca ha alardeado de ella, no le da importancia. Se recuesta en el asiento y espera a que yo hable.

—Dime qué tengo que hacer. Me encuentro estancada.

—Piensa muy bien —dice— qué necesitas de este chico y luego habla con él, pídeselo claramente, exígelo. Tienes la sartén por el mango.

—¿Y ya está?

—¿Te parece poco?

—El escarnio público podría disparar las ventas e incluso su popularidad y secundariamente tus ingresos —dice mientras me analiza concienzudamente—. No sé mucho de escritores —continúa—, pero yo de ti trataría de llegar a un acuerdo económico, no puedes volver a aquellos días, piensa en estos. ¿Puedes negociar con algo más?

Salgo del pub mareada. Ella se queda, debe hacer tiempo hasta la cena con el tío de la barba. Admiro a Sofía, siempre la he admirado, no necesita de la vida más de lo que le da, ni siquiera ha echado de menos ser menos peluda y más femenina. Sus palabras me abren una puerta. Su voz contundente y desprovista de tonterías me da seguridad y ya sé lo que tengo que hacer con mi nueva novela, *Inconfesable,* y todo lo demás.

33

—

LUIS

Los tres contemplamos las fotos. Se trata de un apartamento módico de cocina-salón, dos dormitorios, un baño grande y terraza con vista parcial al mar, más que suficiente para mis padres. No quiero gastar un dinero que no llego a considerar completamente mío. Siempre pienso que Marisa Salas va a aparecer y va a desmoronar mi mundo.

Mi padre se reserva la posible emoción que le provoca que le regale un apartamento en la playa y mi madre le anima a expresarla. «¿A qué te gusta mucho? ¡Mira qué vistas! Podrás pescar», dice, y saca una caña de pescar, regalo de ella. Él coge la caña y la observa por todos lados como si fuera el artilugio más raro que ha visto en su vida. También le tiende una cesta donde guardar los aparejos y los posibles peces. Todo esto es demasiado para él, siente que no es normal, y esta anormalidad le atenaza. Está acostumbrado a trabajar como un burro, a echarme en cara que soy un vago, por supuesto sin palabras, telepáticamente, y a adorar a mi madre con esa extraña forma suya de adoración que consiste en mirarla y mirarla un buen rato obnubilado, otra anormalidad en su vida: que mi madre aceptase compartir la vida con él, nunca ha llegado a encajarlo. Y ahora la anormalidad de que yo no sea como él pensaba que era y que le regale un apartamento con un dinero ganado demasiado fácilmente a su parecer.

«Pero ¿qué clase de hombre soy?», parece preguntarse; «alguien que no entiende nada, no se merece nada», parece decirse mientras no sabe qué decir.

—Como es el apartamento piloto, nos lo han vendido amueblado, solo habrá que comprar sábanas y vajilla —digo para rebajar la tensión emocional.

Mi madre le quita la caña de entre las manos y le pasa la mano por el brazo. Y entonces la contempla extasiado. Siempre la ve exageradamente bella. Y eso es algo que ningún otro hombre ha sabido ofrecerle: una constante adoración. A mi madre le interesa más este amor casi irracional que la inteligencia de otro hombre o poder o riqueza.

—Podemos ir a estrenarlo este fin de semana —propone mi madre, y él asiente. Luego me mira, no sabe si darme las gracias, así que me marcho corriendo antes de que lo haga, otra anormalidad que me sonrojaría.

Mi madre me pide que los acompañe en el viaje, tenemos que celebrarlo los tres juntos. Y cuando llegamos a la urbanización, un comercial nos espera para entregarnos las llaves y regalarnos una botella de vino.

He comprado el apartamento a distancia en una inmobiliaria, guiado por las fotos, y cuando lo vemos me decepciona. Los del alrededor son mejores y la vista al mar es bastante pequeña. Mi madre lo alaba con entusiasmo. Mi padre comprueba la firmeza de las puertas y examina el suelo imitación mármol. Me avergüenza haber sido tan tacaño cuando dispongo de tanto dinero que los bancos se me echan encima. Los muebles son de caña, ratán, no están mal.

—Entra mucha luz —dice mi madre.

Mi padre sigue examinando el techo y las paredes con golpecitos, suenan a hueco. Entonces viene sorpresivamente hacia mí y me coge del hombro.

—Está muy bien, hijo, gracias.

Me avergüenza aún más el hecho de que se le haya reducido la sensación de anormalidad, lo que significa que el apartamento encaja en lo que podría esperar de mí. Le tranquiliza que su vida no se desorbite y me lo agradece. Teme que en un mundo más grande y ostentoso mi madre le ignore, teme desaparecer ante sus espectaculares ojos.

Teresa se ha empeñado en venir a echarnos una mano y se presenta dos horas después que nosotros. A mi padre le parece genial porque así no acapararé la atención de mi madre. Teresa y yo les ayudamos a acarrear las cosas desde el coche y a instalarlas en el apartamento. Por la noche, Teresa con esa soltura y falta de cansancio que la caracteriza reserva en un restaurante en la playa y de paso me informa de que ha pactado una firma para mañana a las doce en la Fnac. «No sé cómo se han enterado de que andas por aquí», dice como si no hubiese sido la informadora ella misma. No puede desaprovechar nunca la oportunidad de que venda más libros.

Afortunadamente el restaurante está en penumbra adornada con bombillas que nos da a todos una tonalidad despreocupada.

Teresa les comenta a mis padres lo orgullosa que está de trabajar conmigo, les habla de cifras de ventas que por lo que sea a mi padre le desbordan y prefiere girar la cara hacia la oscuridad del mar, hacia algo conocido que puede manejar en el pensamiento.

—Tendrías que haberme dicho que buscabas apartamento en la costa, podría haberte conseguido algo mejor.

Mi padre protesta: este está muy bien. Tiene de todo. Mi madre le coge la mano brevemente. Puede que mis padres mantengan algo más auténtico que otras parejas más envidiables a simple vista. Por primera vez me fijo en mi padre como en un hombre ajeno. Las luces de las pequeñas bombillas que penden sobre su cabeza le dan relieve a sus facciones. Es extraordinariamente masculino, sin tonterías, le han salido arrugas en la frente por no aplicarse una simple crema hidratante y se peina a la antigua usanza, con raya al lado. Su aseo personal es básico y profundo: ducha, afeitado, cortado de uñas, limpieza de oídos y de boca y lustrado de las botas Panama Jack que lleva siempre con vaqueros o pantalones de pana comprados en Al Campo. No sé si a mi madre le gusta así o no le preocupa lo más mínimo su imagen.

Al día siguiente, a pesar de ser media mañana, hay llenazo en la Fnac para la firma. Por el Paseo Marítimo la gente pasea con despreocupación. Teresa acompaña a mis padres para que me vean firmando. Se los presenta al encargado de la librería, que no sabe qué hacer con ellos, cómo atenderlos, les regala algunos libros. Mi padre observa intimidado cómo la gente se abalanza sobre mí sonriente, reverencial. Teresa está satisfecha, cree que ha tenido un detalle muy bonito con ellos y conmigo. Mi madre me mira pidiendo perdón, «no tendríamos que haber metido a tu padre en esto», parece decir. No viviríamos si no arrinconáramos en nuestra mente que en cualquier momento podría ocurrir lo peor, lo encerramos en el cuarto más pequeño y oscuro de la memoria sobre todo desde que siento que yo podría haber escrito *Días de sol.* Cada página, cada párrafo y cada palabra salen de mí sin esfuerzo. No creo que la propia Marisa Salas recuerde con tanto detalle lo que ha escrito, es como si yo se lo hubiese dictado. Yo creo cada sustantivo y adjetivo, cada nombre propio, cada emoción. Desde hace tiempo siento que Marisa Salas es un simple instrumento de lo que yo tengo en el corazón y que por eso finalmente soy yo quien debe poseer sus palabras. Y he de reconocer que me he dejado arrastrar por esta situación, por esta desmesurada fama y por este desmesurado dinero, no tanto por la fama y el dinero, sino para sentir la mano de mi padre en mi hombro.

34

MARISA

Vuelvo a la residencia de Nilo. Aunque no pueda regresar a aquellos días como me dijo Sofía, aquellos días sí pueden venir a mí en la arrugada persona de Nilo o en la trastornada persona de Carolina.

Por la ventanilla entra olor a pino mojado. Una suave humedad se pega a la piel y la ropa. Se respira bien y parece que en el camino hacia el mundo de Nilo se ha condensado toda la vida. Y que al llegar a la verja se detiene.

No lo encuentro en la sala de la televisión y voy directa a su habitación. Lo primero que veo es el colchón desnudo, se me encoge el estómago, no es muy buena señal. Las cortinas avanzan aleteando hasta el colchón. Me asomo con precaución al baño. Gel, champú, enjuague bucal, esponja, cepillo con pelos largos. En la repisa, junto a la tele, vuelve a exhibirse otra foto de Carolina y el perro muy parecida a la que me llevé. Me envía así el mensaje de que no puedo robarle su glorioso pasado ni su éxito ni el amor de Nilo y su protección aunque ahora Nilo se encuentre en las últimas, ni siquiera el amor del perro. Su vida siempre estará unida a aquellos días de juventud y gloria. Saco la foto del marco, la rompo en pedazos y los tiro al váter. Estoy harta del pasado de Carolina. Al oír la cisterna alguien se asoma.

—Nilo está en el hospital y no creemos que regrese. ¿Eres familiar suyo?

Asiento.

—Hemos estado llamando a su hijo, pero no coge el teléfono. ¿Podrías avisarle?

Asiento de nuevo. *Los tejados rojos* están situados en la estantería de forma que Nilo no tenga más remedio que verlos desde la cama. Los coloco de canto. De todos modos, estoy segura de que su hijo donará todos estos libros a la biblioteca de la residencia.

Dudo si aventurarme al polígono donde reside la nave del hijo de Nilo. ¿A mí qué me importa? Sí me importa porque es mejor haber conocido a Nilo que no haberle conocido, porque todo aquello fue mejor que nada o que otra cosa distinta. Aprovecho que debo entretener un rato a mi nieto. Le digo que vamos al país donde se hacen los tornillos, las puertas, el suelo del salón de mi casa, la encimera de la cocina.

—¿Es una excursión?

—Sí y también visitaremos un lugar donde hay muchos libros.

Le pido al taxista que nos deje varias calles antes del destino. Así podemos entrar en una serrería, en una marmolería y en un taller de bicicletas. En todas partes le acarician la cabeza y le preguntan si quiere trabajar ahí. Y me doy cuenta de que este es el verdadero objetivo del viaje: una excursión con mi nieto. Gabi está feliz y cuando accedemos a la guarida del hijo de Nilo, casi comido por montañas de libros, y ve caer encadenándose al suelo los márgenes en blanco de las páginas de los periódicos que ese hombre recorta con unas pequeñas tijeras, exclama «¡guau!» Seguramente es la primera vez que ve a un adulto recortando por recortar.

Cuando el hijo de Nilo levanta la cabeza, tiene los ojos llorosos.

—Mi padre ha muerto.

Gabi está hundiendo las manos en la blancura de los márgenes recortados.

—Lo siento —digo—. Hoy he estado en la residencia.

—¿Eras tú? Me han dicho que te has quejado de que faltan cosas.

No le aclaro que no fui yo, que probablemente Carolina ha ido después que yo. Saco al niño de la espumosa montaña de papeles y pido un taxi.

Es absurdo, lo que no se vive en el momento ya no se vive aunque se repita una y otra vez. Le pregunto a Gabi si se ha divertido y él saca del bolsillo una tira de papel. Le estrecho contra mí.

—De mayor quiero arreglar bicis.

Me impresiona mucho que Nilo ya no exista y que sin embargo continuemos existiendo mi nieto y yo.

Pienso en la desesperación de Carolina al encontrarse con la sorpresa de la muerte de Nilo y luego al no encontrar una de sus queridas fotos, quizá ya la única, en la habitación y ver su novela colocada de canto y por tanto la duda de que fuese la última imagen que él se llevase de sus últimos días en este mundo. Seguramente querría contactar conmigo, preguntarme si había visto a Nilo y todo lo demás. Es curioso que al final yo sea el mayor vínculo con su glorioso pasado.

35

MARISA

Han pasado tantas cosas desde que descubrí *Los sueños insondables* y a Luis Isla que decido acercarme a él como una lectora más, mirarle a los ojos y que él mire los míos. Me siento fuerte para esto y para mucho más. Me hago la ilusión de que Nilo quiere compensarme desde el más allá y que me protege, quiero creer que toda la energía que Carolina ha perdido ha revertido en mí.

En el día a día, Mauricio y yo hacemos planes para marcharnos unos meses al extranjero cuando se jubile, yo me pediré un año sabático en el colegio o quizá me prejubile. Tenemos ahorros y podremos solicitar un crédito. «Antes de que a alguno se nos rompa la cadera», solemos decir. Podremos incluso llevarnos con nosotros a mi nieto para que aprenda otro idioma. A Mauricio le tranquiliza el hecho de que para entonces el riego automático funcionará a la perfección.

Este panorama ajustado a mi vida como es ahora y no como podría haber sido me serena y me anima a coger un tren hasta Sevilla donde Luis Isla presenta su novela, una ciudad donde no se esperaría tropezarse conmigo. Es sábado y Mauricio tiene guardia en el hospital así que no se entera de nada. El Ave tarda dos horas y el acto con la firma de libros otras dos, pero me las ingeniaría para ser de las primeras en la cola.

Hace un raro calor para ser otoño, y el olor de los naranjos aún flota en el aire. Han dispuesto una carpa frente al hotel Inglaterra, donde esperan coches de caballos para turistas. Me pregunto por qué no hago estas escapadas de vez en cuando. Me siento en primera fila, a cinco metros de él, y puedo observar la cara de cansancio que otorga el éxito, un cansancio distinto al cansancio verdadero, este es más elevado, rodeado de belleza. La mayoría supondrá que está escribiendo otra novela en medio del asedio de todos nosotros y de alguna manera con nuestra actitud de entrega absoluta le pedimos disculpas. La asistente rubia lo ha acompañado hasta los tres escalones de acceso al escenario. Alguien hace una presentación algo larga y ella se impacienta, hay mucha gente empuñando libros, por lo que él se limita a dar las gracias, a alabar la ciudad y a asegurar que pronto habrá una nueva novela si le dejamos tiempo, lo que provoca un aplauso. Él baja la cabeza con tristeza para colocar unos cuantos rotuladores en la mesita dispuesta entre sus piernas. Soy la quinta en la cola y cuando llego a los escalones la chica rubia me observa de arriba abajo buscando el libro. «Ya lo he leído», digo, solo quiero felicitarle. No le hace mucha gracia, estará acostumbrada a gente deseosa de gorronear la proximidad de Luis Isla. Y mucha menos gracia le hace que pretenda hacerme una foto con él. Antes de solicitársela, le miro fijamente a los ojos y le digo que la historia exige una continuación en que la narradora tiene sesenta años y un nieto del hijo de Ismael y la carga emocional de haber sobrellevado ese amor furtivo toda la vida. Podría llamarse *Inconfesable.* La asistente evita que me conteste. «Venga, ya está bien», dice.

Tomo el Ave de vuelta contenta. Algo he visto en el brillo de los ojos de este chico, un reconocimiento tal vez, y durante el trayecto se me ocurren dos ideas para el final de *Inconfesable.* De camino a casa compro una botella de champán para darle una sorpresa a Mauricio cuando regrese agotado del hospital.

36

LUIS

Días de sol se está traduciendo a treinta idiomas y Teresa le ha pedido a Miriam, mi editora, acompañarme a todos esos países porque no se fía de que me traten como me merezco. Miriam está fumando en el quicio de la ventana abierta de par en par y dice que ya veremos. Miriam siempre exhala un aroma mezcla de papel, tabaco rubio y perfume suave. Por el pasillo este olor te conduce a su despacho en volandas. Para mí es agradable, en consonancia con su cara lavada, su melena corta, sus ojos enrojecidos y su chaqueta ejecutiva siempre negra. Para los que no han tenido suerte con ella, su aroma les debe crear muy mal rollo. Ahora también fluye en el ambiente olor a café. Hemos venido directamente desde la estación a verla. Mi *trolley* descansa junto a la pared y el gran bolso de Teresa sobre un silloncito.

—¿Qué tal os ha ido el viaje? —pregunta rutinariamente porque ya sabe que muy bien—. Me alegra que hayas podido venir. Quería enseñarte la nueva edición de lujo que estamos preparando, una especie de homenaje por ser nuestro mayor *best seller*. Ah, seguimos recibiendo mensajes de chicas interesadas en sustituir a Laly en tu corazón. Hemos destinado a una becaria para que les conteste como si fueras tú, no queremos que ellas pierdan la ilusión y que tú pierdas lectoras.

Alabo la edición mientras Teresa no deja de consultar el móvil y las agendas.

—Tenemos una entrevista importante —dice—, van a darte la portada de *Gentelman.*

Miriam cierra la ventana, mete la colilla en un recipiente con tapa y se sienta detrás de su mesa dispuesta a continuar haciéndome grande.

—Hiciste bien en no entrar al trapo de Carolina Cox en televisión —dice—. Está cayendo en picado y no lo soporta.

Unos autores caen en picado y a otros les resulta terriblemente difícil atraer lectores. No sé lo que es eso, no sé lo que se siente. A veces pienso que los llenazos en las salas de mis presentaciones, que las largas colas para las firmas los consigue Teresa con la fuerza de su mente o que echa mano de algún recurso secreto. En ocasiones, antes del acto no puede ocultar su nerviosismo como si pudiera fallar algo y no respira bien hasta que comprueba que la gente comienza a entrar masivamente y que todos los asientos se llenan y que en la mesa del librero se apiñan para comprar mi libro. Entonces se acomoda en las filas traseras desde donde dominar el panorama y desde donde dirigir las risas y los aplausos y también desde donde me hace señas para que acorte el discurso. Luego organiza las colas para la firma y se sitúa a mi lado. Es todo tan fácil.

Llego a mi apartamento desfondado, sin poder ser feliz por todo lo que me pasa. Junto a la puerta veo un sobre en que se ha quedado marcada una rueda del *trolley*. Dentro del sobre hay una foto en que estoy yo y una mujer bajo una carpa y también una nota:

> En Sevilla hablamos del desarrollo de tu próxima novela, cuyo título podría ser *Inconfesable.* Piénsalo. Este es mi número de móvil.

37

—

MARISA

Me decido a llevarle el manuscrito de *Inconfesable* a Sofía. Será agria, ácida, inmisericorde e injusta, pero sé leer entre líneas y sabré dónde he fallado. Me presento en su casa sin más. Al fin y al cabo por el estado físico de su madre siempre habrá alguien allí. Me abre con el pelo revuelto que dibuja una enorme sombra a su alrededor.

—¿Otra vez tú? Pero ¿por qué no llamas antes?

Mira de reojo el abultado sobre que llevo bajo el brazo.

—No pretenderás que lea eso —dice mientras cierra la puerta e inicia el viaje de regreso por el pasillo.

Oigo una voz de hombre llamándola.

—Espera ahí —me dice.

Me meto en la salita y le paso la mano por la cabeza a su madre. Ella me sonríe. El aire que entra por el balcón no parece que le sirva para respirar bien y es una manera de que entre algo de la calle junto al ruido de coches. Su madre parece más pequeña que la última vez, y si sigue así quizá un día desaparezca del todo en la silla de ruedas.

Paseo por la sala seguida por su mirada contenta. Debe de tener pocas o ninguna visita y me encuentro en el deber de acercar una silla y hablarle, contarle que hace unos días volví a ver la casa donde estaba el piso de mis padres, que lo vendí hacía muchos años después de que ellos murieran, que me emocionó que el dueño del bar de abajo recordara el trágico accidente de tráfico en el que murieron y que siempre sospeché que tal vez mi padre había bebido. Y que recuerdo, como si lo estuviera viendo, la mañana en que llegó a mi casa desesperada buscando a Sofía y que Sofía había dormido en el hueco de la escalera porque no quería volver a casa para no tener que verla.

«Son cosas que ocurren», digo sin pensar, por pasar el rato hasta que llegue Sofía, sin darme cuenta de que su semblante va cambiando y empalideciendo. Le cuento que ahora tengo un nieto y vivo en un chalet a las afueras con un médico. No le doy importancia a que se le descuelgue ligeramente la cabeza del lado derecho, mi relato la habrá adormecido y por eso me atrevo a confesarle que siempre la consideré una belleza, con un cierto estilo francés y que siento que la relación con su hija sea tan mala, quizá porque Sofía siempre se ha encontrado muy fea a su lado y la culpa a ella de su baja autoestima. Pobre mujer, ¿cuánto tiempo llevará anclada en esta silla?

La silueta de un hombre pasa por el pasillo; Sofía tarda un poco más. Aparece duchada con el pelo mojado goteándole por la espalda. Lleva un jersey y vaqueros, las botas de *cowboy*.

—Tu madre se ha quedado frita —digo.

—Qué raro, acabo de levantarla de la siesta.

Es entonces cuando también me parece que hay algo raro, no se le mueve el pechito debajo de la pulcra blusa bordada. Me levanto asustada.

Sofía me aparta de un manotazo y pone su gran cabeza mojada sobre el pecho de su madre, luego le toma el pulso, a continuación abre temblorosa una caja de pastillas y le mete una con el dedo bajo la lengua. Después llama a una ambulancia con la voz entrecortada. Y al final se sienta en el suelo cogiéndose la cara con las manos y gimiendo.

—¿Es que no te has dado cuenta de que le ocurría algo? —me grita.

Doy unos cuantos pasos hacia el balcón. ¿Habré sido yo la culpable por lo que le he dicho? No me imaginaba que tuviera capacidad de concentración para entender todo lo que le decía. Un grupo de adolescentes grita en la calle por el puro placer de gritar, de estar vivos y contentos.

La madre va poniéndose blanca por momentos y cuando los sanitarios llegan parece una hoja de papel. La auscultan, le cierran los ojos, la colocan en una camilla, la cubren con una sábana que queda colgando a los lados y poco más. Abrazo a Sofía. Le repito que creía que estaba dormida y que iré con ella en el coche siguiendo a la ambulancia. No se niega, tampoco a que resuelva todo el papeleo. Apenas reacciona para firmar. Aunque no me oye, le digo que tengo experiencia en estos casos y que lo mejor es que se tome algo fuerte para dormir. Yo la traeré de vuelta por la mañana al tanatorio. «Creo que es mejor que me quede contigo esta noche», digo. Tampoco comenta nada, no se resiste a nada, parece sonámbula. ¿Tanto quería a una persona que despreciaba y que dejaba mirando al balcón horas y horas?

La ayudo a desnudarse y a meterse en la cama. Le doy un lorazepam de los míos y llamo a Mauricio para comunicarle que debo ocuparme de Sofía, quizá varios días.

Su estado es preocupante. No come, duerme solo con mis pastillas pero tampoco puedo dejarle todas y quedarme sin ninguna. Le recomiendo ir al médico para que se las recete. Me mira desde otra galaxia con distintas leyes sin comprender ni patata. Necesita ayuda, el problema es que yo no puedo prestársela porque debo resolver el problema de *Días de sol*. Recogemos las cenizas en una bombonera muy bonita que alguna vez le habrá regalado a su madre alguno de sus amantes y la colocamos sobre la consola en que estaba antes. La silla de ruedas permanece frente al balcón desvalida, sin alma, y la retiro discretamente a un rincón. Y ya no puedo hacer más. Le digo que me llame si necesita algo y emprendo la retirada. Entonces de manera completamente inesperada se levanta y coge de la mesa el sobre amarillo con el manuscrito de *Inconfesable* dentro.

—¿Qué vas a hacer con esto? —dice.

—Ya no tiene importancia, por lo menos para ti. Me lo llevaré. Lo he escrito por hacer algo, no vale gran cosa.

No sé hasta qué punto meto la pata dejando que Sofía se convierta en mi sombra. No puedo negarle mi ayuda y a ella le anima acompañarme a caminar, a hacer compras, a la peluquería, incluso le ayuda a Mauricio con el jardín. También se queda a dormir en casa alguna noche y es cómplice de mi secreto frente a Mauricio. Juega con mi nieto cuando está en casa y se lo lleva a un McDonals. Se ofrece a leer *Inconfesable*.

—Una maravilla —dice—, mejor aún que *Días de sol*.

Una confesión que me alarma. ¿Por qué nunca me dijo que había leído *Días de sol* y por qué es tan ecuánime y positiva? Me parece mucho más rara que cuando es rara de verdad. Un cambio demasiado radical. Se lo comento a Mauricio por encima sin entrar en detalles que me delatarían.

—Cuando algo es bueno —dice refiriéndose a la encomiable disposición de Sofía—, hay que tomarlo sin preguntar.

—Ya —digo llena de reservas.

38

MARISA

Carolina me deja un mensaje de voz. Ha organizado un funeral por Nilo y desea que yo asista. «Voy a ir de negro», advierte, como si alguna vez hubiese ido de otro color. No puedo rechazar la invitación y le pido a Sofía que me acompañe. Mauricio ha asumido muy bien que yo tenga una amiga tan íntima y no le importa hacer senderismo solo. Cuando vamos los tres ella usa los bastones nórdicos de Mauricio y empiezo a echar de menos mis charlas con él y que de vez en cuando me adentre entre la maleza y hagamos el amor como si fuésemos otros más jóvenes y románticos.

Sofía se viste con más colores de los habituales porque en el fondo siente que traiciona a su madre asistiendo al funeral de otro. Yo añado a los vaqueros una chaqueta. El hijo de Nilo está en primera fila junto a una mujer que puede que sea su madre, exmujer de Nilo, y otras caras desconocidas llorosas. Algunos fotógrafos y algún periodista tomando notas. Carolina lee un texto tirando a soso, que a la gente le gusta. Al final le doy el pésame al hijo, a su madre y también a Carolina.

Sorprendentemente me coge por el codo con fuerza y me lleva a un aparte para decirme que perdona mis celos infundados e irresponsables, perdona el hurto de una foto tan querida para ella y que ocupe el rincón más oscuro de mi corazón. No es justo y yo lo sé y me perdona porque lo que me ocurre es aún más injusto y yo no lo pago con quien tengo que pagarlo. Y ella solo quiere ayudarme a recobrar la paz porque solo así puede liberar su espíritu y el de Nilo.

Tiene razón, tiene razón. Debo aceptar mi culpa, mi grandísima culpa. Le digo que hablaremos pronto.

Sofía me quita de la cabeza que yo tenga alguna culpa en todo esto. Soy una víctima, la única víctima, a saber lo que esta zorra le dijo a Nilo de mi novela. A saber cómo influyó para que no me hicieran ninguna promoción. «Eran amantes, no lo olvides, y la cama hace milagros», dice con su voz grave y todopoderosa.

—¿Vas a seguir viviendo en el piso de tu madre? ¿No sería mejor que cambiaras de vida? —le pregunto para pasar a otro tema.

—¿Cambiar de vida? ¿Estás loca?

—Al menos deshazte de la ropa de tu madre, pinta la casa, arregla la puerta del balcón.

—Pero ¿a ti qué te importa? No pienso tirar nada, no soy como tú que tiraste hasta tu propia novela. ¿Qué puede esperarse de ti? ¿Qué vas a dejarle a tu nieto en herencia?

—Hay que reconocer —digo refiriéndome a Carolina— que muchos lectores y críticos la consideran una gran escritora.

—¿Y tú?

—Pues ya no sé qué pensar. No va a estar todo el mundo equivocado menos yo.

—Bueno, ahora tu novela triunfa infinitamente más que la suya. Sea como sea, se lo debes a ese impostor, si no te habrías quedado con la duda hasta el día de tu muerte. Descubrirle solo le beneficia a ella.

—Está destrozada.

—Más destrozada estoy yo —dice poniendo punto final a la conversación y sin tener ningún sentido que compare su sufrimiento con el posible sufrimiento de Carolina.

La fuerza de Sofía me arrastra, su convicción en lo que dice y hace. Le elabora un par de algoritmos a Mauricio para el hospital y le organiza los turnos de su área de un modo que todo el mundo queda contento. Se pasa el día en nuestra casa. Redistribuye las hortalizas del huerto según el agua que necesitan. El cuarto de invitados en que tanto me gusta tumbarme a leer y meditar pasa a ser prácticamente suyo. La actividad le hace perder peso a toda pastilla y deja entrever un cuerpo escultural cuando cava en el jardín. Mauricio a veces permanece unos segundos contemplando esta transformación e incluso yo aprecio sorprendida el cambio cuando voy a comunicarle a ella que he recibido una llamada de Luis Isla respondiendo a la nota que le dejé.

—Creo que me ha tomado por una profesora, cree que estoy haciendo una tesis sobre él, o quizá sospeche algo, no lo sé —digo—. Dice que le gustaría conocerme. Por teléfono tiene una voz más agradable aún que en público y no he podido disimular la alegría que me ha dado que me llamara. Me he parecido muy tonta.

Se apoya en el azadón sudorosa. Por el pantalón excesivamente corto aparecen unas piernas largas y prietas y bajo la camiseta unos pechos descomunales. Lleva uno de mis sombreros de paja, por lo que parece la página de un calendario antiguo semierótico.

—Iré contigo, necesitas refuerzos.

Accedo, me impresiona demasiado un cara a cara en que únicamente mostrándole el ejemplar de *Días de sol* lo haría añicos. Además no se me ocurre cuál podría ser el paso siguiente, ¿exigirle una confesión pública?, ¿dinero?

Sofía me hace una propuesta no definitiva según transcurra la conversación.

Se pone un traje de chaqueta rosa que ahora le está grande en la línea de ropas holgadas. Resulta tan intimidatoria que prefiero que guarde ella la novela en su bolso. Para mí elijo modestia y naturalidad y sobre todo comodidad. Vaqueros, deportivas, una camisa blanca y jersey. Y de camino a la cita comienzo a preguntarme cuándo he desistido de resultar deseable, puede que del hecho de dar por supuesto que Mauricio me encuentra atractiva de cualquier manera y porque toda mi juventud y mi belleza me la he dejado en aquellos lejanos *Días de sol*.

Luis me propone vernos en una *suite* del hotel Palace. No querrá testigos de una posible bronca, de unos temidos malos modos por mi parte, de mil cosas que podrían ocurrir. Debe de debatirse entre la posibilidad de que sea la autora de *Días de sol* o una acosadora capaz de averiguar su domicilio, lo que por otra parte no es tan difícil. Ningún escritor en su sano juicio habría hecho puñetero caso de una foto tomada en una presentación junto con un posible título para otra novela. Pero él no es cualquier escritor, él no vive en paz.

Nos abre la chica rubia.

—Por favor, sed breves, está escribiendo.

Pasamos a un salón, y él al vernos se levanta. Lleva las mangas de la camisa remangadas y va descalzo. Es perfecto.

—Acaban de hacerme unas fotos —se disculpa.

—Te presento a Sofía, es una amiga. Soy Marisa Salas, la autora de *Días de sol*.

De haber estado en su lugar me habría desmayado, en cambio él lanza un destello azul de socorro a la rubia, que viene en su auxilio.

—Lo siento pero Luis tiene ahora una comida importante.

Ni Sofía ni yo comprendemos su reacción. ¿Nos ha citado aquí sin sospechar nada? ¿Y ahora no se acuerda de que la novela que había usurpado se llamaba *Días de sol*? ¿No recuerda mi nombre? ¿Ha llegado a creerse el autor verdadero? Entonces Sofía le espeta con su voz ronca de haber bebido, fumado, drogado y matado sin parar:

—¿No sientes curiosidad? Yo en tu lugar la tendría, y mucha.

Luis no sabe cómo reaccionar. No soporta que sintamos que lo tenemos acorralado. La rubia mantiene abierta la puerta del pasillo invitándonos a salir.

—Estoy desconcertado. ¿Podemos continuar mañana con esto? —suplica.

—No seas tonto —contesta Sofía ojeando la carta del restaurante— e invítanos a picar algo en esta sala tan bonita. ¿Para qué alargar la agonía?

«Tiene razón» piensa con toda seguridad Luis. Debería enterarse bien de la situación aunque sea incómoda y terrible.

—Si acaso tienes mi libro, quizá no me identifiques con la foto de la solapa, ahora soy mucho mayor —digo.

Él niega con la cabeza, no tiene el libro.

—Dile a esa chica que prefieres comer con nosotras aquí —le ordena Sofía en voz baja.

—Teresa, anula la comida. Voy a charlar con estas amigas y a descansar. Nos vemos luego.

—Pero están esperándote —protesta Teresa cuya autoridad está poniéndose en entredicho. Luego repara en la cara de repentino cansancio y preocupación de Luis Isla y decide marcharse.

Todo ha sido un regalo para Luis: la novela, el éxito, el dinero, el mimo de la editorial, incluso el enorme trabajo de la promoción, los viajes, los madrugones, así que jamás se le ha ocurrido poner un pero a semejante regalo, regatear esfuerzo o entrega por algo que no le ha costado nada hacer.

Sofía le tiende a Luis la carta con el menú.

—He señalado algunas cosillas para picar.

No se niega. Le entrega la hoja a una camarera y nos sentamos en unas butacas Luis XIV o XV de raso amarillo.

—Esta señora —dice Sofía— es la madre de la criatura y tú te la has apropiado. Hasta ahora estaba desesperada porque no podía probarlo, pero ya ha conseguido un ejemplar de *Días de sol*, publicado en 1989, cuyo contenido es idéntico a *Los sueños insondables* y blablablá, qué te voy a contar que tú no sepas.

—A veces hay coincidencias —dice él.

—Blablablá —repite Sofía—. Marisa no pretende destruirte, le das pena y quiere concederte una oportunidad. Es muy generosa. Imagínate lo que ha supuesto para ella descubrir que te has adueñado de su obra a la brava, sin ninguna consideración ni pizca de vergüenza.

Las palabras de Sofía no son en sí mismas duras, solo en su voz cobran un matiz terrorífico. Luis Isla mira alrededor buscando la manera de huir como si se encontrara en el *Misterio del cuarto amarillo*, sobre todo cuando Sofía saca del bolso *Días de sol* y lee la página dedicada al accidente mortal de mis padres.

—¿Te suena? —pregunta.

Luis, que hasta ahora ha estado sentado informalmente a una mesa baja mostrando unos pies con tendones por donde corre la sangre a toda pastilla, se deja caer sobre el sofá colocado artísticamente en medio de nuestros sillones.

—¿Qué pretendéis? ¿Qué queréis? Mi editorial y yo hemos hecho todo el trabajo de editarla, sacarla adelante y darle el puesto de honor que se merece. Estoy dejándome la piel en una promoción interminable que a la editorial le cuesta un dineral. Me siento agotado, he tenido que abandonar mi trabajo, no tengo sosiego.

El azul de los ojos empieza a brillarle más y más hasta que tiene que secarse las lágrimas con las manos. Lágrimas azules y densas, que le juntan unas pestañas con otras. También se las limpia con los nudillos y luego se abraza estirando la camisa sobre la espalda.

—No es fácil mantener la novela en el número uno. ¿Qué habría sido de esta novela, por buena que sea, si yo no la hubiese descubierto?

«Una buena pregunta», pienso. Continuaría perdida en la nada. Y aunque me hubiese decidido a recuperarla y alguien se hubiera decidido a reeditarla, yo no le habría interesado a la prensa ni a los críticos. Una autora mayor con una única novela del año de la polca. Tiene razón.

Unos enguantados nudillos tocan en la puerta y a continuación un fastuoso carrito se desliza mudo sobre la moqueta. Por el balcón entra el resplandor del mediodía. El camarero pide permiso para servir el champán, lo que francamente me anima y me saca del estupor de no saber cuál es la opción más inteligente. También pide permiso para abrir las ostras.

—Del resto nos encargaremos nosotros —dice Sofía con autoridad.

Me avergüenzo de mí misma por estar disfrutando de moverme del sillón solo para saborear una ostra más y coger la copa una vez más y el resto de delicias que a Sofía se le ha ocurrido pedir. No puedo ni imaginarme a lo que podrá ascender esta cuenta. En cambio Luis lo mira todo como si oliera a podrido. Estará harto de tanta excelencia o deberá acostumbrarse a aborrecerla ante la posibilidad de no poder disfrutarla más.

—Todo esto tendría que ser tuyo, querida —dice Sofía.

Luis echa ojeadas al ejemplar de mi novela apoyado en uno de los brazos del sillón de Sofía. Deduce que solo existe esta prueba acusadora y le tentará la idea de arrebatárnosla. Así que decido volver a guardarla en el bolso de Sofía antes de que el champán nos produzca esa sensación de vive el presente y pasa de todo. Entonces él exige que dejemos nuestros móviles sobre la mesa, le preocupa ser grabado. Sofía se ríe a carcajadas y obedecemos.

—No sabía que se hubiese publicado —dice sinceramente sorprendido—. Creía que estaba perdida, abandonada, que nadie le había dado importancia, que ni siquiera nadie la habría leído y quise darle vida, recuperarla, otorgarle el lugar que le corresponde.

—¿Y crees que se lo has dado tú? ¿No será que la novela se lo merece? ¿No será que te has aprovechado sin ningún escrúpulo del talento y el trabajo de otra persona?

Lo bueno es que Sofía piensa por mí y puedo dedicarme a comer y beber.

—Nos caes bien, ¿verdad Marisa? Piensa cómo resolver esta situación tan desagradable. Te damos cuarenta y ocho horas. Respetaremos la tregua.

Esta frase final no es el final. Sofía continúa consumiendo tranquilamente todo lo que hay en el resplandeciente carrito, y yo la sigo. Él nos mira con aire desvalido y sin hablar hasta que nos levantamos y nos dirigimos a la puerta. En el ascensor Sofía suspira. Yo conservo en el paladar un festival de sabores de quinientos euros por lo menos.

—No es inocente. No te dejes engañar. Tenía un discurso muy preparado por si llegaba este momento.

39

LUIS

Le pido a Teresa que anule todos los compromisos del día. «Tengo migraña», digo. No pone buena cara porque no quiere que desperdiciemos ninguna oportunidad de vender un poco más, de hacerme un poco más famoso.

—En la comida de hoy querían ofrecerte una colaboración fija en un periódico importante. Estoy empeñada en que tengas una columna y que participes todas las semanas en televisión en una tertulia política, quizá también en la radio. Así mantendrás la imagen hasta la próxima novela que, por cierto, ¿qué tal la llevas?

La abrazo en signo de gratitud desde el fondo de mi corazón y la retengo unos segundos para que perciba mi sinceridad y se acuerde de ella cuando llegue el desastre. Me horroriza hacerle daño a alguien tan trabajadora y eficaz como Teresa. Todos los días me pregunto cómo lo hace: acompañarme en los viajes y mientras tanto ir organizando otros viajes e ir convenciendo a la gente de que soy un genio, ocuparse absolutamente del más mínimo detalle, impedir que me incomoden los periodistas o los lectores y que yo meta la pata, redactar *e-mails* y dosieres para la prensa, llevarme por la noche a algún sitio para divertirme un poco, acostarse a las tantas y estar siempre a punto, fresca, lozana, con un cabello sedoso y acariciador y una voz dispuesta a comerse el mundo como si en ella no hiciese mella el esfuerzo.

—Gracias —digo al separarme de ella. Después del desastre ya no tendría sentido este abrazo.

—No seas tonto —dice—. Ya lo arreglaré.

Cómo me gustaría contárselo todo y que lo comprendiera. Estoy seguro de que encontraría la manera de sacarme del atolladero. El problema es que ella cree en mí de verdad, le encantan *Los sueños insondables* y me confiesa que no está dispuesta a que no se me haga justicia. Mientras ella pueda marcar un teléfono, eso no va a ocurrir. Una adoración que siempre me entristece un poco y que ahora, tras la visita de la tal Marisa y su amiga, me resulta insoportable. Deseo con todas mis fuerzas que mueran de camino a casa, que las atropelle un autobús o que las acuchille un loco o que se envenenen con algo que coman. Esas cosas ocurren y entonces Teresa estará a salvo de mi culpa.

Siento muchas ganas de desaparecer.

40

—

MARISA

Relevo generacional lo llaman al hecho de que Luis Isla desbanque a Carolina de los libros más vendidos, la ha echado y es fácil imaginar lo doloroso que le resultará sobre todo sabiendo lo que ella sabe y que podría destruirle con un chasquido de dedos. Así que en medio de estas aguas tan revueltas, no llega a sorprenderme del todo que un bedel me interrumpa en medio de una clase para pedirme que salga con cierta urgencia.

En el pasillo espera Carolina con la mirada fija en el suelo y sin esa lisura en el pelo que la eleva a lo más alto. Más bien lo lleva más largo de lo normal y sin peinar ni lavar, dicho sea de paso. Todo lo que siempre le favorecía: su estilismo de negro, maquillaje de cara lavada y un infantil pelo sedoso ahora tira para atrás. Incluso ese envolvente aroma a perfume o a alcohol.

—¿Qué quieres? Estoy trabajando.

—¿Esto es un trabajo? No me hagas reír.

A continuación se disculpa.

—Perdona —dice—, no me encuentro bien. Quiero hacerte una propuesta.

Le pido que me espere quince minutos en la calle y la observo con más atención. ¿Dónde está aquella chica bendecida por los dioses? Ha envejecido, empequeñecido y enfermado en seis meses.

Al terminar la clase, una colega me dice que le parece haber visto a Carolina Cox en el pasillo frente a mi aula.

—No me la imaginaba así en persona —dice extrañada—. Me he comprado todas sus novelas.

—No creo que sea ella. ¿Por qué iba a venir aquí? —contesto.

Carolina espera en la acera de enfrente con la mirada fija en el suelo como antes. Y lo cierto es que ahora más que nunca me parece una escritora de verdad, torturada y ajena a las poses.

Entramos en un bar. Se pide agua, «estoy con ansiolíticos», se disculpa, y yo un café.

—Creo que puedo convencer a Stephan de que te reedite *Días de sol* y de que incluso te publique alguna novela más que hayas escrito o que vayas a escribir.

—¿Él sabe...? —pregunto.

—Necesita pruebas, no se lo cree. Por supuesto no le he dicho que seas tú, solo que ha plagiado. Dice que hacer público un hecho de esta envergadura con una novela que está generando tantos beneficios sería muy grave y que destrozaría vidas. Dice que estoy pasando una crisis de caballo.

Me coge las manos y las atrae hacia su esqueleto conservado sin alteraciones durante treinta años.

—Si Stephan publicara *Días de sol* se te haría justicia, ¿no lo comprendes? ¿Es que no te importa? Puede que nunca te hayas merecido tener éxito.

Nada más pronunciar la última frase se arrepiente y vuelve a disculparse.

—Perdona, es que yo en tu lugar no lo soportaría.

—Lo siento Carolina, pero no tengo prisa.

Dice que me llamará en unos días y se aleja rápida, un pájaro volando a ras de suelo, empujada por la brisa de esta tarde de otoño. Los tonos grises y plateados le dan un aire de otro mundo a las calles.

Cuando llego a casa me encuentro a Mauricio y a Sofía jugando a las cartas y riéndose, lo que debería alegrarme por Mauricio y sin embargo no me alegra del todo. Empiezo a temerme que Sofía se vaya de la lengua con él y le cuente lo de *Días de sol*. También empieza a preocuparme haberle dado a Sofía demasiada manga ancha en mi vida.

—Mauricio se ha prestado a hacer la cena —me informa Sofía—. Vamos a dar un paseo.

»He echado cuentas —dice mientras coge los bastones.

Me cambio de calzado de mala gana y decido tener paciencia. Demasiados acontecimientos, demasiadas decisiones que tomar, no quiero perder los nervios.

Sobrepasamos los pinos a gran velocidad, a alguien podría parecerle que esquiamos.

—Este chico ha ganado ya *grosso modo*, sin contar posibles películas ni series de televisión ni traducciones, más de un millón de euros, por lo que sería más que justa una retribución de setecientos mil euros para ti y trescientos mil para él y un cincuenta por ciento también para ti de todo lo que genere en el futuro.

Me paro en seco.

—Vamos a aflojar el paso —digo.

—Es la mejor manera de que continúes con tu sosa vida y con pasta.

Le habría dicho que mi sosa vida parece gustarle bastante porque no sale de mi casa. Pero no estoy segura de no necesitarla.

—Lo veremos mañana y dejaremos que hable, luego le plantearemos nuestra propuesta.

—¿Y la verdad? —pregunto parafraseando a Carolina.

—¿Qué pretendes con la verdad? ¿Que se detenga la

venta y todos los proyectos en torno a la novela? ¿Que la gente ya no simpatice con ella porque todo ha sido un fraude? La historia gusta porque se supone que la ha escrito un hombre sensible y guapo, no una mujer frustrada y llena de odio.

No es ni más ni menos que lo que yo pienso. La verdad hundiría la magia de la novela. Y renacería Carolina y volveríamos al punto de partida.

—Por supuesto yo reclamo un veinte por ciento de tus ganancias. Soy algo así como tu agente literaria.

Se me ocurre recordarle que somos amigas desde la infancia, que nunca pensé que se tomase esto como un negocio y también que los agentes literarios no viven en casa de sus autores con todos los gastos pagados. En lugar de eso aprieto la marcha para regresar a casa. Quiero recuperar de su bolso el ejemplar de *Días de sol* y después le daré cuarenta y ocho horas para que se largue.

—Una cosita —dice—, no puedes usar mi idea para negociar con Luis Isla por tu cuenta. Tienes que contar conmigo y con el veinte por ciento.

Mauricio ha preparado la cena y la mesa en el porche y mantitas para las rodillas. Antes de terminar, me levanto con la excusa de ir al baño y entro en el cuarto de invitados ocupado por Sofía. Registro el bolso y las estanterías, entre las mantas y no encuentro la novela. De nuevo la he perdido y ni siquiera se me ocurrió hacer fotocopias o escanearla, algo que perfectamente se le podría ocurrir a Sofía si descubriese el más mínimo indicio serio en mí de desear actuar por mi cuenta.

El único ser inocente y maravilloso bajo las estrellas del porche es Mauricio. Gracias, Sofía, por hacérmelo comprender.

41

MARISA

Camino del Palace le pregunto a Sofía si lleva consigo *Días de sol.*

—Sí, claro, por si no le quedó claro a ese farsante el otro día.

Sin darle tiempo a reaccionar meto la mano en su bolso y saco la novela.

—No vuelvas a tocarla —digo más airada de lo esperable para ella e incluso para mí.

—Bueno —replica en tono distendido—, por si se te ocurren ideas raras, también conservo el manuscrito que me entregaste hace treinta años.

—Creía que lo habías tirado, que no le diste importancia.

—Y no se la di, pero no tiro nada.

Esta vez en la *suite* no está la chica rubia. Nos abre la que me parece la madre de Luis, solo que ahora va más formal, con un traje Chanel, seguramente auténtico, que le habrá comprado su hijo con las ganancias de mi novela.

—Mi hijo está enfermo —dice clavándome la vista—. No puede con esto y espero que pare de una vez.

No estoy segura de que me haya reconocido de la vez que estuve en su piso, lo que a estas alturas no tiene importancia. No nos pregunta si deseamos tomar algo. Cruza las piernas como si no fuese la primera vez que se encuentra en una lujosa *suite* embutida en un Chanel, como si hubiese regresado a un mundo abandonado a lo largo de su vida. Y observo que el traje no es nuevo, lo habrá desempolvado para acudir a esta cita, en la que necesita sentirse con la mayor dignidad posible, también habrá acudido a la peluquería.

—Mi hijo no es un ladrón, solo desea ser importante, poder mirar a su padre a los ojos de frente. Mi marido es una mala bestia, ¿comprenden?

—Y de paso se ha hecho rico —añade Sofía sin atisbo de piedad.

—Se le ha ido de las manos. Todo se ha desmadrado. De pronto el éxito es imparable, aunque quisiera frenarlo, no puede.

—No hay por qué hacer eso. Creo que Marisa, la autora, llegará a un acuerdo.

—¿Económico?

—Económico.

La madre no expresa el alivio esperado, se pasa las manos por la falda.

—Luis ha hecho una gran labor con esta novela en la que nadie había creído. Él la ha inventado —dice.

Sofía y ella forcejean verbalmente. Sofía suelta la cantidad de setecientos mil euros más *royalties* y a la madre se le endurecen los pómulos.

—Luis nos ha comprado un apartamento y tendremos que venderlo. Necesitamos tiempo.

Pienso que ese apartamento le corresponde a mi hijo y a mi nieto y que nadie le ha pedido a Luis Isla que crea en mi novela ni que luche así por ella. Y luego pienso que la chica rubia se quedaría de piedra si se enterase de que el fruto de sus esfuerzos ha venido a parar a mí, una perfecta desconocida de sesenta años por la que nunca habría movido un dedo. Sofía le concede quince días para recuperar el dinero. Le reprocho a Sofía su dureza y le digo que no necesito el dinero con tanta urgencia.

—Pero yo sí —dice—, quiero hacer un viaje alrededor del mundo.

Cada día pongo unos cuantos ladrillos más en el muro de secretos que he construido frente a Mauricio. Y si algún día se entera de mi silencio y mi deslealtad hará muy bien en dejarme plantada. Es terrible por mi parte haberle ocultado quién soy yo en realidad y a veces temo que Sofía con dos copas de más o simplemente por venganza o simplemente por diversión se vaya de la lengua, por lo que no veo el momento de que desaparezca de mi casa. Las comidas me resultan cada vez más tirantes, sobre todo los desayunos, en que Sofía mastica la tostada lo más despacio posible y lanza pullas que afortunadamente Mauricio no entiende, por lo que él procura contar alguna noticia de interés general como que el joven escritor Luis Isla ha perdido el conocimiento en una mesa redonda en que se hablaba de su novela y tuvieron que avisar a una ambulancia.

—¿Te acuerdas de él? Aún tengo ganas de leer su novela.

Busco rápidamente en Internet la noticia. Se había desmayado y una interviniente en la mesa, Carolina Cox, sospechaba que se había fumado un canuto que no le había caído bien. Estaría cuarenta y ocho horas en observación en el hospital y de momento se aplazaban todos sus actos públicos.

Sofía me aleja al jardín para decirme que es una artimaña para ganar tiempo y mientras tanto él se hace cada vez más rico y más popular, ni siquiera la verdad podría destruirle. Incluso en el telediario de las tres se expresa la preocupación por su estado de salud.

Y en el programa de máxima audiencia de televisión de la tarde se aborda el precio del éxito en torno a la figura de Luis Isla. Su evidente ausencia la cubre Carolina. En el semblante del conductor del programa se lee su pesar por no tener delante al propio Isla y deber conformarse con esta otra autora pasada de moda.

—También usted —le dice— ha conocido el éxito [en pasado], también habrá sufrido estrés y desmayos.

Se nota que las maquilladoras y peluqueras han hecho lo que han podido para disimular ojeras, melena ajada y una mirada errática y antipática.

—No, nunca me ha ocurrido. Disfruto y agradezco cada minuto con mis lectores sea donde sea. Siempre me he sentido fortalecida por ellos.

—¿Cree entonces que la hipersensibilidad de Luis Isla, su juventud y su creatividad le impedirán en el futuro comunicarse personalmente con sus millones de lectores?

Carolina sostiene su última creación sobre las rodillas, lo que significa que el presentador se ha resistido a sostenerla sobre las suyas y que lo único que le importa es hablar de Luis Isla.

—No lo creo, no lo creo en absoluto. La comunicación directa con los lectores no le hace daño a ningún escritor. Sí pueden hacerle daño las adicciones y tener cosas que ocultar.

El presentador la mira fijamente y ella le devuelve la mirada.

—¿Está insinuando que Luis Isla sufre adicciones y que tiene una vida oculta? Creo que a sus lectores esto les encantaría. Los escritores siempre han vivido en otro mundo.

—Lo único que digo es que yo no tengo nada que esconder. Mi carrera ha sido y es limpia, trabajada con el sudor de mi frente.

—¿Está intentando decirnos algo? Es una pena que no

esté presente Luis para contestar porque podría desvelarnos qué pócima toma para escribir tan maravillosamente.

—No he mencionado su nombre en ningún momento.

—Sí, de acuerdo, pero estamos hablando de él. Todo ha sonado a insinuación, francamente.

Ser consciente o no ser consciente de algo. Eso que se dice tan a la ligera. En este caso, en este momento concreto, la no conciencia de Carolina es profunda y lastimosa. No es consciente del papel que está haciendo y se remueve contenta en el asiento. Y el presentador también piensa en la conciencia.

—¿Es usted consciente de que el propio Luis Isla puede estar viéndola?

—En tal caso le mando un saludo. Y le deseo mucha, mucha suerte, de corazón, de verdad.

—¿Cree que la necesita? Parece que le va bastante bien —añade el conductor animado por una posible polémica.

—La necesitará, eso es seguro —dice mirando a cámara con un chasquido de luz en los ojos—. Estoy deseando leer su próxima novela si es que hay próxima novela, que lo dudo.

—Estamos seguros de que Isla apreciará sus consejos, no en vano él recoge su testigo, el testigo de una generación que tanto bien ha hecho por la literatura.

Temo que Carolina de pronto reviente y suelte todo lo que le oprime el pecho. El presentador lo intuye y espera.

Transcurren unos minutos tensos. Ella se contiene, aún le queda un resquicio de conciencia. Sonríe entre la maraña del pelo que ha ido desordenándose poco a poco.

—No hay consejos, solo advertencias —dice.

Y salta la publicidad y finaliza la entrevista. Imagino a la asistente rubia llamando al programa para exigir que cortaran a aquella desquiciada, de lo contrario Luis Isla jamás acudiría a ninguna otra emisión, era una amenaza.

SEGUNDA PARTE

42

MARISA

Al día siguiente se continúa hablando de Luis Isla en términos alarmistas. Se sospecha que ha entrado en una oscura senda de autodestrucción. En un par de periódicos han escogido para ilustrar la noticia la fotografía más triste que han encontrado. Una en la que sus ojos azules miran al vacío. Nadie quiere que desaparezca un chico tan joven, un escritor con tanto talento. ¿Qué falla en nuestra sociedad para que el éxito siente tan mal? Un departamento de documentación rebusca en la hemeroteca alguna pequeña crítica adversa y la encuentra. Por fin una explicación. Aquí podría residir la clave de su estado mental.

Un desconocido crítico literario había cuestionado la novela de una forma un tanto agria. La envidia, la ruindad, la mezquindad y un largo etcétera de veneno habrían deprimido a Luis Isla.

Sofía dice que no se habría esperado una salida como esta por parte de Luis. Si llegaba a autodestruirse de verdad no cogeríamos un euro y encima tendríamos que callarnos. A mí nadie me perdonaría que mancillara su nombre y todo el mundo consideraría la verdad como una gran y repugnante mentira. Les gusta él, no yo. Tampoco podemos contar con que su madre o él se presenten a la cita concertada quince días antes. Así que le llamamos al móvil. Contesta la cálida voz de la chica rubia. Y le informamos de que somos las amigas de Luis que ella vio en el Palace.

—Luis no puede ponerse, tomaré el recado.

De fondo se oye a alguien llorando y a continuación la voz de la madre de Luis. Esa voz de mujer de mundo dentro de la voz de un ama de casa afligida.

—Es mejor que esperemos un par de días —le digo a Sofía—. Ahora están trastornados.

—Entonces voy a arrancar las hojas secas del jardín —dice.

Mauricio tiene guardia y yo digo que debo asistir a una reunión en el colegio.

Guardo el ejemplar de *Días de sol* en la caja fuerte junto con las joyas heredadas de mi madre y tomo un taxi.

En la puerta de la casa de Luis se han congregado algunos fotógrafos. Así que no llamo a su puerta sino a la de la gestoría. Explico que tengo cita para hacer la declaración de la renta y me abren.

Subo al piso de la madre de Luis. Por fortuna Teresa, la asistente, acaba de marcharse según pregona un rastro de J'adore. La madre de Luis se ha despojado del traje Chanel, del peinado de peluquería y ha vuelto al caftán de seda de andar por casa como si estuviera en una embajada.

—Podrías haberte ahorrado el viaje. No he tenido tiempo de vender nada.

—He venido para interesarme por Luis.

—Se ha pasado de la raya con los ansiolíticos y sufrió una bajada de tensión. Está desesperado, pero no ha intentado suicidarse. Y estoy harta de ver a Miriam, su editora, preguntando por su nueva novela. Hoy ha venido pidiéndome que le entregara cualquier cosa que hubiese escrito.

Se enciende un cigarrillo y me ofrece otro. Se sienta cruzando las piernas y haciendo oscilar una babucha. Está frente a mí y de espaldas a la pared redondeada del centro comercial y me viene el recuerdo de aquella fantasmal chica haciendo surf.

Cuántas cosas habían sucedido en este piso, cuántos días sin fin. Y ahora parece que ya estamos en el final. Un final perdido.

—No quiero hacerle daño a su hijo. En el fondo me siento responsable por haber olvidado aquí los disquetes de mi novela. También podría haber olvidado algún objeto de valor y no por eso ustedes serían ladrones. Yo tendría que haber sido más cuidadosa con las cosas que me importaban y si no lo fui es que no me importaban tanto y ahora que la novela ha triunfado vengo como una pedigüeña a exigir cuentas.

—Le pagaré lo que me pide, es lo justo y usted no revelará la verdad. Yo no quiero todo este dinero, estoy bien aquí quejándome de estar aquí, me gusta quejarme. Pero ese no es el problema, el problema es que Luis jamás escribirá una segunda novela. Está empezando a creer que escribió la primera, un delirio, ¿comprende? Y yo tengo la culpa.

Me alivia que se culpe de todo, hasta ahora creía que de los fracasos del mundo la única responsable era yo. No tengo que convencerla de nada. Es completamente consciente, y aquí la palabra «consciente» cobra todo el sentido de la dramática realidad.

—¿Quiere un café? Tengo una cafetera hasta los topes. Con la edad una se da cuenta de que no hay que dejar pasar el momento de hablar y tomar un café. Mi hijo sin embargo tiene todo el futuro por delante y a veces a ese futuro le damos demasiada importancia.

Acepto.

—No me perdonaría que buscase la salida fácil de las pastillas de nuevo. No me lo perdonaría —repite.

Deduzco que la madre ha tenido mucho que ver en la apropiación de mi novela. Puede que no llegue a ser un robo. Ella intenta que su hijo sea alguien en la vida, la comprendo.

Me levanto antes que ella para marcharme. Me observa con los ojos muy abiertos.

—Es increíble que haya escrito algo tan emocionante —dice.

Parece una persona muy normal.

43

MARISA

Me llama Stephan y no se lo comunico a Sofía. Me apetece verme a solas con un editor deseado por multitud de escritores. Jamás sentiré la emoción que sentía cuando veía a Nilo. Jamás volveré a ser una joven escritora con su primera novela, su primer editor y como dice la madre de Luis todo un futuro exageradamente importante. La novedad se ha desvanecido. Pero esta cita con Stephan es mejor que nada. No está mal. Me despojo de mi cómodo atuendo de vida sin grandes acontecimientos y saco unas botas altas y un vestido negro, me recojo el pelo, me maquillo, obvio los kilos de más en el espejo. Mauricio no me ve, Sofía trabaja en el huerto. Subo a un taxi lo más rápidamente posible y cuando entro en el bar en que nos hemos citado, Stephan se levanta del taburete sorprendido, no maravillado, solo sorprendido.

—No te recordaba tan alta, perdona.

—Yo tampoco —digo riéndome. No me he vestido así para él, sino para mí. Me apetecía ponerme las botas antes de que se apolillaran, el vestido antes de que ya no me cupiese y darme un maquillaje de Dior antes de que se cuarteara. Me apetecía salir de mí misma. Y nada más sentarme me pido una copa de champán.

—Vaya —dice él—. Y solo son las cuatro de la tarde.

—Pues imagínate cuando sean las ocho.

Esboza una sonrisa. «Qué rollo de vida la de Stephan», pienso. Al menos Mauricio de vez en cuando me arrastra entre los matorrales.

Se le acercan dos hombres parecidos a él a los que no me presenta. Me pido otra copa. Es agradable tener una cita de la que lo más importante son las copas que te bebes.

—¿Cómo está Carolina? —pregunto—. La vi en televisión el otro día. Parecía muy contrariada por algo —digo por no decir desquiciada, loca, perdiendo los papeles constantemente.

—No sé cómo conseguir que olvide ese asunto. No es problema suyo. Si la autora original de la novela no quiere desenmascarar a Luis Isla, a ella qué más le da. Y lo peor de todo es que no se apoya en ninguna prueba.

Nilo enseguida habría descubierto qué le ocurre a Carolina. Un buen editor conoce los celos de sus autores al dedillo, incluso juega con ellos para que den lo mejor de sí. La competitividad, la envidia, la falsa humildad, la vanidad, el egoísmo y la admiración que se esconde debajo de todo eso. Nilo la comprendió perfectamente.

—Por mucho que se empeñe no puede hacer nada. Ese chico arrasa haga lo que haga —dice—. Podría matar a alguien delante de las narices de sus lectores y negarían la evidencia. Es el sueño de cualquier editor. ¿Has hablado con él de mi propuesta?

Esa ansiedad en sus ojos casi claros, en sus labios rectos, finos, en su cuerpo sin grasas innecesarias. Nunca habría publicado *Días de sol* de no venir de la mano de un Luis Isla y de un éxito. No es Nilo.

El médico le ha recetado algunas cosas y que tome vacaciones, que se olvide del mundo literario por un tiempo.

—Creo que le está afectando la edad. Tú lo comprenderás.

—La verdad es que no, a mí la edad no me afecta.

Se pone rojo, ha metido la pata y cree que ya no le ayudaré a conseguir un contrato con Luis. Así que me rio para tranquilizarle.

—Haré lo que pueda por convencerle, no lo dudes.

Algunas partes de su cara blanquean más que otras.

—Por supuesto no pretendo que negocies gratis.

Me tomo otras dos copas sentada en aquel taburete en que se me ven las botas, las rodillas, el vestido y el anillo de la amatista de mi madre. Él ya está impaciente por largarse y disfruto reteniéndole. Le pido información sobre el funcionamiento de la editorial y sobre una hipotética promoción para Luis. No estoy sentada de cara a la barra sino al tendido y algunas mujeres me admiran por estar con un tipo tan atractivo y quince años más joven que yo. Le toco una rodilla y se sobresalta.

—No veo imposible que Luis sea tuyo —digo.

Entonces me examina la cara detenidamente pensando que en mi lejana juventud fui tirando a guapa.

—Y pesaba cincuenta kilos como mucho —digo riéndome de nuevo y arrastrando las palabras.

—¿Lees el pensamiento?

—Y muchas más cosas. Leo demasiado.

—Te pediré un taxi. Estoy preocupado por Carolina.

Le aclaro que me quedaré un rato más. Yo llevo las riendas, ni siquiera Sofía con lo lista que es sería capaz de saberlo todo. Y al llegar a casa me lo hace saber.

—No puedo ayudarte si actúas por tu cuenta —dice escudriñándome de arriba abajo.

44

MARISA

El hecho de que haya trascendido el presunto intento de suicidio de Luis Isla dispara de nuevo las ventas. Ya no nos conformamos con setecientos mil euros. Queremos el setenta por ciento de todo. Sofía dice que ella se encarga y se cita con la madre de Luis Isla en el Palace, pero esta vez en la cafetería.

Me echa en cara que soy demasiado blanda. «Lo estropearás todo como hiciste con Ismael y por eso aquella mañana en lugar de quedarse contigo en el camping se marchó con su grupo de surf a otra playa y ya no volviste a verle. "Otras olas, otra arena, otro mundo en que no estoy yo", recita de memoria. Qué penosa eres».

Me quedo helada. Sofía no solo ha leído *Días de sol*, sino que la ha leído con gran atención y detalle. Pero lo más sorprendente de todo es que la parte que comenta la había eliminado de la versión final que se publicó. Tanto a Nilo como a mí nos parecía demasiado explícita. Significa que Sofía leyó el manuscrito que le entregué en su día y que ella pareció despreciar. Lo sabe casi de memoria. Me habría hecho tanto bien que me lo dijera. Me habría alegrado tanto. La veo calzándose para ir al encuentro con la madre de Luis. No se merece el veinte por ciento de nada.

Le informo de que no la esperaremos para cenar, que se

tome su tiempo para convencer a esa mujer de lo que sea. Y nada más salir acudo a su cuarto y encuentro en el cajón de la mesilla las llaves de su piso.

El silencio del vacío. El balcón de la sala de estar sigue entreabierto y los ruidos de la calle se estrellan contra este silencio, no pueden penetrarlo. Echo un vistazo alrededor. El manuscrito solo podría encontrarse en el buró junto a la pared. Por primera vez tengo la oportunidad de ver a placer estas habitaciones siempre entornadas y aunque mi objetivo es otro abro puerta tras puerta. Una está cerrada con llave, será la de su madre, y de la cocina sale olor a naranjas. Se ablandan en un frutero. El cuarto de Sofía está hecho un desastre y huele a tabaco. Busco en la librería, en los cajones del escritorio y en los cajones del armario. Luego me encamino al buró del salón y nada. ¿Estará en el dormitorio de su madre? Recuerdo que en el vestíbulo hay una llave muy grande de adorno de la que cuelgan otras llaves. En una pone «trastero».

Bajo corriendo al número treinta y uno. La llave gira con dificultad, no debe de haber sido abierto desde hace mucho. Huele a moho y se apiñan platos, mantas, zapatos y libros y apuntes escolares por los estantes. En uno de ellos destaca *Días de sol* con las anillas con que se lo entregué y la dedicatoria para ella en la primera página. Retiro el polvo con el pico de una manta. Algunas páginas aparecen dobladas y entre dos de ellas hay ceniza, que se le habría caído del cigarrillo mientras leía. Lo dejo todo como lo he encontrado y en cuanto llego a casa guardo el manuscrito en la caja fuerte junto con el único ejemplar que existe de *Días de sol.* A continuación llamo a Mauricio al hospital.

—Te espero en O'Passo para cenar —le digo.

—¿Solos tú y yo?

Me sorprende que dé por hecho que incluiríamos a Sofía en nuestros planes y ni siquiera respondo.

Me visto como el día en que me cité con Stephan. No solo me mira asombrado Mauricio sino los camareros.

—¡Qué diferente estás! —exclama Mauricio. Sé que le gusto más con vaqueros y deportivas. Pero añade—: Muy guapa.

—Estoy harta de ir vestida de jovencita. Esta es la nueva Marisa.

—Pues brindemos por eso —dice alegremente sirviéndome vino.

Y por eso continuaré toda mi vida al lado de Mauricio porque no es ningún Stephan ni ningún Ismael.

La madre de Luis ha accedido a todo. A Sofía le parece una mujer dura, que mataría por su hijo. Sin embargo no ha opuesto resistencia. De haberla apretado más nos habríamos quedado con todo, asegura.

Siempre que miro a esta Sofía sin entrañas, también veo a la Sofía destrozada por la muerte de una madre a la que odiaba. Y a la Sofía heroica que en un campamento de verano me salvó de morir ahogada en un pantano. Bajo su ferocidad hay compasión.

—No me mires así —dice—. No estoy dispuesta a ceder. Y además no olvides que me debes algo.

Está tan alta y tan fuerte delante de mí. Están los largos brazos que me impulsaron hacia arriba aquel día que pudo ser el último. Están las piernas y las rodillas que aguantaron mi peso y que al levantarse sangraban por las mil piedrecillas clavadas. Está mi infancia, millones de sensaciones, cosas aprendidas, pantalones pitillo, botas con plataforma, cigarrillos sin filtro, sucesos incomprensibles, todo pasa por sus crueldades como una cálida tempestad que nos ha traído hasta este momento.

Un momento como otro cualquiera. La vida no se le debe a nadie aunque te la salven.

45

—

MARISA

El crítico que en un remoto periódico de corta tirada le había cuestionado *Los sueños insondables* a Luis y que incluso le achacaba una influencia excesiva de una escritora francesa, pide disculpas públicamente porque su opinión haya herido tan profundamente el estado de ánimo de Luis. Como consecuencia se organiza una tertulia en el Ateneo sobre el papel de la crítica literaria a la que también está invitada Carolina.

Lamentablemente la crisis que está atravesando el autor de la novela más aplaudida de los últimos tiempos le impide asistir. Le propongo a Mauricio acercarnos por allí y aprovechar para después tomar algo en O'Passo. Empiezo a echar de menos mi vida de siempre. Le parece perfecto porque debemos celebrar algo, por lo que llamará para reservar mesa. En otro momento le hubiese preguntado por ese algo, pero ahora se me acumulan las sorpresas y las decisiones y pospongo esta a la mesa con mantel blanco de hilo que solo reservamos en ocasiones especiales.

El crítico es de mediana edad con gafas y barba y le hace una ilusión especial conocer a Carolina. Le recuerda que le ha hecho tres o cuatro reseñas en distintos medios. Carolina sabe cómo tratarle sin gratitud ni complacencia, pero con un ligero apretón en el brazo. Está de su parte no porque a ella desde su rincón la haya alabado sino porque ha puesto a parir a Luis.

El crítico se muestra serio, grave, tal vez sobreactúa en su papel de crítico, tal vez piensa que un crítico debe comportarse así en una tertulia dedicada a su labor. El nerviosismo lo aplaca hablando alto y con voz muy retocada. Es su momento. El director del Ateneo le pregunta si no siente alguna responsabilidad moral, humana, al menoscabar la autoestima de un creador. «Pues no», contesta, aunque lo siente mucho por el joven autor, su principal responsabilidad, la única, es hacia la literatura. Entonces Carolina en un tono con altibajos sin controlar del todo las cuerdas vocales aclara que uno no puede considerarse un creador hasta que no escribe la segunda novela. Y ella está esperando esa segunda novela, la espera con frenesí porque quiere creer en el talento de Luis Isla. Pero esa segunda novela no llega y duda que llegue alguna vez. El director del Ateneo la mira perplejo.

—Bueno, señoras y señores, la literatura es hermosa y despiadada. El arte no se anda con chiquitas —dice.

Y entonces no puedo reprimir el impulso de levantar la mano, algo tan inesperado para Mauricio que gira todo el cuerpo hacia mí.

—Querría preguntar al crítico en qué aspectos piensa él que ha influido la autora francesa en la obra de Luis Isla.

Se atusa la barba.

—Una voz femenina muy íntima, muy sensible hablando de un amor perdido.

—¿Y únicamente esa autora francesa ha escrito desde ese punto de vista?

—Señora, ese no es el punto de vista, ese es el tema.

—Gracias, y aparte de ese tema universal, ¿podría ilustrar la influencia con algo más?

El director del Ateneo mueve una pierna muy animado, la tertulia no está resultando el coñazo al que están acostumbrados. Y estará barajando la posibilidad de volver a invitar al crítico.

—Está presente el mar, la playa, el calor, la alegría de la juventud.

—Gracias de nuevo —digo—. ¿Y esa playa no le recordaría también a Cesare Pavese?

Carolina ya me ha descubierto y sonríe amargamente. Mauricio me contempla sin parar, en la vida me habría imaginado discutiendo de literatura.

—Posiblemente, pero la voz es de una mujer.

—El que tiene un martillo ve clavos por todas partes y usted ve por todas partes a esa escritora cuyos méritos no niego.

—Me siento complacido, señora, de que lea tanto.

—Pues le diré que la melancólica ligereza de dicha autora no tiene absolutamente nada que ver con la dolorosa esperanza de la narradora de *Los sueños insondables*, que no se pasa el día tumbada en el delicioso tedio sino en la profunda carnalidad.

Los quince asistentes presentes me aplauden.

—Lo que quiere decir el crítico —interviene Carolina— es que hay algo que chirría, que *Los sueños insondables* no parece escrita por Isla. Y el olfato le obliga a buscar ese algo que no encaja.

Da la impresión de que las sillas del crítico y de ella van acercándose cada vez más. El entrecejo fruncido de ambos nos cubre a todos de un gran recelo y sospecha.

Le toco la pierna a Mauricio en señal de vámonos.

No hablamos en todo el camino hasta O'Passo.

—Lo has puesto contra las cuerdas —dice por fin riéndose—. Sabía que lees, pero no hasta este punto digamos tan profesional.

—Qué va, todo es palabrería. Quería ayudar al crítico a hacerse un nombre.

Me arrepiento de haber acudido a la tertulia porque no disfruto de la cena como debo. Mauricio me coge la mano para decirme que le han ofrecido un puesto en una clínica privada y que ya no tenemos que preocuparnos por la jubilación.

—Sofía ha hecho cálculos y entre unas cosas y otras salimos ganando.

Mi primer impulso es preguntarle por qué se lo ha contado antes a Sofía que a mí, en cambio respondo a su caricia. No tengo ningún derecho a exigirle explicaciones y además Sofía ha dejado de importarme, en algún instante de los últimos días se ha vuelto un fantasma del pasado.

—Aunque —añade Mauricio— también podríamos plantearnos no aceptar el trabajo, comprar un barco y dar la vuelta al mundo. Solo se vive una vez, dicen, y yo doy fe, veo morir a gente a diario.

—Lo pensaremos, no podemos desligarnos de Pedro y el niño.

Mientras tanto, me inquieta la idea de que Carolina, desesperada y enajenada como está, le revele al crítico la verdadera historia de *Los sueños insondables* y *Días de sol*. Haría sus delicias, le cambiaría la vida. Solo los frenaría una cosa: que Luis les sorprenda con una segunda novela fascinante.

46

MARISA

Me cito con Stephan en el zoo. A él le extraña y a mí también, pero se me ocurre de repente. No hace mucho he estado ahí con mi nieto, ¿y para qué buscar otro sitio? ¿Por qué nos complicamos la vida no aceptando lo primero que se nos viene a la cabeza? Él se lo toma como una estrategia para que nadie nos reconozca.

Me espera junto a un oso panda que no para de roer bambú. Destaca en ese ambiente tan familiar como un actor esperando que griten «¡acción!».

—En diez minutos comienza el espectáculo de los delfines —digo.

—Son muy listos —añade él.

El zoo requiere que me ponga cómoda y a él parece agradarle más que las botas y el vestido de la cita anterior. Los delfines hacen monerías.

—¿Has visto qué cerebro más grande tienen? —pregunta fingiendo distracción.

—Podrían echarnos una mano en la propuesta que voy a hacerte —contesto.

Me dedica una mirada de sus bonitos ojos. Nos sentamos en las gradas.

—He hablado con Luis Isla y estaría dispuesto a darte su nueva novela si llegamos a un acuerdo.

Los ojos se le vuelven más bonitos aún, más brillantes,

más llenos de vida. Me coge la mano brevemente como para cruzar un río diminuto.

—Qué te parecería medio millón de euros —suelta temeroso.

—Un millón. Sabes que otros ofrecerían más.

No puede reprimir una sonrisa interior. Delata que he pedido poco. Sin embargo, quiere jugar alguna baza más.

—Si él acepta tendré que consultarlo —dice.

—Yo también y hay otra cosa que tener en cuenta, un requisito ineludible: tienes que convencer a Carolina de que deje de perseguirlo y de insinuar cosas raras sobre *Los sueños insondables*.

Stephan observa fijamente a los delfines, buscando consejo en sus grandes cráneos.

—No entiendo su maldita obsesión por ese chico, desde que se fijó en él apenas escribe. Que yo le publique se lo tomará como una traición.

—Ya, no se da cuenta de que tenéis dos hijos a los que alimentar, dar estudios, una buena vida y todo eso. Y una editorial no puede depender de un solo escritor, porque si falla...

—Exacto, soy editor, tengo que pensar globalmente. Los escritores piensan parcialmente, solo en ellos.

—Transmitiré a Luis Isla tu oferta, espero que la acepte.

Emprendemos el camino hacia la salida. Por encima de su cabeza asoma la cabeza de una jirafa. Debe de considerarnos tan insignificantes como cabras y monos. No se ofrece a llevarme a ningún sitio, soy yo quien se lo pido y él no tiene más remedio que aceptar, cosa que me encanta. Cuánto me hubiese importado lo que Nilo pensara de mí, un simple matiz de desagrado por tener que separarse de su camino o por tener que seguir hablando conmigo de mi libro. Creía que el hecho de importunarle recaería sobre mi novela como el odio o el amor de la maestra sobre nuestro hijo más querido. Stephan me la suda ampliamente.

—Y no sabes cuánto te agradecería que me acercases a casa. Voy con la hora pegada.

Primero se desconcierta. ¿Es que le tomo por un taxista? E inmediatamente reacciona: yo no soy yo, soy Luis Isla, al que llevaría al fin del mundo con tal de publicar su nueva novela.

—Con mucho gusto —dice—. ¿Cuándo me dirás algo?

—Pronto.

También me impacienta liquidar este asunto. Por una parte me regocija tener la sartén por el mango, poner nervioso a todo un director editorial como Stephan, a todo un *best seller* como Luis Isla y a toda una autora consagrada, venerada y mimada hasta la extenuación como Carolina. Por otra, una situación de esta envergadura no puede mantenerse indefinidamente, puede desgastarse demasiado y convertirse en unos vaqueros viejos.

Entro en casa pletórica, en el espejo del vestíbulo me parece que he adelgazado. Sofía me contempla recelosa desde el sofá.

—¿De dónde vienes?

Me siento junto a ella.

—Te agradezco mucho que me hayas echado una mano en esta situación tan rara. Nos has hecho una gran compañía a Mauricio y a mí.

Se levanta, se sobresalta. El borde de los pantalones cortos se le hinca en el muslo.

—¿Qué quieres decirme?

—Mauricio y yo estamos habituados a vivir solos. Te agradecería que te marcharas. No me acostumbro a verte aquí a todas horas.

—No sabrás hacerlo sin mí. Saldrás perdiendo y además tengo que rentabilizar mi trabajo.

—No tienes nada que rentabilizar. El trabajo es mío, yo escribí la novela.

—Lo que pretendes no va a ser tan fácil. Porque hay algo que no puedes ni imaginarte. Aún conservo el manuscrito de *Días de sol*, aún puedo montar un cirio y reventarte el negocio que estés haciendo por tu cuenta.

—Pues inténtalo —digo bastante airada—. No me preocupa.

—Sueñas despierta si crees que vas a sacar dinero de esto.

Anda desorientada de un lado para otro. Si sale de aquí tendrá que regresar al desolado piso sin su madre. Nunca ha ido a ningún otro sitio. Después empieza a sospechar que yo esté demasiado tranquila respecto al manuscrito.

Tarda una hora en recoger sus cosas. La tarde va volviéndose del cristal de las copas usadas en la barra de O'Passo. La veo marcharse entre sus reflejos y entre ellos veo salir del coche a Mauricio.

—¿Adónde va Sofía?

—A su casa. Tiene cosas que hacer.

—¿Te ha contado que ayer estuvimos haciendo cuentas por lo del barco? Ya sabes, y llegó a la conclusión de que no nos conviene. Gastaríamos los ahorros, nos hipotecaríamos, el barco perdería valor. En fin, un desastre —dice Mauricio desanimado.

47

MARISA

Se habla de que Luis Isla no mejora de su depresión y solo tiene fuerzas para pedirle a sus seguidores que por favor no le agobien, de momento no se encuentra con ánimo para escribir. Su editorial respeta su silencio, lo primero es la salud. La salud mental se convierte en tema de tertulia con psicólogos, políticos y famosos que la han sufrido. Stephan me llama preocupado, ¿le he engañado hablándole de una novela que no existe? El mismo Luis declara que le es imposible escribir.

—No hagas caso —digo—. Para los escritores los peores momentos son los mejores.

Ha llegado la hora. Llamo a la madre de Luis. Solo he de decirle que tengo algo bueno que contarle, y ella accede a verme. Meto en el bolso el sobre amarillo con mi nueva novela, *Inconfesable*, y voy a su casa.

Me abre con el caftán de seda y se pone a preparar café.

—Luis está en el estudio de abajo, no sale de la cama.

—¿Le animaría tener una nueva novela, bastante buena por cierto?

Se gira hacia mí con la cafetera en la mano. Le enseño el sobre.

—Cobraríais un millón de euros de anticipo. En cuanto a mí me conformaría con un barco con el que poder dar la vuelta al mundo y dinero suficiente para mantenerlo y estar un año sin trabajar y tiempo libre para seguir escribiendo. Sofía no entra en esto, no sabe nada.

Respira al saber que no tendrá que volver a ver a Sofía. Y yo le explico que en la oferta se incluye el cambio de casa editorial y que le entregaré la novela cuando el contrato esté firmado. Abro el sobre, extraigo trescientos cincuenta folios impresos bajo el título de *Inconfesable* y el nombre de Luis Isla debajo. Le dejo leer las diez primeras páginas y también le permito que se las entregue a Luis.

—Creo que Luis defenderá muy bien la novela. Tiene talento para esto —digo.

Y es cierto. Yo escribo y Luis es el escritor que la gente desea. He tardado treinta años en darme cuenta de que me había tomado demasiado en serio el éxito de Carolina, como ahora a ella le trastorna el éxito de Luis Isla.

Espero a que lea los diez folios embriagada de vanidad. Sé que le gustan. Sé que aprecia mi forma de escribir y cuando levanta la cara me mira como si yo fuese una diosa, un ser venido de otra galaxia. Y aunque solo sea por esto no me importa que su hijo triunfe con mis novelas.

—Está bien, no es necesario que digas nada. Comunícale a Luis la buena nueva.

48

LUIS

Miriam, mi editora, se toma muy mal el anuncio de que me voy a otra editorial, tampoco es para tanto, peor lo estoy pasando yo desde que Marisa Salas apareció en mi vida. Mi exeditora me dice que desgraciadamente no me reconoce, le resulto frío, desagradecido y cosas peores. Tonterías frente al verdadero drama.

Al igual que a mi madre, Marisa Salas le ha entregado diez páginas de *Inconfesable* a mi nuevo director editorial, Stephan, y él quiere conocerme enseguida. Imagino que aunque no le gustasen esas páginas querría conocerme y contratarme solo por el éxito de *Los sueños insondables.* Me cuesta mucho pedir un taxi e ir a la dirección de la nueva editorial en la calle General Oráa, entrar por la puerta, esperar unos minutos y ver que sale a saludarme un tipo moderno con deportivas y traje, el pelo entrecano cortado al uno o al dos y un semiafeitado difícil de controlar, uñas muy limpias sin cutícula. El despacho da al aparcamiento con árboles donde me ha dejado el taxi. Me siento y me sereno, estoy aquí como podría estar en otro sitio. Solo tengo que seguir el juego, cruzarme de piernas, asentir, beber agua, quizá aceptar un café, permitir a mi mirada vagar por los coches y los árboles de la ventana. Espero que no me pregunte nada de la novela porque aún no he podido leerla.

—Imagino que estarás de acuerdo con el anticipo y demás condiciones de promoción. No hemos recibido ninguna señal en contra.

—Por supuesto —digo.

—Entonces vamos a preparar el contrato, lo lees tranquilamente y mañana mismo podemos firmarlo. ¿Cuándo crees que estará listo el manuscrito? Estamos locos por leerlo entero.

—Prácticamente ya está, a falta de unos retoques.

—¿Podrías anticiparnos alguna frase que lo resuma?

Iba a decirle que su mismo título: *Inconfesable* nos arranca de la verdad aparente y nos arrastra al otro lado de las palabras. Una frase aplicable a cualquier historia, pero que puede sugerirle a Stephan otras preguntas, así que desvío la cuestión.

—Aunque el contrato no la contempla, tengo una petición que hacer: me agradaría mucho, me sentiría mejor con este traumático cambio, si Teresa, mi asistente de comunicación, viniese conmigo. Puedo asegurarte que se trata de una profesional extraordinaria.

La petición lo pilla por sorpresa. Una cosa es arrebatarle a la competencia su autor más superventas (algo comprensible) y otra llevarse a los empleados, lo que podría interpretarse como hostigamiento.

—Estoy acostumbrado a trabajar con ella, lo siento —insisto amable pero firme.

Lo cierto es que necesito aliados fieles que llegado el momento, dios no lo quiera, den la cara por mí, si bien la extrema fidelidad es susceptible de una extrema decepción.

Lo consiente con desgana y me pide su número de teléfono para citarla en la editorial.

Tengo la impresión de no haber estado aquí de verdad. Me ponen un taxi a mi disposición que tampoco es enteramente de verdad. El taxista mete la mano en alguna parte y saca la novela, me pide una firma. La hago. Inclina el hombro hacia abajo y vuelve a meter la novela en un agujero invisible. Me anima a seguir escribiendo.

En casa me esperan mi madre y Marisa Salas. Me advierten de que no es buena idea que nos vean juntos en público, la gente no suele tener idea de nada, pero a veces sabe cosas insospechadas. Será mejor que nos veamos siempre aquí. Marisa saca del bolso un sobre amarillo acolchado. Hay unos trescientos folios dentro.

—Estoy muy orgullosa de *Inconfesable.* Creía que después de *Días de sol* no podría escribir nada mejor, pero estaba equivocada. Esta novela es más madura y más verdadera.

Va a añadir algo más, pero se corta, le da cierto apuro darme en las narices con su talento, parecido a alardear de un hijo que le entregas a otro para que lo quiera y lo mime.

—Te daría dos o tres claves de la novela, pero creo que es mejor que las descubras por ti mismo, le sacarás más jugo de cara a las presentaciones y entrevistas.

Abrazo el sobre no tanto para sujetarlo como por emoción. Lo siento contra mi pecho con tanta intensidad que parece que palpita. Ya tengo mi segunda novela, ya puedo respirar. ¿Qué se le habrá ocurrido a Marisa Salas esta vez? Estoy tan nervioso que pospongo la lectura para mañana. Mi madre ha montado una cena de celebración y cuando llega mi padre mira el sobre encima de la mesa del salón y mi madre sale al paso.

—Es la nueva novela de tu hijo.

Él echa una ojeada intrigada hacia mí o hacia él mismo por haber dudado siempre de mí, algo en su interior no encaja, no le cuadra.

—Pues suerte —dice—. O como dicen los del teatro,

mucha mierda —concluye dándome una palmada en el hombro.

A los cuatro días me llama Stephan.

—Siento haber tardado. Estarás nervioso, pues tranquilo me ha encantado, fascinado. La he leído dos veces.

No estoy para nada nervioso, imaginaba que diría algo así.

—Aún no la he terminado, me quedan veinte páginas.

Y cuando me habla de una duda que no le deja dormir sobre el final, le digo que necesito unos días para reconsiderarlo.

—La mesa de redacción ha elaborado dos páginas alternativas. Te las envío por si pueden ayudarte.

Me altera mucho esta novedad, no quiero leer esas dos páginas y no quiero que nadie meta mano en la obra de Marisa, así que me limito a no contestar a la propuesta.

A los dos días me escribe alguien que no es Stephan preguntando si he reconsiderado el final de *Inconfesable.* También están dándole vueltas al título, no es comercial. Contesto que no estoy acostumbrado a que se cambie una sola coma de lo que escribo y que el título abarca lo que he tratado de decir en esas trescientas páginas. También piensan darle una vuelta a mi biografía y quieren que les aporte datos concretos de las ventas de *Los sueños insondables.* ¿Podría escribirles un texto para la contraportada de modo que se hagan una idea de lo que quiero que resalten? En cuanto me manden la portada y dé el «ok», me harán una larga entrevista tipo que acompañará el dosier de prensa.

Me aturde todo este arsenal de trabajo. Con *Los sueños insondables* las cosas transcurrieron suaves y tranquilas, quizá porque todo me parecía bien y les dejaba hacer. Y porque los correctores estaban tan entusiasmados que cuando quitaban una coma volvían a ponerla, incluso conservaron una pequeña errata en que se confundía Roma y Rama por si entrañaba un significado oculto. Silencio el móvil, me tomo un Valium y me acuesto. No sé a qué vienen tantas prisas.

49

—

MARISA

Me paso los ratos muertos buscando embarcaciones en Internet, quiero darle una sorpresa a Mauricio, pero no quiero meter la pata, qué sé yo de veleros ni catamaranes. Echo de menos la clarividencia de Sofía para asuntos prácticos y se me pasa por la cabeza recular e ir a verla, lo que resulta impracticable porque la he empujado fuera de mi casilla y yo también he salido de la suya. Recurro a compañeros del colegio que me recomiendan barquitos de poco fuste y a los que me da pudor decirles que busco un señor yate. Es la misma madre de Luis, al negociar la forma en que debe pagarme mi comisión, a la que se le ocurre acompañarme a Alicante a ver una exposición náutica y a informarnos.

Nos citamos en el Ave y ella aparece con un traje blanco de lino, una pamela y unas gafas grandes negras y me parece que ahora su voz viene de pasearse por salones de alto *standing* y que durante toda su vida solo ha usado las manos para coger canapés y colocarse anillos. Los vendedores se dirigen a ella reverencialmente y después de sopesar pros y contras de unos cuantos modelos quedamos en regresar por la tarde.

—He reservado en un restaurante de la playa. Tendremos que celebrarlo, ¿no? —anuncia con la frivolidad que le imprime su nueva personalidad. Tanto ella como su hijo poseen el don de ser otros en cualquier momento.

Me parece bien y en un mirador acristalado que nos protege del viento durante varias horas nos entregamos a contrastar precios y calidades hasta que nos decidimos por uno. Toda esta desmesura me quita el apetito. Y mientras que a Sofía este canje le parecerían migajas, a mí me sobrepasa.

Nos quedamos en Alicante hasta arreglar el papeleo y matricular el yate a mi nombre. La madre de Luis me paga una parte con un talón y otra al contado y posteriormente me hará una transferencia por el resto acordado.

¿De verdad *Inconfesable* vale todo eso? Bueno, si no lo vale *Inconfesable,* lo vale *Días de sol.* Al menos eso debe de pensar la madre de Luis cuando compruebo en mi cuenta que ha añadido cien mil euros más a lo pactado como imbuida por el traje, la pamela y las gafas de ricachona.

La llamo para preguntarle si es un error.

—Seguro que por esos mares de dios escribirás otra hermosa novela pronto —dice.

Y yo me siento enormemente reconfortada pensando que hay gente que espera mi próxima novela con ansiedad, que la necesita de verdad y que no puede sustituirla por ninguna otra.

50

MARISA

Luis y yo nos evitamos. Nos resulta excesivamente violento mirarnos a los ojos. Preferimos dejarlo todo en manos de su madre. Ella misma me pasa las correcciones de la editorial para que yo las estudie.

Stephan me da las gracias sin llegar a comprender por qué le he hecho este grandísimo favor para añadir con amargura que Carolina ya no se siente motivada, que le echa en cara haber contratado a Luis Isla y que sigue emperrada en que existe un complot contra ella y duda mucho de la autoría de esta segunda novela. Parece que disfruta creando un clima insoportable tanto para él como para los niños. Y a continuación me confiesa que se encuentra muy a gusto hablando conmigo y que le gustaría que cenáramos un día, a lo que yo contesto que tengo planeado un viaje alrededor del mundo con mi marido que acaba de jubilarse, en el que participarán a ratos mi hijo y mi nieto. Y según regreso a casa pensando en la ropa que necesitaré para una larga travesía me siento ligera, la culpa ha desaparecido, se la he trasladado a Carolina, que no es consciente de que todo lo que le está ocurriendo es por su culpa y nada más que por su grandísima culpa.

Todos estamos exultantes. Me paso las tardes con la mente en blanco comprando prendas y calzado náuticos de los más caros y bonitos. Y una de ellas le pido al taxista que me espere con los paquetes mientras hago un recado.

Subo al piso de Sofía y paso por debajo de la puerta un sobre con cincuenta mil euros, que me parece un precio justo por todo lo que ha hecho por mí. Aunque lo que ha hecho por mí no puede pagarse. Ha hecho un trozo de mi infancia y mi juventud y de mi mente y mi sentido de la vida y me ha entregado horas y días, da igual si con amor o con odio o venganza o porque no tenía otra cosa que hacer.

51

MARISA

La noticia de que Luis Isla cambia de editorial cuando todavía no baja su primera novela del *top ten* no la entiende nadie. Sobre todo su editora. Su editora tarda una semana en reaccionar y conceder una entrevista en televisión.

—Es incomprensible, ni siquiera nos ha permitido hacerle una oferta. La deslealtad —proclama con un cigarrillo tembloroso en la mano— es una constante en nuestro negocio. —La brisa que entra por la ventana de su despacho le revuelve la melena gris, dando sensación de descontrol—. En veinte años de profesión he visto de todo —añade—, traiciones, engaños, pero este sinsentido me ha hecho mucho daño, lo reconozco. ¿Por qué, Luis? ¿Por qué? —y levanta la mano dando por concluida la entrevista.

El mismo reportero entrevista a un Stephan exultante.

—Son cosas que pasan —declara—. A veces los editores caemos en la tentación de adueñarnos de nuestros autores. Los amamos tanto que nos cuesta dejarlos volar. Para Luis Isla ha llegado el momento de volar con nosotros.

El despacho de Stephan es más grande que el de la anterior editora, además es más joven y va vestido todo de negro con traje y deportivas, desde la pantalla puede adivinarse que huele bien. Siento pena por la editora de la melena gris, ella creyó en mi novela, ella la encumbró, ella podría haber sido mi editora soñada en lugar de ese Nilo que se dejó sorber el seso por Carolina y *Los tejados rojos.* Llega a mi vida treinta años tarde, y ella, no nos engañemos, quizá no habría leído *Días de sol* ni la hubiese promocionado con la misma pasión si no fuese de un chico de veintiocho años. Así que enseguida paso de la pena a la indiferencia. Pero aquí no acaba todo.

Stephan me invita a almorzar con Luis Isla y alguien más. Al fin y al cabo yo soy una especie de agente literaria y es justo que disfrute del momento, he hecho un gran trabajo. Él no puede sospechar lo anormal de la situación y le ruego que no le mencione el almuerzo a Carolina, luego elijo el restaurante Trocadero: el mismo al que me llevó Nilo treinta años antes para celebrar la salida de mi novela y en el que estuve media hora justa porque se había citado para comer con Carolina y su agente, comida a la que yo no estaba invitada. Siento un gran placer mientras me aplican nuevas mechas en la peluquería, me maquillan y me hacen la manicura. He notado que a Stephan le agrada que vaya más natural, pero la verdad es que la vida no ha escogido el camino de la naturalidad para mí. Todo pasa por un laberinto de azares y sorpresas hasta que el caracol asoma la cabeza.

Ya no soy joven, ya no ha ocurrido lo que tendría que haber ocurrido, ni Nilo ni su perro bajan la calle conmigo hacia el Trocadero, ni siquiera existen, se han esfumado, pero el sol me da con fuerza en la cara y se me mete entre el pelo, y siento que tengo las riendas de la situación. Aun así no es lo mismo que sentir aquella ilusión de lo que está por llegar, de lo que se me iba a dar y que duró lo mismo que este pequeño trayecto. El restaurante al igual que el sol no ha cambiado, incluso creo reconocer al camarero que aquel lejano día nos sirvió los vinos en la barra, ahora el doble de ancho desde la cabeza a las manos.

Me esperan al otro extremo de la barra Stephan, Luis Isla y su ayudante Teresa.

—Teresa —dice Stephan— desde hoy trabaja también con nosotros, no puede abandonar a Luis entre leones.

Se ríe de su ocurrencia. Ella también ríe pero menos, sentirá algo de remordimientos por abandonar su antigua editorial, pero ¿acaso las circunstancias le han dejado otra elección? Se ha quemado las pestañas promocionando a Luis Isla como para ahora permitir que otros disfruten de lo conseguido. «No me ha gustado tener que hacer esta putada», puede leerse en su frente con un prematuro surco y los párpados dirigidos hacia sus zapatos.

Logro que el camarero nos sitúe en la mesa en que los elegidos se sentaron aquel remoto mediodía. Va a advertirme que es imposible porque está reservada, pero seguramente nadie ha deseado aquella mesa con la misma intensidad que yo.

—Creo que a ellos les dará igual —acepta cambiando el cartelito de reservado.

Me toca frente a Teresa. Stephan consigue tener a su gran adquisición lo más cerca posible, observarle, absorberle, hacerle suyo hasta fagocitarle. Y de vez en cuando dirige miradas fugaces hacia Teresa. ¿Hasta qué punto llegará su ascendencia sobre Luis? No está seguro de haber acertado contratándola. No fue una imposición mía, sería de Luis. Se encontrará así más seguro. O ella le habrá insistido, no podrá soportar la idea de que su amado pájaro se le escurra de las manos hacia las manos de otra Teresa igualmente solícita y eficaz. Su sexto sentido le aconseja dejárselo entero a Stephan, replegarse a una insustancial conversación conmigo. Enseguida comprendo que no son necesarias respuestas coherentes ni veraces, su interés se centra en lo que hablan Luis y Stephan, en descubrir cuáles tendrán que ser sus próximos pasos. Le pregunto si tiene hijos y ella niega enérgicamente con su sedoso cabello. Le falta exclamar: «¿No ves que lo único que me interesa es de qué están hablando estos dos?», así que me callo.

—Me ha dicho Luis que no eres su agente, solo una amiga —dice.

Balbuceo algo ininteligible, a ella le da igual, representamos una charla. Por fin llegan las bebidas y brindamos por el nuevo futuro de Luis Isla y de todos nosotros. Stephan me agradece mi decisiva ayuda. Luis me dedica una rápida ojeada.

—¿Y de qué os conocéis tú y Luis? —pregunta Teresa esta vez con algo de interés.

—En realidad soy amiga de su madre y *freelance* en varios sectores; la vida está difícil.

A Stephan parece aliviarle mi respuesta y propone otro brindis para cambiar de tema.

—Estamos pensando llevarte de gira por Estados Unidos —le comunica a Luis.

Y pensar que a esta misma mesa estuvieron sentados Nilo, Carolina y aquel agente cuyo nombre no llegué a conocer y que fuera estuvo atado el perro de Nilo mientras yo volvía a casa con la cabeza baja, literalmente baja, soportando el peso de ideas e imágenes agotadoras. Merece la pena seguir viviendo para saber qué ocurre después. Y lo que iba a ocurrir era esto.

Stephan le pregunta a Luis cómo enfocaría *Los sueños insondables* e *Inconfesable* en las entrevistas de Estados Unidos, hay que tener en cuenta que se trata de otro tipo de lector. Luis bebe vino, un gran trago, ni siquiera se da cuenta de que no es agua. Hay que tener mucha sangre fría para hablar de mi historia delante de mí.

—Ya lo pensaré —concluye.

Podría decir que esta situación me divierte, pero no, es triste, es incómoda. Teresa apoya la cabeza ligeramente en el hombro de Luis. «Hoy estamos de celebración», dice, algo que a Stephan no le hace mucha gracia, constantemente se arrepiente de haberla contratado. Demasiados lazos emocionales, ella siempre le recordará su antigua editorial que le ha hecho triunfar mientras que Stephan es el segundón que ha soltado un millón de euros. La mira con cierta dureza y ella se hunde en un profundo pensamiento: Luis tendrá que convencer a Stephan de su inviolabilidad en la casa, de que es intocable.

¿Y Carolina? Si de verdad fuese una escritora de una pieza tendría que recordar cómo me sentí en este restaurante aquel mediodía de hace treinta años cuando ella no se dignó dirigirme la palabra ni la mirada, y tendría que haber intuido que yo regresaría aquí con Stephan y Luis para intentar arrancarme esa espina. ¿Tiene desarrollada la memoria de los momentos sutilmente terroríficos de la vida? Si la tuviera, hoy se presentaría aquí para sorprendernos y sonrojar a Luis Isla y dejar en el aire, ya que no podría probarlo, una nube de extrañeza y sospecha.

A diferencia de aquel día en que me llevé la sorpresa de conocer la existencia de Carolina y su novela que competía con la mía y de no tener la más mínima idea de qué estaba ocurriendo, hoy la única persona de esta mesa que lo sabe todo soy yo. Luis no puede adivinar mi relación con Carolina, Stephan no sabe que ha comprado una impostura, su ruina si llega a desvelarse la verdad, y Teresa está completamente *in albis*. Pido una botella de champán que pagará Stephan. Me bebo copa tras copa tranquilamente contemplándolos a todos y de vez en vez contemplando la calle desde la ventana, casi en paz porque ha llegado esa hora tan esperada en que cada cosa ocupa su casilla correspondiente.

Antes de despedirnos Stephan le pregunta a Luis cuándo le entregará las correcciones de la novela. Y él se limita a limpiarse las gafas con el pico de la camisa.

52

MARISA

Carolina se presenta en el colegio por sorpresa. Es la segunda vez que lo hace. Y la misma profesora que casi la reconoció la vez anterior dice:

—De verdad, juraría que esa amiga tuya es Carolina Cox. De joven mi madre me regaló *Los tejados rojos*, y ya no he dejado de leer todo lo que publica.

—Espérame junto a la verja —digo asomando la cabeza por la puerta de la clase.

Está fumándose un cigarrillo. Está si cabe más delgada aún y sus ropajes negros más holgados. La cara desaparece entre la melena. Es milagroso que los dedos puedan sostener el cigarrillo.

Todo el reproche del mundo le cabe en los ojos.

—Eres la vergüenza de la profesión. Te has convertido en un pobre y miserable «negro» y voy a demostrarlo. En algún lugar, en algún momento, encontraré otro ejemplar de *Días de sol* y se lo enseñaré al mundo y también encontraré la forma de demostrar que *Inconfesable* la has escrito tú. Es cuestión de tiempo. Stephan me ha confesado lo que ha pagado por esa novela.

—Me has tenido olvidada durante treinta años y ahora no piensas en otra cosa. Pero a ti ¿qué más te da? —pregunto.

—Me has hundido.

—No creo que quieras destruir al padre de tus hijos. Está muy contento con la nueva adquisición que ha hecho.

Y en este momento algo como un fogonazo le estalla en la mente.

—Estás vengándote de mí.

Es el momento del silencio, ese instante en que el universo se para y las casillas quedan a la vista unos segundos.

—No solo de mí, también de Nilo. No soportaste que *Los tejados rojos* triunfase y tu novela, no.

Los segundos de silencio se paralizan a la espera de algo más.

—No soportas que Nilo estuviera enamorado de mí, por eso te llevaste la foto de la residencia. Nilo era capaz de hacer cualquier cosa por mí y por mi obra. Y eso tú no lo tendrás jamás.

—Lo siento —digo—, las cosas son como son. Ahora son así.

Me cambio los zapatos por unas deportivas que llevo en una bolsa y ando ligera hacia la parada más lejana del autobús. Vuelo. Pienso en el barco y cómo lo justificaré ante Mauricio. Él, como buen médico que es, a veces se engancha con los detalles, necesita entenderlos igual que el origen de unas transaminasas altas o unos leucocitos demasiado bajos y en esta ocasión tendrá que hacer la vista gorda y creer lo que le cuente al modo de esos pacientes que le aseguran que han abandonado el dulce o el tabaco. Pienso en esto sin dejar de pensar en Carolina y en lo que está tardando en llegar al fondo de mi decepción, de mi tristeza, al fondo de aquel mediodía en el Trocadero con Nilo, al fondo del tiempo. En cambio yo sí he llegado al fondo de su felicidad, una felicidad poco resistente con tan poco cuerpo como los vinos peleones. No dudo de que con tesón acabará teniendo en sus manos una bomba que también se la llevará por delante a ella y a su mundo.

53

MARISA

La madre de Luis y yo acordamos que como *Inconfesable* ya es de propiedad de Luis no volveremos a mencionar el tema, pero ella insiste en verme, sería mejor no hablar nada por teléfono. Nos citamos en un parque bastante alejado de ambas casas y yo aprovecho para llevar a Gabi, mi nieto, a jugar. La madre de Luis se muestra muy cariñosa con él y le compra un batido de fresa sin azúcares añadidos. Me cuenta lo angustiado que se encuentra su hijo por los cambios y las exigencias de la editorial y le recomiendo que mientras no toquen el texto que acceda a todo lo demás, que les asegure que confía plenamente en su criterio incluso para redactar ellos la contraportada y las respuestas de la entrevista tipo porque le vendrá muy bien otro punto de vista y que está de acuerdo con los retoques en la biografía y todo lo demás. Me dice que si me parece poca mi comisión o como queramos llamarlo, me transferiría otros cien mil euros. Niego con la mano, está bien así, me parece más que suficiente y que estoy segura de que les irá muy bien. Le agradezco que se ofrezca a dejarnos en algún sitio con el coche, pero mi nieto y yo preferimos el metro ligero y que él saque los billetes y que averigüe dónde se encuentra nuestro andén. Después me lo llevo al cine a ver *Toy Story* pensando todo el rato cómo enfocar el asunto del barco con Mauricio, y cuando finalmente lo dejo en su casa con Pedro exclama: «¡Qué divertido, abuela!».

Mauricio acaba de llegar del hospital y deja sobre la mesa unos papeles. Imagino que serán los de la jubilación, quizá el momento ideal para sacar un clavo con otro clavo. Ya que estamos vestidos de calle le propongo ir a O'Passo a cenar en plan restaurante, no de tapas, y me llevo la información sobre el yate con fotos panorámicas. Ya se me ocurrirá algo cuando se la ponga delante como cuando no me he preparado una clase y no tengo más remedio que hablar y estrujarme las meninges.

En la zona de restaurante de O'Passo las mesas disponen de manteles de hilo y ramilletes de flores, es lo más lujoso que nos permitimos y nos deja satisfechos, lo segundo que nos deja satisfechos es ir a la playa y lo tercero ir al cine, al teatro o a conciertos y las caminatas por el campo. No se nos ha ocurrido subir un escalón más en nuestros deseos.

Y puesto que ha llegado el momento de subir el escalón pido exquisiteces de las más caras. Como soy yo quien siempre pone límites al gasto, Mauricio me mira hacer divertido.

Nada más servirnos las bebidas, saco del bolso el folleto acharolado en que un yate blanco parece moverse sobre olas brillantes.

—¡Uff! —exclama—. Muy bonito.

—Me han dicho que sirve para dar la vuelta al mundo o por lo menos para llegar a Canarias.

Se encoge de hombros en señal de afirmación y a la vez de incomprensión.

—Un compañero del colegio me lo ha vendido a muy buen precio. Se lo iré pagando mes a mes como un alquiler o algo por el estilo. Dice que le hago un favor.

Se coloca las gafas de cerca y vuelca la cara sobre el folleto.

—Pero ¿sabes lo que cuesta? ¿Y sabes lo que cuesta mantenerlo?

Le explico que mi compañero está tan desesperado por desprenderse del barco que se encargará de los gastos adicionales. Su mujer está condenada a una silla de ruedas, sus hijos viven en Estados Unidos y él no sabe qué hacer con ese trasto. Me ha oído tantas veces decir que nuestra ilusión cuando nos jubilásemos es dar la vuelta al mundo que no se lo ha pensado. Se alegró mucho cuando acepté.

—No te preocupes —digo cogiéndole la mano—, está todo controlado. Vamos a disfrutar, olvídate del dinero.

Mira a un lado y otro extrañado y sorprendido, pero yo nunca he sufrido brotes de locura ni megalomanía y no le estoy poniendo delante ningún papel para firmar. Me tomo un postre historiado con el fulgor de las estrellas cayendo en el pavimento mojado.

—Ha empezado a llover —comenta Mauricio, observando el barco sin parar.

Ese mismo fin de semana nos vamos a Alicante. Buscamos con ansiedad, esperanza e incluso miedo nuestro amarre. El vecino del yate de al lado nos saluda con la mano.

—Tendremos que contratar a alguien hasta que me haga con él —dice Mauricio, pero le convenzo de que no hace falta, de que confío en su pericia y en su título de capitán de yate.

—Será como montar en bicicleta —digo.

TERCERA PARTE

54

LUIS

Nada es tan fácil. Para algunas personas la providencia siempre tiene sorpresas preparadas. Para otras no, a otras las deja seguir su curso sin tropiezos. Teresa me ha contado muchos chismes editoriales como que algunos autores les entregan a la editorial diez folios sobre los que la mesa de redacción construye otros doscientos o cuatrocientos, lo que sea necesario y a veces con la idea basta. Y no pasa nada, lo que me descarga de culpa. Seguro que esas novelas tienen menos que ver con su autor que las de Marisa Salas conmigo, hasta el punto de que Marisa se va desdibujando como si en el barco en que ahora se pasa la vida el sol y el agua fueran borrándola de la faz de la tierra. Y, sin embargo, ojalá estuviera aquí en este día terrible.

En una biblioteca tengo programada una presentación a las doce. Cuando llego ya hay una larga cola de lectores con mis libros para firmar. Siempre pienso que quizá en algún momento en mis actos no haya más de cinco personas y no me hago a la idea de lo que sentiría, si alivio o decepción. Mis padres están sentados en primera fila, luego aprovecharán para comer en algún restaurante. Desde que mi padre ha asumido mi nueva personalidad va soportando mejor mezclarse en esto. Yo preferiría que no vinieran, estar a mi aire, poder ilustrar *Inconfesable* con alguna anécdota de ellos. Creo que mi madre ha montado todo este tinglado de escritor para que mi padre llegara a verme aquí subido. Teresa me aconseja suma brevedad para que pueda firmar más libros. «Ellos prefieren acercarse a ti, mirarte a los ojos, decirte algo en privado». Sigo su consejo y comienzo a firmar centrado en lo que escribo hasta que la voz de mi madre me llega al oído. Una alerta, el rugido de un despertador que me despierta y me obliga a levantar la cabeza.

Mi madre discute con una mujer que se ha acercado a ella. Mi padre ya se dirige a la puerta de salida. El lector me habla y yo le miro de vez en cuando, pero no puedo desviar la atención de esa mujer bastante alta, grande y con modales airados. Creo que es Sofía. Mi madre la está invitando a tomar algo en una de las terrazas del parque y trata de que baje la voz. Huele a desastre. Prefiero pensar que no es grave: seguramente Sofía ha lanzado un improperio sobre mí y mi madre ha intervenido, nada más. Sigo firmando y escuchando desde el lugar más lejano de mi cabeza al nuevo lector mientras observo la retirada hacia la calle de mi madre y Sofía. La cola es interminable y Teresa se acerca y me aconseja más brevedad aún en las dedicatorias.

—¿Sabes quién es esa que habla con tu madre? Me suena su cara.

—No. Hay tanto loco suelto.

Le pido que se quede y vaya abriendo los libros por la primera página. Mi madre sabrá cómo resolver lo que haya que resolver, solo espero que mi padre no tenga que asistir a una escena desagradable.

A las tres de la tarde hemos terminado y me disculpo con Teresa por no ir a comer con ella, el director de la biblioteca y Stephan. Estoy deseando saber qué ocurre. En el taxi que me devuelve a casa llamo a mi madre.

—Tenemos que hablar —dice—, pero tu padre está aquí. Prefiero bajar a tu estudio.

El olfato no me ha fallado, el desastre es real.

El estudio está pálido como siempre, no tiene ventanas a la calle, solo a un patio. Nadie entendería que pudiendo vivir en una mansión viva aquí. Me refugio en una butaca con orejeras y espero que mi madre tarde en bajar. Cuanto más tarde, más se retrasa el desastre en llegar a mí. No tengo ni pizca de hambre. Una sensación mucho peor que encontrarte con cinco personas en un acto.

Mi madre tarda una hora en abrir la puerta. Trae un táper con pollo y una cerveza fría. Ha esperado a que mi padre se echase la siesta, no quiere confundirle con problemas que no entendería.

—Ya ha supuesto bastante desconcierto para él verme discutir con esa mujer —dice.

Espero acurrucado en el sillón, no hace falta preguntar, el desastre nos arrollará en unos segundos.

—Me había olvidado de ella —dice con pesar—; un error por mi parte.

Me recuerda lo que ya sé, que se llama Sofía y es amiga de Marisa y que ellas dos se citaron con mi madre para negociar. Por lo visto Marisa necesitaba el apoyo de alguien de confianza para enfrentarse a esta situación, pero luego Marisa, por lo que fuera, decidió seguir sola en esto y Sofía desapareció.

—Me da miedo —dice mi madre—. Asegura que tiene pruebas de ya sabes qué y quiere dinero. La veo muy en sus trece.

Estamos aturdidos, bloqueados, lo que temíamos está ocurriendo.

—Si al menos pudiera hablar con Marisa, pero no salen del barco, la mayor parte del tiempo no tienen cobertura, es casi imposible contactar con ella —dice mi madre.

Me hago un ovillo en el sillón. Si todo estalla, quiero desaparecer. Nunca podré convencer a mis millones de lectores de que esas novelas son más mías que de Marisa, que siento cada una de sus palabras en cada una de mis células. Siempre estuve en su cabeza sin que ella ni yo lo supiéramos.

Mi madre, que siempre ha sabido más o menos por dónde salir, ahora no ve nada con claridad.

—Tengo la mente espesa —dice—. Es una mujer muy especial, la veo capaz de cualquier cosa.

Nos ponemos de acuerdo en que no nos dejaremos llevar por el pánico y no nos precipitaremos. No haremos nada, esperaremos el siguiente paso de la tal Sofía.

55

MARISA

Tras dos meses, regresamos a Madrid con un intenso bronceado de alta mar. Nos cuesta quitarnos los náuticos y los impermeables amarillos. Nos sentimos diferentes al resto de nuestros vecinos y del resto de la humanidad, sin pretenderlo los consideramos unos parias. Hemos visitado tantos sitios y sobre todo hemos dormido, comido entre el agua y el cielo, sin compromisos ni horarios sintiendo que estábamos en manos del azar y un sinfín de sensaciones que nos gusta haberlas vivido. Hemos regresado para recoger a Pedro, a nuestro nieto y a una novia de Pedro. Hacemos planes sobre todo lo que tenemos que comprar y discutimos sin parar como no discutíamos antes simplemente porque nos hemos asalvajado y porque en el mar hablamos a voces para oírnos y ya tenemos otras costumbres.

Durante nuestra ausencia algunas cosas han cambiado, algunos políticos han caído en desgracia y otros se han consagrado. Ya no nos preocupa la marcha del jardín o de los tomates, nos inquieta no proveernos de suficiente agua potable ahora que vamos a ser más personas en el barco y además tenemos que llamar al mecánico para que lo revise. Y de pronto ahí está Luis Isla en televisión, con barba de una semana y el pelo un poco más largo, diciendo que el enorme éxito de *Inconfesable* le ha sorprendido como al que más teniendo en cuenta el grado de intimismo y confesión personal que entraña. Le debe a su madre y a sus amigas mayores confesiones maravillosas sobre sus relaciones conyugales, sobre el amor y la búsqueda de paz y serenidad. Mauricio dice que le gustaría añadir ese libro a los que nos llevaremos en la nueva travesía (cosa que por supuesto no pienso hacer), también habría que comprar cuentos para Gabi y muchos dibujos para colorear.

—Va a volverle loco ayudarme en las tareas del barco —dice.

Se pasará por el hospital a saludar a los compañeros, casi no le dio tiempo de celebrar su jubilación con ellos. Y yo escribo una lista con todo lo que necesitamos y me marcho al centro comercial. No es que esta vida y nuestras caminatas con los bastones nórdicos haya quedado atrás, es que existen más cosas y he de reconocer que esas cosas las ha provisto *Días de sol* y en cierto modo Luis Isla y el azar.

Decimoquinta edición de *Inconfesable* y una faja con críticas halagadoras. Busco alguna novela de Carolina. Están de canto en una estantería por orden alfabético. Le pregunto al librero si ha publicado algo nuevo.

—¿No lo sabe? Tuvieron que ingresarla en una clínica de desintoxicación. Tras su separación, empezó a mezclar de todo y un día la asistenta se la encontró sin conocimiento tirada en el suelo. Pesaba cuarenta y cinco kilos.

La clínica es famosa por acoger actores y famosos en general. Y aunque es improbable que me permitan entrar, solo he tenido que preguntar por ella y asegurar que me espera. Les resulta raro y me preguntan si soy periodista, pero insisto en que le den mi nombre.

Está en un solárium en albornoz.

—Hola —le digo.

—Has llegado justo después del masaje, me siento relajada.

—Me han concedido solo veinte minutos —digo.

—Está bien, luego tengo terapia de grupo y podré hablar de ti.

No me hace ninguna gracia que mi nombre circule por estas soleadas y caras salas llenas de cabezas que retendrán mi historia y en algún momento la relatarán.

—Me han contado que te has separado de Stephan. ¿Y tus hijos?

—Aquí estoy trabajando mis sentimientos hacia él, pero creo que ya no le quiero ni tampoco sé si quiero que esos niños vuelvan conmigo, están mejor con su padre. También estoy trabajando mis sentimientos hacia ti.

—¿Has olvidado ya ese asunto?

No puede contestar, un enfermero muy simpático la anima a marcharse con él a la terapia.

56

LUIS

Mi madre ha adelgazado diez kilos, está hecha un palo, y yo salgo lo menos posible de casa, me horroriza tropezarme con esa mujer, Sofía, con la que por lo visto contó Marisa para negociar con mi madre. Dice que le gustaría matarla, acabar con ella y que ojalá desapareciera sin tener que hacerlo. Mi padre no entiende nada, se empeña en llevarla al médico. Coge el teléfono y pide citas, con el cardiólogo, el neurólogo, el digestivo. Ella se niega, no es una niña pequeña. «Pero es que quiero que estés bien», le dice él con pena. «Déjame en paz», le suelta mi madre, y luego le dice: «Perdona, es que estoy cansada». Le falta confesar que no tiene ganas de vivir, que la vida es un incordio con tantos deseos, sueños, esperanzas, decepciones, fracasos y vuelta a empezar. «La vida no es leal, ni fiel», dice. Desde que la interceptó esa amiga de Marisa Salas, Sofía, le da muchas vueltas a la cabeza y suelta píldoras filosóficas. De vez en cuando me pide perdón. Nunca debió desear para mí algo más de lo que yo deseaba.

—Pero yo sí deseaba ser escritor —le digo—, por eso escribía en el colegio esas redacciones tan bonitas. —Ella parece consolarse al oírme—. Y por eso he llegado a ser escritor.

Ahora me mira sorprendida como si acabase de darse cuenta de que realmente soy escritor.

—Los actores, cantantes y escritores famosos tenemos acosadores. Es normal, mamá no te preocupes.

Le confieso que he estado un poco hundido, pero que estos días de tristeza y melancolía me han servido para encontrar el verdadero sentido a mi vida: escribir, escribir y escribir.

—No me canso, mamá. *Días de sol* e *Inconfesable* han sido los preámbulos de lo que está por venir. Ya tengo ciento cincuenta páginas.

Mi madre se queda muda, no se lo esperaba y le pregunto si quiere echarle un vistazo a las páginas. Dice que aún no, que prefiere leerla entera y que mi padre está esperándola para salir. Creo que se ha emocionado y que no sabe cómo reaccionar. Yo tampoco he sentido nunca algo así, es como si estuviera enamorado por primera vez con un amor que me inunda el cuerpo y la mente.

—¡Se titula *Palabras ocultas*! —le grito mientras cierra la puerta.

57

MARISA

Al día siguiente de mi visita a la clínica de Carolina es domingo y no quiero esperar al lunes para hablar con Stephan, así que voy a su casa a las diez de la mañana antes de que salga a hacer alguna actividad dominical con los niños. Me abre uno de ellos envuelto en un albornoz que se le ha quedado algo pequeño. Solo hace dos meses que he desaparecido de Madrid y todo ha cambiado y estos niños han pegado un estirón.

Stephan se sorprende mucho por mi atrevimiento de presentarme así en su casa y le falta preguntarme si no tengo teléfono, pero se contiene, será mejor no precipitarse. Me invita a desayunar con ellos. También está en albornoz y los niños ponen la mesa mientras él va a cambiarse. Me miran de reojo por si yo fuese su nueva mamá o su nueva niñera, en cualquier caso una intrusa, por eso no me ofrezco a ayudarles, lo que ellos considerarían ir tomando posesión aunque solo fuese de una taza o el azucarero. Entre los dos llevan la cafetera a la mesa y la jarra de leche. Hacen tostadas y sacan mantequilla y mermelada en unos pequeños cuencos muy bonitos. Luego se quedan mirándome con sus ojos claros. Les pregunto quién les ha enseñado a preparar tan bien la mesa y en ese momento llega Stephan con vaqueros y camiseta. Si se le mira a unos metros es guapo y deseable, pero en cuanto se acerca e interactúas con él su atractivo se desvanece, quizá es porque me gustan mucho los paisajes y todo lo que no puede abarcarse con las manos.

Nos tomamos una taza de café hablando de las cualidades de los niños y en cuanto estos se marchan abordo la cuestión de Carolina. Me he enterado de su separación y de que ha ingresado en una clínica de locatis. Y antes de que él me advierta de que a mí la vida de ellos no me importa, le pregunto si Carolina sigue obsesionada con la idea de que Luis Isla no escribe sus novelas.

Ahora entiende mi intempestiva visita y mi interés, al fin y al cabo yo he puesto la carrera de Luis Isla en sus manos. No tengo de qué preocuparme, Stephan ha amenazado a Carolina con quedarse con la custodia de los niños, nadie se arriesga a dejar a unos niños con una inestable mental como ella. Está harto de que no sea capaz de asumir que ya no es la que fue y que el mercado ha cambiado. Su anterior editor, un tal Nilo (pronuncia su nombre con rechazo, intuyendo que nunca será como él en el corazón de Carolina) hizo girar al resto de escritores y de novedades literarias alrededor de Carolina. Ella ha gozado de las mejores fechas de lanzamiento, del mejor marketing, se les metía por los ojos a los libreros, todo en aquella santa casa dependía de cómo le fuese a ella, así que no se le ocurrió otra cosa que echar mierda sobre el pobre Luis. Luis, sin embargo, la admira. Cuando se entera de que es la esposa de Stephan comienza a tratarla casi reverencialmente. Y cuando se entera de que está enferma se ofrece a ayudar en todo lo necesario. Generosidad frente a mezquindad. Y un día Stephan no puede más y se lo escupe en la cara: «Eres mezquina y creo que nos vendría bien un distanciamiento, lo siento». Pretende que Stephan sea injusto con Luis, mientras que Stephan solo desea que Luis disfrute de suficiente sosiego para escribir otra novela tan maravillosa como *Inconfesable*. Se ha enamorado literariamente de él, declara con cierta emoción. Como es natural no puede leer a todos los autores que publica, a algunos ni siquiera los conoce, en cambio se bebe las novelas de Luis. Son solo dos, de acuerdo, pero relee páginas de vez en cuando, no puede evitarlo. En la relación del matrimonio de *Inconfesable* ha encontrado respuesta a la triste apatía en que había caído su relación con Carolina.

—¿Cuándo perdí la frescura de Luis, su candor? —pregunta apoyando la cara en la mano como si fuera una duda bastante constante en los últimos tiempos.

—¿Te ha preguntado Carolina si conserváis en los fondos comprados al antiguo propietario alguna novela en especial?

Stephan se anima igual que cuando dos personas mencionan a la vez la misma película o el mismo libro y celebran ese punto de encuentro espiritual.

—Sí, *Días de sol*, una verdadera obsesión, una verdadera pesadez. Está empeñada en que debe de haber copias por alguna parte. Desde que le han diagnosticado ansiedad crónica paranoide, hemos dejado de buscar. Sospecho que se la ha inventado. Esa manía de que en esa novela está la explicación de todo.

Evidentemente Carolina aún alimenta la esperanza de que el ejemplar que encontró y que yo tengo en mi poder no sea el único. Y ojalá que no sea cierto eso de que quien busca encuentra.

Le pido a Stephan que no le comente a Luis nuestro encuentro. «Mi cometido ya ha terminado con él y contigo», le digo. Y es cierto, no quiero que Luis me pida otra novela. Durante la travesía he empezado a escribir *El mar en calma* y cuando la termine, ya veré lo que hago. Ahora solo me importa hacernos a la mar con Pedro, su novia y el niño. Visitaremos las islas del Egeo. En el salón, camino de la salida, descubro que ya no ocupa la pared la gran foto de Carolina, lo que significa que realmente Stephan ha pasado página.

—Cuando Carolina salga del hospital, los niños y yo nos mudaremos a un chalé en las afueras —dice como despedida.

El sol va cayendo y las ventanas arrojan una gran palidez sobre la calle. Como es mi costumbre voy andando hacia la parada de autobús más alejada y luego compraré unas croquetas en O'Passo. A veces a Mauricio le asalta el miedo de que el dinero no nos llegue para el tren de vida que llevábamos y también a veces me echa ojeadas de sospecha como si yo fuese una narcotraficante. De todos modos, no se atreve a preguntarme abiertamente de dónde sale el dinero, ¿y si es un dinero dudoso y él tuviese que tomar la decisión de no disfrutar de él y volver a la vida de antes? Quizá por eso acepta la explicación de que vamos tirando de unos ahorros producto de la herencia de mis padres, que no he querido tocar hasta considerarlo absolutamente necesario.

58

LUIS

El paso siguiente de la tal Sofía llega quince días después. Le pido a Teresa que anule todas las presentaciones, charlas y viajes. Me excuso diciendo que estoy afónico con lo que evito hablar con ella y soportar que trate de convencerme. Si hay algo que le hace torcer el gesto es que desbarajuste la agenda, soporta todo tipo de caprichos, mis deseos son órdenes, menos saltarme algún acto o llegar muy tarde a las citas, se lo toma como una falta de respeto a su trabajo, por lo demás sería capaz de matar por mí.

Sus mensajes saltan uno tras otro, no los contesto ni los miro, tengo una preocupación muy superior a su enfado. Sería como preocuparse por un ardor de estómago cuando viene directo un meteorito hacia la tierra. El meteorito es Sofía que intercepta a mi madre por la calle, la agarra de un brazo y la mete en un coche. Es el momento en que mi madre regresa del gimnasio. Desde que nos va tan bien se ha apuntado al gimnasio, a yoga, a un centro de estética y ha renovado el vestuario, pero sin exagerar. Dice que ya tendremos tiempo de gastar a manos llenas.

—Esa mujer tiene una fuerza increíble —se queja mi madre de regreso a casa—; no he podido defenderme, cuando me he dado cuenta estaba en la parte trasera de un coche y me ha dicho: «Si me da la gana puedo destrozaros la vida, tengo pruebas de que *Los sueños insondables* son literalmente *Días de sol*, publicados en 1989 por Marisa Salas. Y también que *Inconfesable* lo ha escrito ella».

—¿Y qué pruebas son esas? —le pregunta mi madre con cautela por si Sofía estuviera grabando la conversación.

—Tengo en mi poder el manuscrito de ambas novelas, más un ejemplar de *Días de sol*.

¿Será verdad? Mi madre calla y espera. Sofía se cree muy lista, pero no sería la primera vez que he visto en el colegio, en el instituto, con el monitor de baloncesto, salir de mi madre algo muy superior a ella misma, una voz culta y grave, una mirada retadora y una sonrisa convincente o inquebrantable, no sé bien cómo definirla. Un pájaro perspicaz, de bellas alas, que libera en momentos críticos de la vida. Y ese pájaro vuela hacia la cabeza de Sofía y la obliga a decir lo que piensa:

—Quiero la mitad de todas las ganancias.

Mi madre continúa en silencio.

—Como serán difíciles de evaluar —dice Sofía—, me conformo con un millón de euros.

Entonces el pájaro se mete en los ojos de mi madre y Sofía se ve en ellos y no se gusta.

—¿Está enterada de esto Marisa? —le pregunta.

—Marisa no soy yo. Tiene muchas tonterías en la cabeza —contesta.

—Pues yo solo hablo con ella, lo demás no me lo creo —dice mi madre cortante, sin caer en la tentación de pedir que le enseñe esas pruebas porque el pájaro le susurra que en el coche podría llevar alguna y mostrársela ¿y entonces qué? Le aconseja tragarse el miedo porque el miedo te obliga a precipitarte al vacío. Es mejor no correr, esperar. Mientras se espera, algo puede arreglarse.

—Quizá a Carolina Cox le interese conocerme, la de

Los tejados rojos, el grano en el culo de Marisa. Marisa me lo contó todo.

—Déjame salir, abre la puerta —exige mi madre—. Todo lo que tengas que decir se lo dices a Marisa.

59

—

MARISA

Voy al colegio a despedirme. Tras los meses sin sueldo que había pedido para poder navegar y cambiar de vida, ya no me apetece volver. He descubierto la vida al aire libre, la ropa náutica, la sensación de que mi techo es el cielo. Veo a los compañeros demacrados, con aspecto enfermizo, y siento que vivo en un mundo superior. Me dan pena con su café de máquina en la mano y un taco de ejercicios para corregir, con su amodorramiento y el súbito despertar para hacer frente a una clase. Recuerdo los años en que me aterraba perder todo esto y me esforzaba por que me interesara y lo logré hasta involucrarme en la educación de cientos de hijos de otros padres. Soy consciente de que no te involucras en lo que te gustaría sino en lo que te dejan que te involucres.

Todos se echan las manos a la cabeza. «¿Lo has pensado bien?». Para mis adentros reconozco que tienen razón, la pensión es tan exigua que llegará un momento en que no podré llevar este tren de vida, quizá el dinero que he aceptado de Luis Isla por mis novelas no durará para siempre. Pero el caso es que no estoy dispuesta a volver a tener miedo, esa clase de miedo que te hace creer que no puedes conseguir nada más en la vida, que has tocado techo. Mauricio también recibe una pensión y Pedro trabaja en una constructora haciendo planos y nunca se queja, le da incluso para pasar la pensión a su exmujer y pagar el colegio del niño. Yo de vez en cuando le doy algo. Mauricio creo que también. Y poniéndonos en lo peor, siempre se podrá vender el adosado y vivir en el barco.

Acepto el café de uno de los colegas.

«Así es que nos dejas para siempre, bandida». Asiento. «¿Lo has pensado bien?». Vuelvo a asentir soplando en el vaso de cartón. Echo un vistazo a mi casilla, no quiero dejarles ningún marrón. La abro y saco antiguos exámenes y fichas de alumnos, arranco de la puerta una hoja con horarios, una rebeca larga colgada y una foto de mi nieto. Me la guardo en el bolsillo, tiro la rebeca a la papelera desbordándola de lana, lo demás lo meto en un sobre grande dirigido a Secretaría. «Haced con estos papeles lo que creáis conveniente», y mi firma. Ahora esas mañanas medio frías en que recurría a la rebeca parecen protagonizadas por otra persona, por una actriz en una película de sentimientos difusos. Sin embargo, el pasado, sea cual sea, merece un gran respeto por haberlo vivido y por las personas que han estado en él, sean como sean, también lo merecen por habernos dedicado su simpatía o antipatía, amor, odio o rencor. Así que espero a la hora del recreo aceptando más invitaciones de café peleón y cuando entran en tromba digo, sacando una botella de vino de una bolsa:

—Ha sido un privilegio conoceros y trabajar con vosotros.

Todos se precipitan a los vasos vacíos de la máquina de café y alguien cierra la puerta de la sala.

—No deberíamos —advierte la directora—, pero un día es un día.

En una silla veo mi novela *Inconfesable.* La cojo para poder sentarme y una profesora me la quita de las manos.

—Me quedan diez páginas. No puedo soltarla. Es de ese joven escritor de los ojos azules.

Me arrepiento de no haber traído dos botellas, de pronto todo encaja, el pasado y el presente, los sueños y la realidad, la vida es un todo que los seres humanos recordamos a trozos.

—Por cierto —dice la directora—, casi me olvido, ha venido tres o cuatro veces preguntando por ti esta señora.

Me entrega una foto. Es la madre de Luis Isla con pamela y gafas oscuras. Ha preferido con buen criterio no dejar su nombre por escrito. Yo tampoco la llamo por su nombre y su hijo siempre dice mi madre.

—Insistió en que es muy importante, pero qué podía hacer yo, nunca tenías cobertura.

Lo cierto es que la mayor parte de las veces no había cobertura y el resto del tiempo lo tenía apagado y guardado, solo lo encendía para llamar a Pedro y volvía a apagarlo.

Estoy tentada de no hacer caso, no me apetece volver a las andadas ni hablar de *El mar en calma,* cuya escritura para mí supone un simple pasatiempo.

Por la noche le cuento a Mauricio lo del colegio, menos la nota. Y a eso de las once pienso que no debo pasar olímpicamente de un asunto tan delicado y la llamo. Me da mucho las gracias, las cosas se han complicado y no sabe qué hacer. No quiero saber más, no quiero dormir mal y nos citamos para desayunar al día siguiente en un Tommy Mel's, cuyos asientos de respaldos altos nos ocultan bastante bien.

Se presenta con el traje blanco que llevó a Alicante cuando compramos el barco y que ahora le está exageradamente grande, como si ella hubiese encogido tres tallas, los pantalones le arrastran.

—Por fin —exclama—. No sabía qué hacer, necesitaba hablar contigo.

—Ya veo que *Inconfesable* es todo un éxito —digo.

—Una novela maravillosa, maravillosa. Eso, pase lo que pase, nadie podrá negarlo.

Es salir del barco y que comiencen los problemas, inconvenientes, parece que en tierra firme la gravedad atrae la realidad mientras que en el mar la vida la lleva y trae el oleaje.

—Estamos en un apuro y me parece que Luis está perdiendo un poco la chaveta.

Dice «chaveta» para rebajar la importancia. Me da un buen bajón oír eso. Si *Inconfesable* está siendo un éxito, todos tenemos lo que queremos. Sin embargo, nada es tan fácil, la cara y la cruz, el yin y el yang, blanco y negro, bueno y malo. Hace un mes y medio Sofía había interceptado a la madre de Luis, la chantajea y ahora se presenta de vez en cuando en las charlas de Luis del brazo de Carolina. Le exige un millón de euros.

—No hay nada que temer —le digo—. Sofía no tiene en su poder ningún manuscrito ni ejemplar de *Días de sol*. Es mentira. Ya puedes empezar a comer y a llenar esos pantalones.

Nos reímos un poco. Sus ojos suplican. Me pregunta si necesito más dinero. Le aseguro que de momento no. Nos arreglamos bien y que solo espero que esas dos no hagan ninguna tontería que enfurezca a Stephan y las denuncie. No podrán probar nada, pero hay que evitar que empañen el nombre de Luis. Espero que no lo esté pasando muy mal con esta situación.

—No se entera de nada. Está escribiendo una novela y se siente eufórico. Se pasa día y noche enfervorecido. La novela se llama *Palabras ocultas*.

—No pareces contenta.

—No lo estoy. Lo único que Luis ha escrito en su vida fue en el colegio unas redacciones penosas. No creo que el Espíritu Santo le haya visitado de repente.

Su nombre es Laura y ha dejado de ser solo la madre de Luis y seguramente tiene una buena historia que contarme, el problema es que ya no disponemos de tiempo. Mauricio y yo hemos planeado embarcar de nuevo en quince días.

Al día siguiente me dirijo a la clínica de Carolina. Les convenzo de que estoy preocupada por ella y necesito localizarla. Sin facilitarme su dirección acceden a informarme de que a pesar de que le han dado el alta, no sería raro que recayera; es lo típico en su situación, ahora se encuentra en la etapa positiva.

No quiero recurrir a Stephan y la llamo al móvil. Me contesta. Es verdad que está positiva. Dice que se encuentra muy bien y que ya no me odia.

—Yo a ti tampoco —digo—. ¿Podemos vernos, tomar una copa juntas? Al fin y al cabo hemos sido colegas.

La palabra «colegas» parece entristecerle, le cambia la voz. Deduzco que ahora no la llama nadie.

—O lo que fuésemos —añado, tratando de arreglar su estado de ánimo.

—Puedes venir a mi apartamento. Ahora vivo sola. Bueno, sola no, con un gato.

Compro unas flores, una caja de bombones y una botella de vino, luego me parece excesivo y estoy a punto de tirar alguna de estas cosas a una papelera, pero eso daría la impresión de que necesito excusarme por algo, pedir perdón, congraciarme. Decido deshacerme de la caja de bombones y la dejo sobre una mesita del vestíbulo del edificio, alguien la cogerá y la disfrutará.

Se trata de un apartahotel en que reina una gran impersonalidad. Almas fugaces, voces de paso. Abre con el pelo rapado por un lado y más largo por otro. Ha mejorado, la última vez que la vi parecía una vieja y ahora no. Lleva un tatuaje en el cuello. Mesas y sillas marrones sin más, una cocina con mostrador, entra una buena ráfaga de luz y el apartamento entero irradia atemporalidad. Está fumando y sin tirar el cigarrillo se las arregla para poner las flores en una jarra con agua. ¿Dónde se ha dejado sus inquebrantables señas de identidad: la melenita rubia, la ropa negra, su pulcritud, su aire enigmático y sabihondo? Saca el tapón de la botella con un cuchillo y busca dos copas mientras la ceniza se cae por todas partes.

—Cuánto has cambiado —digo.

Se vuelve a mirarme.

—Tú también.

No es únicamente su aspecto, también sus modales, menos estudiados, más espontáneos y rudos. Y de pronto veo ese pendiente que tintinea en su oreja, tiene forma de pluma de ave. ¿Dónde lo he visto antes? Estoy dándole vueltas mientras Carolina me cuenta que se ha divorciado de Stephan y que él se ha quedado con los niños. «Están mejor con él», dice imbuida de positivismo y toma en brazos un gato en cuyo espeso pelaje hunde la cara. «Eres mi niño», dice. Luego lo desliza hacia el suelo y él viene a sentarse en mis pies. No se mueve y me bloquea el paso hacia el sofá. Tengo que sacar un pie y, tambaleándome, sacar el otro.

Sin dejar de pensar en el pendiente, me llevo la copa a los labios y visualizo el gran salón de su anterior casa. Todo ha cambiado, y yo he sido el instrumento de este cambio sin pretenderlo. El azar me eligió para establecer ese orden incomprensible que establece el azar. Como en 1989 ella también fue el recurso que el azar usó para sacrificarme en su incomprensible plan azaroso. Y debo encontrar las palabras apropiadas para transmitirle a mi nieto la idea de que ningún empeño y ningún esfuerzo deben luchar contra la corriente de un río furioso, no merece la pena ahogarse en el intento, es más saludable buscar pequeños y agradables afluentes.

Acabo de recordar dónde he visto ese pendiente: en Sofía. El día en que quedamos en un pub y ella llevaba botas de *cowboy*. Esta nueva Carolina es obra de Sofía, la ha abducido.

—¿Cómo te encontró Sofía?

No niega conocerla.

—Aún soy famosa, no es tan difícil. Vamos a desmontar toda esta mentira.

—Sofía solo quiere dinero. Desde que éramos pequeñas está enfadada con el mundo. Tú no quieres eso.

Se vuelve frente a mí desafiante, exactamente como si nadara a contracorriente en un río invencible.

—Quiero que el mundo sepa la verdad. Ese niñato me ha arrebatado mi éxito, mi vida.

Le sirvo otra copa. Yo llevo la tercera.

—Carolina, yo pensé lo mismo de ti, creí que tu maldita suerte había oscurecido la mía. ¿Y sabes una cosa? El azar es el que manda.

Se bebe la copa de un golpe, desperdiciando paladear un vino de cien euros. Me mira incrédula.

—No puedes hacer nada, créeme, aunque desenmascarases a Luis la gente seguiría comprando sus novelas, su fama se agrandaría. ¿Y sabes otra cosa? Leí *Los tejados rojos* y no es cierto que me aburriesen, no están mal, creo que en el fondo me fastidiaba que tu éxito no fuese absolutamente injusto. Tienes un don aún sin explotar. Creo que ahora, sin presiones editoriales, podrías crear tu gran novela. Has vendido toneladas de libros, ¿por qué no escribes uno que le volvería loco a Nilo?

Se deja caer en el sofá. Es marrón como las sillas y las mesas, seguramente para escamotear las manchas de los sucesivos inquilinos.

—¿Quieres decir que lo que he escrito hasta ahora no vale una mierda?

—Si eres escritora, escribirás. Si eres una llorona, llorarás. Y quítate ese pendiente de Sofía, no te pega.

No espero respuesta, bajo al impersonal vestíbulo donde sigue intacta la caja de bombones y la cojo ante la mirada acusadora de un inquilino. Y no me sorprende mucho que según salgo del portal entre Sofía, debe de pasarse aquí la vida. No podemos esquivarnos, nos topamos de cara. Aunque el primer impulso es escurrirme hacia fuera, me contengo y le digo hola.

Ella no contesta.

—¿Recibiste los cincuenta mil euros?

Sigue sin contestar intentando intimidarme endureciendo las facciones y la mirada y creándome un oscuro sentimiento de culpa. Lleva puesto el traje de chaqueta rosa. Los mechones negros caen sobre las solapas rosas a la deriva, desorientadas.

Sin el manuscrito de *Días de sol* está desarmada.

—Fue un regalo y no me has dado las gracias. No creas que te lo mereces —grito—. Toma —digo entregándole la caja de bombones—, otro regalo.

Y salgo a un mediodía radiante pensando que seguramente hoy sería un día perfecto en alta mar y que tengo que comprar pilas de repuesto para las linternas.

60

LUIS

Teresa está un poco impertinente con que tenemos que cumplir con nuestros compromisos. Dice «nuestros» como si fuéramos pareja. Está demasiado encima de mí, no se da cuenta de que tengo que escribir.

—Cancela las conferencias, las novelas no se escriben solas —le digo.

—Pero no podemos desairar a la gente —contesta.

No quiero ser injusto, pero a veces por su culpa no puedo concentrarme. ¿Cómo voy a retener una idea y desarrollarla si he de interrumpirla constantemente? Sueño con ponerme ante el ordenador, pasar los dedos por las teclas, dejarme llevar. No sé si volveré a escribir algo tan apasionante como *Los sueños insondables* e *Inconfesable*, pero he ahí la aventura, de eso se trata, de arriesgarse. Estoy pletórico y se lo digo a Teresa y se lo digo a Stephan cuando hablo con él por teléfono. Me siento en forma, henchido y entonces oigo que Stephan le grita a Teresa que me deje en paz. Pretendo ser algo más que un escritor que vende mucho, con muchos lectores, tampoco quiero defraudar las expectativas de otros escritores hacia mí. Hace un mes desperté del todo. Había estado medio dormido, medio aturdido, sobrecogido por las pilas de libros, por las masas de lectores, por la cautela con que tengo que sobrellevar todo esto, por encontrarme en mesas redondas y tertulias con una diva de las letras como Carolina Cox. Esta escritora me intimida, ante ella me siento un advenedizo, un diletante como ella dijo una vez, no refiriéndose a mí sino en general a los que son como yo. He visto tantas veces sus fotos por todas partes, sus entrevistas, esas frases en forma de píldoras literarias y otras veces en forma de pullas literarias dirigidas a mí que considero una forma de llamar mi atención. De tanto verla creo que he llegado a admirarla.

Y hace un mes se presenta en mi última intervención pública. Se ha cortado el pelo, se lo ha rapado por un lado y parece más joven o más vieja, no sé, pero la reconocí. Va acompañada de esa mujer grande de nombre Sofía y se sientan en la primera fila. Puede que Teresa la haya reconocido y la haya conducido allí, a los asientos reservados. Está mirándome todo el tiempo con una cierta sonrisa, una sonrisa de complacencia por lo que yo cuento y porque seguramente ha leído mis novelas y le han gustado. La generosidad de una veterana a quien no le importa reconocer la brillantez de un joven escritor. Pienso que podría enamorarme de ella a pesar de su edad, que podríamos ser como Joan Baez y Bob Dylan en su juventud cuando hacían canciones juntos, y que nosotros podríamos trabajar también juntos en una novela. Me molesta mucho que Teresa, preocupada por la gran cola de firmas, no permita preguntas del público. Para ella lo primero es lo primero, rendir cuentas sustanciosas ante Stephan. Pero a mí me interesan otras cosas, una carrera literaria no puede mantenerse solamente con el presente, hay que mirar hacia el futuro. Por eso ahora debo dedicarme en cuerpo y alma a *Palabras ocultas.* Carolina me inspira, en el fondo estoy escribiendo para ella. Todos los grandes escritores desarrollan complicidad artística con otros grandes escritores, forman grupos, capillitas. Necesito a mi alrededor gente que me entienda. Nada más lejos de mi intención que herir los sentimientos de mi madre diciéndole que ella no pertenece a mi mundo, espero que lo entienda por sí misma. Sin embargo, cuando le comento la posibilidad de escribirle a Carolina una carta expresándole mi admiración y explicándole el proyecto en el que estoy inmerso (al fin y al cabo compartimos la misma editorial), ella pone una cara muy rara como si de repente me hubiese brotado un bulto en la cabeza.

—No —dice rotunda—, no es buena idea.

Me sienta mal y le pregunto por qué, por qué no puedo dirigirme a ella.

—Porque debes mantener tu posición —dice—, no debes rendirle pleitesía a nadie de tu nivel, no es una premio Nobel. No le debes nada, no debes mendigar su simpatía —insiste.

—Entonces siempre estaré solo —replico—, porque nadie tiene tantos lectores como yo.

—Es el precio del éxito —dice—. No puede tenerse todo.

Pero ahora esas precauciones no sirven, Carolina ha venido a mí, se ha sentado en primera fila para que pueda reconocerla, para que pueda dirigirme a ella, hablarle casi al oído, mágicamente estamos solos ella y yo y acorto mi perorata para ir yo hacia ella o venir ella hacia mí. Lamentablemente Teresa suspende las preguntas del público al tiempo que se origina un revuelo de lectores en torno a la mesa cada vez más sofocante hasta que Teresa y el librero comienzan a poner orden y, cuando logro sacar la cabeza de entre el resto, ella ha desaparecido. Ha comenzado a lloviznar y me pongo de malhumor, firmo con desgana, apenas contesto a las preguntas, a las felicitaciones, escudriño al fondo por si ella anduviese por allí, pero no. Una chica me coge la mano y me apunta su número de teléfono en ella y una frase: «Yo también soy Laly», lo que me irrita bastante. Se cree que por ser joven y guapa puede pintarrajearme la mano, pero Teresa me tiene advertido que salvo que me den un puñetazo o intenten violarme tengo que recibir todas las muestras de cariño y admiración con agrado. La chica está esperando que yo también le anote debajo de la dedicatoria mi teléfono y se siente decepcionada y al mismo tiempo esperanzada de que la llame cuando mi único pensamiento es para Carolina. Ella está por encima de la juventud y la belleza.

Y las pausas que hago al escribir son para leer las novelas de Carolina. He empezado por *Los tejados rojos* y me siento influido e inspirado por ella. Sueño con ella.

61

LUIS

Por fin he terminado de escribir *Palabras ocultas*. En la última página he puesto «Fin» y la fecha de hoy. No voy a consentir que nadie cambie ni una coma. Voy a hacer un repaso general y la semana que viene se la entregaré a Stephan. La espera con los brazos abiertos y quizá consiga que convenza a Carolina para que escriba una frase a mi favor. Podría postularme como su heredero literario.

Mi madre está más pendiente de mí que nunca y más enjuta, baja cada dos por tres a preguntarme cómo voy con la novela y a aconsejarme que no me precipite y que me tome mi tiempo. Se empecina en que espere a que caigan las ventas de *Días de sol* e *Inconfesable* para sacar esta, que no es bueno crear empacho por mucho que a mi editor le arrastre la codicia, que piense en mi carrera. Incluso ha metido a mi pobre padre, que no se entera de nada, en esto. «Hijo —me ha dicho—, no todo en la vida es el éxito, tómatelo con calma, no hagas sufrir a tu madre».

Por un oído me entra y por el otro me sale, a mi padre solo le importa que mi madre siga con él, no ha tenido otro objetivo en su vida. Una vida simple, unos deseos simples, un objetivo claro, cristalino, sin interferencias; todo lo demás le sobra, yo algo menos que todo lo demás por haber salido del cuerpo de mi madre y tener sus mismos ojos y su misma nariz. Gracias a esto logro entrar parcialmente por alguna grieta de su alma.

—Ya he puesto la palabra «Fin», mamá, me siento tan bien. El don de escribir es el mejor de todos los dones del mundo.

Reacciona acercándose a mí y besándome, está emocionada, y me implora ser la primera en leer la novela.

—Solo tardaré una semana —dice, con casi lágrimas en los ojos—. Creo que no es mucho pedir —añade—. Una semana que te servirá para descansar y reponer fuerzas ante lo que ha de venir.

Estoy deseando que Stephan y con suerte Carolina la lean, pero accedo. También se me ocurre que podría engañarla y decirle que es la primera aunque no lo sea. Lo pensaré.

62

MARISA

Recibo una llamada desesperada de la madre de Luis. Me deja un mensaje en que la voz suena ahogada. ¿Un pequeño ataque de ansiedad? Sea lo que sea está relacionado con Luis. Su vida y sus emociones giran en torno a este ser completamente prescindible para el resto de la humanidad. También mi vida gira mucho en torno a mi hijo Pedro, pero antes giró en torno a Ismael, y ahora también gira en torno a mi nieto y a Mauricio y también gira en torno al barco, y aun así puede que no sea comparable a su entrega a Luis.

Repite la llamada y me hago la remolona. En unos días saldremos hacia Alicante para embarcar y debo hacer algunas compras y dejar esta casa en orden. De todos modos, ante su insistencia, por la tarde cedo y la llamo. Necesita verme urgentemente. Acepto que me acompañe al Carrefour.

Está esperándome en la puerta como un clavo, muy desmejorada por cierto. Cogemos dos carritos.

—Estoy desesperada, Luis ha terminado su novela, se llama *Palabras ocultas*.

Le digo que me alegro, que le vendrá genial para su autoestima. En el fondo me alegra que me dejen en paz.

—Estoy leyéndola —dice—, me quedan diez páginas y es una auténtica tortura. No puede gustarle a nadie si a mí, que la leo con todo el amor del mundo, no me gusta, no la entiendo, no tiene sentido.

Saco la lista de la compra del bolsillo, no quiero distraerme de lo principal, que consiste en comprar platos precocinados y conservas suficientes para no tener que estar atracando cada dos por tres. Cuando se está en alta mar se tiene perfecta conciencia de lo que es verdaderamente necesario, el agua y la comida, el agua sobre todo. Tampoco debo olvidarme de la leche y el café. Sin café Mauricio no es nadie. De fondo oigo el discurso compungido de la madre de Luis.

—Será muy doloroso hacerle comprender que esto no es lo suyo —dice—, tendrías que ver las redacciones que hacía en el colegio —me repite una vez más.

—¿Y qué quieres que haga? —le pregunto.

—Podríamos darle el cambiazo por esa que estás escribiendo. Debe de ser maravillosa. Me quedé con el título, *El mar en calma*, precioso. Sabes que por el dinero no tienes que preocuparte. Y al fin y al cabo tú escribes porque no puedes dejar de hacerlo. Sácale algún provecho. Podrías comprar un barco más grande o un par de apartamentos en puertos que os interesen.

Me dirijo a la zona de ferretería, no puedo olvidar las pilas de las linternas, algo mucho más imprescindible en alta mar que los problemas de Luis.

—No sé —digo, consultando diversos paquetes de pilas—. Quiero salirme ya de esto.

—Te lo pido por él en primer lugar y en segundo lugar por ti. ¿Qué será de tu obra? ¿Quién leerá tus novelas si te resistes a publicarlas con tu nombre?

¿De verdad la madre de Luis se interesa tanto por mí? ¿De verdad le preocupa el destino de mis libros? Es evidente que sufre por el probable y morrocotudo fracaso de su hijo, por su posterior frustración, depresión, posiblemente alcoholismo, desintoxicación, de nuevo baja autoestima, de nuevo alcoholismo más drogas duras y finalmente la anunciada autodestrucción. Y *El mar en calma* quizá podría evitar todo eso. Aunque en el fondo también existe un atisbo de interés por salvarme a mí, lo noto ¿cómo? No sabría explicarlo, por la forma en que suele referirse a *Días de sol*, un tono admirativo difícil de fingir.

—En unos días nos marchamos y la novela aún no está terminada —digo—. De verdad que me apena que Luis tenga que pasar por el oprobio y ensañamiento, pero parece que está decidido a sufrirlo.

Nos despedimos y esa noche no puedo dormir. Me faltan al menos cincuenta páginas para finalizar *El mar en calma*, no puedo entregársela así, sea como fuere la novela no deja de ser mía, no puedo engañarme a mí misma ni a Luis ni a su madre. Lo único que puedo hacer es llamarla y pedirle que intente convencer a su hijo de que aún no entregue su novela. Aun así, y por lo que me ha dicho, veo improbable que le convenza de entregar la mía en lugar de la suya. La suerte está echada y prefiero encontrarme lejos en un mundo de peces, aves y azul por todas partes.

63

LUIS

Mi madre ha caído enferma y me retiene todo el día al lado de su cama, lo que me impide acercarme por la editorial. Y también, debido a que se siente mal no termina de leer mi novela, no me importa mucho. Si fuera Carolina sí me importaría, pero qué sabe mi madre de literatura. Llovizna, entra olor a mojado y le pregunto si no le vendría bien acercarse a la ventana y respirar hondo. Me coge la mano. No se la noto febril, se la noto demasiado viva, la sangre corriéndole por los dedos, una especie de hormigueo, y no sé cómo desprenderme de ella sin hacerle un feo. Me cabrea que me repita: «No entregues la novela hasta que no termine de leerla». Y aguanto unos días para no tener sensación de que la traiciono.

Al cabo de una semana no puedo más y le comunico a Stephan que ya tengo la novela.

—La he titulado *Palabras ocultas* —le digo—, pero no puedo enviártela hasta que mi madre no termine de leerla. Es una promesa que no puedo romper.

Y él me contesta que va a hacerme una oferta que no podré rechazar.

—¿Sin leerla? —pregunto.

—Sin leerla —responde—. ¿Cuántas páginas tiene? —pregunta.

—Trescientas —respondo.

—¿Y podrías mandarme un resumen de cuatro líneas?

—Sí —contesto.

Le digo a mi madre que debo encerrarme media mañana para redactar un resumen de la novela.

—Espera —dice—, no me encuentro bien.

Ha empezado a empalidecer, la frente le brilla con un sudor frío, perlado he leído alguna vez que llaman a este tipo de sudor. No sé por qué tiene que recaer precisamente ahora y llamo a mi padre al camión.

Llega por la noche sofocado.

—¿Por qué no me has llamado antes? —me recrimina.

Y mi madre le afea que haya dejado el trabajo.

—Ya está aquí Luis para atenderme —dice.

En medio de estos reproches me escurro a mi estudio. Se trata de cuatro líneas muy importantes y además lo de cuatro líneas es un decir, será una página al menos.

A los cinco minutos de enviarle el texto, como si los ojos de Stephan lo hubiesen captado espacialmente más que linealmente, me escribe diciéndome que después de leer la sinopsis no ve el momento de leer la novela.

Por la noche me llama Teresa. ¿Es que no confío en ella? ¿No he podido informarle en algún momento de que ya tengo la nueva novela? Se siente dolida y emocionada al tiempo, tiene ganas de llorar. Antes de encargarse de mis promociones su trabajo era rutinario, no se sentía motivada, pero conmigo empezaron a salir entrevistas a mansalva, su agenda está tan repleta que tiene que escribir con letra muy pequeña y en ningún momento ha consentido que se resienta mi caché, lucha a brazo partido para mantener mi puesto en lo más alto a riesgo de caer antipática, soberbia y de que se la tenga jurada mucha gente de los medios y de otras editoriales. Dice ahogándose un poco que se siente recompensada de sobra y que me agradece que la arrastrara conmigo a mi nueva editorial, pero en algunas ocasiones como esta necesitaría un atisbo de mayor complicidad, que Stephan viera que mi grado de confianza con ella no se ciñe únicamente a concertar entrevistas. Para tranquilizarla le confieso que la novela está aún en manos de mi madre y que no la ha leído nadie más. Me dice que Stephan se la toma como una imposición, que no valora su trabajo y que en cuanto note que ella para mí no es importante la echará sin contemplaciones.

—Me dará una patada en el culo —dice—. Se la ha dado a su propia mujer, imagínate.

Me quedo absolutamente sorprendido al enterarme de que esa mujer defenestrada es Carolina.

—Carolina ya publicaba en esta editorial cuando Stephan llegó. Él entró con la compañía suiza que compró la anterior —dice.

«O sea —pienso—, que no fue Stephan quien la descubrió y lanzó al mercado *Los tejados rojos*».

Le digo a Teresa que ella es mi ángel de la guarda y que no la abandonaré jamás, yo no soy Stephan. Y le pido que me consiga el teléfono de Carolina o una cita con ella. Le cuento que hace un mes la vi sentada en primera fila en una presentación mía y que fue la primera vez que un escritor consagrado venía a un acto mío, me emocionó.

Teresa recuerda esa visita y el plan no parece gustarle. Dice que no conocemos sus verdaderas intenciones, pero yo sé que está celosa. Ahora que Stephan le ha dado puerta, Carolina podría considerarme una nueva ilusión en su vida. Acabo de verlo todo claro y me recorre un cosquilleo por el vientre, el pecho y la garganta. Estoy enamorado por primera vez en mi vida y siento piedad por Teresa porque debe de ocurrirle lo mismo cuando habla conmigo.

—Antes de llevarte a ti, he llevado a otros escritores, los conozco y no me fío de Carolina —dice.

Hay que reconocer que Teresa es una testigo de excepción, está dentro y fuera de la situación, ante ella no caben disimulos.

—No se te ocurra aceptar ninguna cifra sin consultarme a mí o a quien sea, a tu madre, por ejemplo. Esto es un negocio, no lo olvides.

La cifra que me propone Stephan es buena, muy buena, pero creo que no debo aceptarla de entrada. De entrada tendría que hacerme el remolón. Así que acudo al lecho de mi madre.

—Mamá —le digo—, buenas noticias, podremos cambiar el apartamento de Alicante por otro más grande.

Se remueve en la cama y se alza un poco.

—¿Qué quieres decir? —pregunta.

Se lo cuento. Me ofrecen una burrada aun sin leer la novela, solo el resumen que les mandé.

No se alegra.

—¿Por qué no esperas un poco más? Eres demasiado joven para tener tanta suerte con el dinero. No quiero que te ciegue —dice.

Le cojo una de esas manos rellenas de sangre, velocidad, hormigueo, calor.

—No puedo hacer como si no estuviese escrita la novela y como si no me lo mereciese, como si fuese el de antes.

—Yo tengo la culpa de todo —dice.

—Un día de estos me veré con Carolina y despertaré del todo. Hasta ahora he estado dormido, mamá.

La frente nacarada cae sobre la almohada. Una almohada blanca con bordados en los extremos y extraordinariamente larga para que quepan su cabeza y la de mi padre. Mi padre deja un hueco profundo, intenso, la huella de estar en esta cama más que en ningún otro lugar del mundo. Siempre sale de entre estas sábanas como quien va a la guerra, a un hospital, a un cementerio, al infierno. Se pasaría la vida abrazado a mi madre sin comer ni beber. Su problema es que mi madre no se pasaría la vida abrazada a él porque tiene que ocuparse de que yo sea feliz.

Echa una ojeada a ese dinero aún inexistente con repugnancia como si procediera del narco, de una estafa, de un crimen. Una ojeada larga que cruza el umbral de la puerta y llega hasta el pasillo, lo que no sé qué significa.

Decido consultarle a Teresa, que me aconseja pedir el doble. «Nunca se sabe qué puede ocurrir con una novela. Que vende mucho, todos contentos, que no, eso que te has metido en el bolsillo». Qué dura es, qué expresiones tan mundanas, sería esto sobre lo que me advertía mi madre, caer en la zafiedad. Le hago caso y luego le entrego el contrato para que lo revise. Muy poca gente de mi edad ha hecho tanto dinero en tan poco tiempo.

CUARTA PARTE

64

MARISA

Tras recorrer algunas islas del Egeo subimos por el Mediterráneo hasta el puerto de Barcelona. Todos soñamos con un arroz bien hecho. Después compraremos mucha agua, fruta, leche y conservas. No había contado con que Pedro y el niño, incluso la novia de Pedro, comiesen tanto. La brisa marina, el viento y el mismo mar abren el apetito a los jóvenes de forma descomunal. Después de comer opíparamente y antes de hacer las compras aprovechamos para andar en tierra firme. Nos recorremos las Ramblas, el Paseo de Gracia, vamos hasta el parque Güell. No nos cansamos a pesar de un buen tramo cuesta arriba, necesitamos un poco de gravedad bajo los pies. Hasta que mi nieto no puede más y su padre se lo lleva al barco. Mauricio y yo nos encargamos de ir al supermercado de El Corte Inglés.

—Mira —me llama la atención Mauricio—, otra novela del joven escritor.

Y antes de que me dé cuenta la echa al carro. Así que ha publicado su propia novela, esa que rechazaba su madre con todo su corazón. En solidaridad con ella no la toco. Leo el título desde lo alto, *Palabras ocultas,* y también la faja de la tercera edición. Estoy a punto de devolverla disimuladamente a su sitio, pero por otra parte siento curiosidad, ¿me gustará tan poco como a su madre? En algún momento la leeré. Imagino el sufrimiento de esta mujer, que es capaz de delinquir para que su hijo sea alguien en la vida y que ahora tiene que asistir a su autodestrucción. Mientras Mauricio pesa la fruta se me ocurre llamarla y decirle que siento no haber tenido *El mar en calma* a tiempo.

Responde un hombre y me ruega que no la agote. «Está convaleciente», explica. Mauricio me indica con la mano que se aleja a la zona de las cervezas artesanales que le gustan a Pedro. Siento una oleada de satisfacción y felicidad, pequeñas gotas se desprenden de la bruma que cae sobre la pescadería, se me meten por el pelo y me limpian cualquier mal pensamiento.

—No puedo hablar mucho porque me fatigo —dice la madre de Luis—. ¿Estás en tierra? ¿Has visto la novela? No me hizo caso y la publicó. Ahora se cree un gran escritor.

—Siento no haber terminado a tiempo —digo.

Continuamos hablando unos minutos más, sobre todo ella, yo no tengo mucho que decir.

—El desastre es inminente —dice—, y no quiero verlo.

—Puedes estar tranquila, el libro está siendo un éxito. En la faja aparece una crítica que aconseja dejarse engullir por una marea genial de poderosas palabras, una apuesta por la experimentación.

—Ahora lo llaman marea, en la próxima lo llamarán lodazal, farragoso, sinsentido. Y lo peor no es esto, lo peor es que se ha enamorado de Carolina y sueña con que van a formar una pareja del tipo de Joan Báez y Bob Dylan. No se da cuenta de nada. Imagínate a mi hijo en manos de Carolina.

No me extraña que la madre de Luis cobije grandes remordimientos y pesadillas. Ella lo ha lanzado a esta sinrazón. Ella le proporcionó un lodazal por el que intenta navegar solo. Carolina va a destrozarlo, se lo comerá vivo, le arrancará la confesión más ansiada por ella y le obligará a hacerla pública y entonces ella publicará su nueva novela que se colocará en el número uno y será feliz. De paso arruinará la vida de Stephan y, si aún quiere, recuperará a sus dos hijos. Con toda probabilidad mi nombre saldrá a la palestra como cómplice de un engaño vergonzoso y se continuará sin valorárseme como escritora. Y de este modo Carolina también se vengará de mí por no haber desenmascarado a Luis cuando me lo pidió.

Mauricio me encuentra distraída y me pregunta por el papel higiénico, también tendremos que abastecernos de crema solar de cincuenta y seguro que nos olvidamos de algo importante. Jamás he deseado tanto volver al barco y al mar. Hoy cenaremos en un restaurante con el que nos hemos tropezado con muy buena pinta, dormiremos en el Westing Palace y nos tomaremos su espléndido desayuno de bufé, que tanta ilusión le hace a mi nieto, y por fin nos alejaremos de esta tierra firme plagada de líos. Al menos en el mar, aunque las cosas no sean sencillas, son más simples.

Trato de olvidarme de todo, apartar la mirada de los escaparates de las librerías, obviar por la noche el canal de libros en televisión. Sin embargo, en el desayuno Mauricio despliega el periódico ante mí y no tengo tiempo de no ver el rostro de Luis Isla más sonriente de lo acostumbrado, con un plus de felicidad. Mauricio se empeña en leerme el titular de la entrevista en que expresa su admiración por Carolina Cox y su novela *Los tejados rojos.* Al mediodía, mientras metemos las últimas compras en el barco, suena el móvil, es la madre de Luis y no lo cojo. Centro la atención en Gabi, con qué ímpetu carga una bolsa más grande que él, irradia ilusión, amor por la vida y por todos nosotros. Saco de un paquete una gorra nueva que le he comprado en el Decathlon y se la coloco. «¡Qué guay!», dice. Daría cualquier cosa por oírle decir eso dentro de quince años.

65

LUIS

No me agrada que Stephan me diga que han tenido que quemar toda la artillería de la editorial para elevar *Palabras ocultas* a las alturas.

—Voy a serte sincero —me dice—, tu novela es excelente, todo un desafío a las leyes narrativas, pero los libreros y los lectores esperaban algo más parecido a tus dos anteriores novelas. Por otra parte, hemos logrado hacerles ver a los críticos que no eres un simple *best seller* sino un escritor de raza que se arriesga, lo que han valorado muy positivamente, incluso puede que te concedan el premio de la Crítica. Muy pocos autores nuestros lo han conseguido. Quiero que sepas que estamos orgullosos de ti y de esta novela.

Teresa me confirma una ligera resistencia al principio.

—Cuando alguien tiene mucho éxito, los demás están ansiosos por verle caer y con esta novela te la has jugado, pero yo no estaba dispuesta a que se salieran con la suya —dice con el pelo y la cara ajados, amarillentos por dormir poco, comer poco, preocuparse mucho. ¿Tendrá pareja? Nunca se lo he preguntado. Saca las dos agendas y las abre con dedos huesudos y enrojecidos. Me las muestra rebosantes de entrevistas—. Van a darte la portada del *Paris Match.* Después de esto nadie va a meterse contigo y podré dormir tranquila, no hemos llegado hasta aquí para flaquear. Has salido triunfante.

—No entiendo por qué alguien lo dudaba, yo estaba seguro —digo.

Mientras cierra las agendas se limita a añadir que va a tomarse una semana de vacaciones por prescripción médica.

—Tendré el móvil abierto para ti —dice—, no hagas tonterías.

No sé cómo hacerle ver a Teresa que nunca voy a decaer y que por tanto su puesto no peligra.

La semana de reposo de Teresa solo dura dos días porque Stephan le ordena fervientemente no perderme de vista y no facilitarme una cita con Carolina. Le dice que Carolina no está a mi favor. Por supuesto Teresa le ha preguntado por qué y su respuesta ha sido que son cosas de diva y que le haga caso, él quiere lo mejor para mí porque lo mejor para mí es lo mejor para él. Le ha dicho que yo no puedo comprender los entresijos ególatras de alguien como Carolina y que me convertiría en un muñeco en sus manos. ¿Entonces por qué asistió a mi charla?, ¿por qué me sonrió?, ¿por qué se sentó en primera fila para que yo la viese? Puede que Stephan esté celoso. Al fin y al cabo él no puede saber lo que siente un escritor. Carolina y yo nos entendemos solo con mirarnos. Lo noté aquel día como dos seres de la misma especie que se reconocen.

—Está bien —le digo a Teresa—, quizá no ha llegado el momento. No puedo pretender que me considere a su altura por asistir a una charla mía, esos son guiños generosos que suelen hacer los grandes. Todos los grandes escritores recuerdan cuando otro gran escritor tuvo un gesto de grandeza con él. Y este ha sido el de Carolina.

Mi madre sigue convaleciente en la cama. No se sabe exactamente qué le ocurre. Lo siento por ella, pero es un fastidio justo cuando mi carrera está en lo más alto, cuando me enamoro, cuando estoy a punto de comenzar una nueva vida. Ni siquiera sé si le gusta mi novela, no me ha dicho nada, pero no importa, me han concedido el premio de la Crítica, no soy un simple *best seller*.

Stephan me aconseja con una sonrisa de orgullo que no se me suba a la cabeza y también que me tome mi tiempo para la siguiente, lo que me resulta un poco extraño, la verdad. Tampoco me importa, lo único que me quita el sueño es Carolina, cómo llegar hasta ella sin meter la pata, cómo hacerle ver que soy su súbdito, su discípulo.

Hablo de ella en todas las entrevistas, recomiendo sus novelas, me quejo de que aún no le hayan concedido el Premio Nacional, la pongo en un altar y espero que mi entrega hacia ella llegue a sus oídos y que mire mi foto de vez en cuando, que lea mis novelas. Pero me parece poco. Me niego a aceptar el premio de la Crítica si no se reeditan *Los tejados rojos* de Carolina con una gran promoción. Teresa me pregunta, más nerviosa de lo habitual, si de verdad esa novela me cautiva hasta el punto de invertir en su promoción un esfuerzo que tendría que ser solo para mí. Stephan se queda muy sorprendido por mi propuesta. Me observa con enorme curiosidad, interés, perplejidad, diría que miedo.

—¿Conoces a Carolina? ¿Has coincidido alguna vez con ella?

—Vino a verme un día a una charla —digo, y también

que no me bajo del carro, que estoy dispuesto a lo que sea con tal de que ella vuelva a la escena pública.

Al día siguiente Stephan me confirma que accede a reeditar *Los tejados rojos.*

—Una tirada pequeña sería lo más sensato —dice.

Niego con la cabeza, eso sería como insultarla, me odiaría.

—Una escritora de su talla se merece un reconocimiento mayor, ¿no crees? —digo.

—Está bien, quizá tengas razón, quizá yo no haya estado a la altura, quizá esto la calme. Haremos un esfuerzo.

Por otro lado espero que esta iniciativa no vuelva a unirlos como pareja. Quiero que Teresa encuentre la manera de dejarle claro a Carolina que yo soy el artífice de su renacimiento. Estoy más preocupado por ella que por mí, lo que sin duda será amor.

Pienso en ella día y noche. Escribo poemas para ella.

66

MARISA

Emprendemos la marcha de vuelta al puerto de Alicante, de donde partimos. Una travesía quizá demasiado tranquila sin azotes de mar ni de viento. Los días son soleados, las noches estrelladas, el aire puro y fresco. Casi me asusta no necesitar a nadie más que a nosotros mismos. Los cinco nos cuidamos, nos recordamos que hay que beber agua, ponernos crema solar, nunca hemos estado tan unidos. Pedro compone canciones con la guitarra con su novia y Mauricio a veces les echa una mano y les acerca una birra y además le enseña a Gabi todos los pequeños huesos de los pies y las manos. «Cuanto antes sepa estas cosas mejor», dice. A mí me dejan todo el tiempo del mundo para acabar *El mar en calma.* Están tan distraídos que no sospechan qué puedo hacer tanto tiempo metida en el camarote o tendida en la zona de sol. Imaginarán cualquier cosa menos que escribo una novela.

Me quedo bastante satisfecha, siento que es mi mejor obra y que a Luis le encantará, a su madre desde luego. La madre de Luis, todo hay que decirlo, tiene talento lector, un olfato fino, como esa gente que sin saber nada de vinos aprecia si es bueno o malo. Tengo ganas de verla, de una manera extraña compartimos algo muy profundo. Y me parece que me supera como madre al atreverse a hacer lo que hace para sacar a su hijo de las sombras y el estancamiento. Yo no llegué a tanto con Pedro, lo cierto es que en cuanto Mauricio entró en nuestras vidas se ocupó más de él que yo. Enseguida aprendió todos los huesecillos de las manos y los pies como ahora hacía con Gabi, que probablemente también será médico como su abuelastro. Y de pronto me doy cuenta de que he llegado tarde. La vida se me revela inquebrantable.

Cuando atracamos en Alicante, Mauricio y Pedro pueden conectarse a Internet. Yo quiero aprovechar el tiempo para recoger toda la ropa sucia y llevarla a alguna lavandería, hacer recuento de víveres y luego darme un largo paseo por tierra firme e ir a la peluquería e incluso darme un masaje, hacerme la pedicura, me ilusiona echar el día en mí, una especie de transición antes de volver mañana a Madrid. También le compraré algunos cuentos a Gabi.

Las calles parecen azuladas por el mar. La sensación es, de alguna manera, de continuar en un mar en que ha naufragado una ciudad entera. Qué preciosidad de vida, tras el masaje siento que vuelo por reflejos plateados. Solo tengo pendiente comprar los cuentos de mi nieto y entro en un Fnac que hay junto a un H&M en la calle principal. En un primer momento no reparo en el escaparate en que se exhiben teléfonos móviles y artilugios indescifrables para mí, sin embargo algo me obliga a girar la cabeza, algo hay entre todo aquello que me llama la atención: un póster con la cara de Carolina. Pienso que el cartel se ha petrificado allí desde sus días gloriosos si no fuera porque lleva ese corte de pelo, muy atrevido a decir verdad para su edad, rapado por un lado y más largo por el otro y sin aquella estudiada dulzura en su mirada. Una visión completamente inesperada. Por mucho que fantasease sobre el futuro esto no se me habría ocurrido nunca. Estoy parada en la puerta, la gente que entra y sale me pide paso. ¿Qué hago, salgo corriendo hacia el barco tratando de olvidar la imagen de Carolina y sin comprar los cuentos?, ¿o entro y asumo la situación? Quizá esta es la última prueba de madurez, de aprender a no caer en la tentación. Nada ha cambiado en mi esfera de felicidad, lo que le ocurra a Carolina es ajeno a mí. Así que entro.

Veo las enormes pilas de *Los tejados rojos* como el alcohólico en rehabilitación que entra en un bar para probarse a sí mismo que todas esas botellas de maravillosos tonos no tienen nada que ver con él y que la gente que saborea las copas tampoco tienen nada que ver con él. Una punzada tras otra en el corazón. En algunas estanterías han colocado *Los tejados rojos* y la nueva novela de Luis, *Palabras ocultas,* juntas y sus fotos sobre ellas coronando una especie de tarta nupcial. Mientras que mi querida *Los sueños insondables* e *Inconfesable* permanecen en un segundo plano, en la retaguardia junto a *best sellers* del año anterior. Me dirijo a la sección infantil y juvenil y solicito consejo sobre qué le gustará a Gabi. Compro lo que me ponen en las manos, se me ha nublado la vista. «Y si se decide por narrativa de adultos, no se pierda la última novela de Luis Isla, ni la primera de Carolina Cox, gracias al entusiasmo de Luis Isla se ha vuelto a reeditar», me aconseja un librero.

Abandono la tienda mareada, nunca tendría que haber salido del barco, no tendría que haber vuelto a escribir, no tendría que haber leído *Los sueños insondables,* no tendría que haberme complicado la vida. Y vuelvo a entrar. Por mucho que quiera creer que estoy rehabilitada, necesito una última copa. Una última mirada a la reedición de *Los tejados rojos.*

El barco me parece muy pequeño, tendría que haber hecho caso a la madre de Luis y no renegar del dinero que me ofrecía. El cielo se está encapotando y no podremos cenar en cubierta por lo que en el espacio cerrado de dentro será más difícil disimular mi estado de ánimo y todos me preguntarán qué me ocurre una y otra vez. Les propongo cenar en un restaurante. «Estamos cansados —protestan—, y hemos traído pizzas. No nos importa que chispee un poco. Nosotros nos encargamos de todo, no te preocupes». Le entrego los cuentos a mi nieto, me tomo una copa de vino sin ganas con la esperanza de que me aturda y bajo al camarote. Es claustrofóbico, no sé dónde colocar la ropa. Me tumbo y abro la novela de Luis, que espera en mi mesilla desde que la compré en Barcelona. Yo no soy su madre, no me da miedo lo que pueda escribir Luis, me es completamente indiferente. Y por ella me alegraría el triunfo de su propia novela si no fuese porque a su lado también triunfan *Los tejados rojos* de Carolina. De nuevo *Los tejados rojos*, el principio otra vez. Todo lo sucedido no ha cambiado nada.

No me extraña que la madre de Luis se haya desesperado ante la perspectiva de que alguien lea *Palabras ocultas*. No cuenta con el «factor imposible», esa variable misteriosa que oscurece la vida para unos y la ilumina para otros. Los disquetes olvidados de *Días de sol*, el factor Ismael, el factor de mi amor hacia él y el factor de su desaparición, no eran más que recursos del destino para que Luis triunfase y Carolina volviese a triunfar.

¿Habrá leído de verdad alguien *Palabras ocultas*? Es tan impenetrable que todo el mundo duda de su capacidad para entenderla. Pero ¿cómo dudar completamente de alguien que previamente ha escrito *Los sueños insondables* e *Inconfesable*? Mauricio me la quita de las manos. «Vaya, por fin te atreves con una novela de ese chico, cuando la termines me la pasas».

No hace falta que la termine, se la paso con gusto. En sus páginas no hay nada mío ni de nosotros y me siento libre. Y entonces pienso que todos los factores imposibles en juego tienen como objetivo que yo me sienta totalmente libre y salgo a cubierta, respiro la profunda neblina negra que avanza sobre el agua y me avergüenzo de haberme dejado vencer hace solo un momento. Me han guardado un trozo de pizza, me tomo otra copa de vino esta vez sin ningún propósito. Mauricio me coge por los hombros mientras contemplamos la oscuridad. Los barcos amarrados a los lados crujen de vez en cuando.

67

LUIS

Mi madre me repite esa tontería de ten cuidado con lo que deseas. ¿Por qué? Desde que tengo mis propios deseos todo me va de maravilla. Se acaba de cumplir el más bonito de todos, haber logrado que Carolina vuelva a las librerías a lo grande y que sepa que ha sido por mí. Le pido a Teresa que se lo haga saber con tacto, sin cargar las tintas y que nos monte una mesa redonda juntos. Me encantaría volver con ella al programa de televisión *Las Letras.* Cuando asistí con mi primera novela no fui consciente de su importancia y me da la impresión de que perdí la oportunidad de congraciarme con Carolina y de mostrarle mi total admiración. Ahora estoy preparado para que exhibamos ante el mundo nuestra complicidad y ojalá que nuestro amor. Teresa dice que no estaría mal, pero que duda si no le favorecería más a ella que a mí. Dice que estoy vendiendo la novela esa de *Los tejados rojos* y que en cambio ella ni me menciona, cosa que yo no necesito para nada, ya tengo el premio de la Crítica, que ella jamás ha conseguido. «No te dejes llevar por un romanticismo mal entendido», dice.

Me recuerda a mi madre, que ha empezado a levantarse de la cama para hacerse pruebas médicas. Mi padre la saca en brazos de entre las sábanas, la ducha y la conduce en volandas a las consultas. Me mira de reojo culpándome de algo intangible, fugaz. No es nada nuevo, incluso de niño anidaba un vago reproche en su voz al hablarme, un rasgo en nuestra relación que me ha hecho retraído. Pero desde que soy escritor de éxito el intimidado es él y no se atreve a preguntarme si algún comportamiento mío ha influido en el estado de mi madre. Pero lo sabe. Detecta algo que a mí se me escapa. No entiendo por qué a mi madre le desagradan mis acercamientos a Carolina, debería animarla que la tenga como aliada. «No sabes nada de ella», me advierte todo lo airada que su estado le permite.

Por su parte Teresa me comunica que Stephan tampoco está como unas castañuelas con mis pretensiones respecto a Carolina.

—Luis no tiene ni idea de lo que pasa por la cabeza de esa mujer —ha dicho Stephan.

Aunque la llame algo despectivamente «esa mujer» y aunque su relación se haya roto, ha accedido a sacarla de nuevo a la palestra a bombo y platillo.

—Todo lo hace por ti —me dice Teresa—; ha invertido mucho en ti y no quiere que te enfurruñes.

Al principio de publicar *Los sueños insondables* no tenía distancia ni sosiego para darme cuenta de la suerte que tenía. Me adoraban en la editorial. Cuando entraba, el tecleo de los ordenadores se detenía, las cabezas se levantaban por encima de los paneles de los cubículos. Me saludaban con alegría auténtica en mi camino hacia el despacho de Miriam, la directora. Su aspecto duro, de mujer combativa, se desvanecía enseguida y pedía café y me decía lo feliz que se sentía conmigo y mi novela.

—La devoción de los correctores por tu texto es absoluta. No quieren correr con la responsabilidad de estropear tu maravillosa novela —me decía Miriam.

Stephan, en cuanto me anuncian, sale de detrás de su puerta de cristal con la chaqueta en la mano. Le gusta más hablar conmigo en la barra del Trocadero o en una de las mesitas del rincón que en el despacho. Le sirvo de vía de escape del trabajo y siento algo de remordimientos por no haberlo hecho nunca con mi antigua editora Miriam. Rara vez la vi fuera de la editorial, no quería hacerme perder el tiempo con cháchara inútil.

En días como hoy a las siete de la tarde me dejo caer por la editorial. Stephan se despega del sillón como si me estuviera esperando. Esta vez nos sentamos en la barra ambos mirando hacia el camarero como a un profesor. Stephan se pide un whisky, algo raro porque siempre bebe agua con gas o *ginger-ale*, se cuida, en el despacho hay una bolsa de deporte con bultos de patines. También tiene la foto de sus hijos sobre la mesa y ni rastro de Carolina. Yo le acompaño con otro whisky, el mío con agua. La barra está más en penumbra que el resto del local. Me agradece que venga a verle, no está pasando por un buen momento. Soy consciente de que tocan en su puerta muchos escritores a los que no recibe. Sé que soy especial. Se pide otro whisky y me mira con ojos muy brillantes.

—También a mí Carolina me revolucionó, me volvió loco. Cuando entrábamos en cualquier sitio, las miradas se giraban hacia nosotros, juntos éramos invencibles. Ahora podéis serlo vosotros y a mi editorial le vendrá bien, pero no te engañes, no la conoces. Crees que eres ambicioso, crees que has conseguido el éxito, pero ella lleva sintiendo estas cosas treinta años, quizá más, desde que tiene uso de razón probablemente. No me gustaría perderte a ti también —dice entre la penumbra. Se han encendido las farolas de la calle y dentro algunas lamparitas estratégicamente dispuestas—. Te lleva treinta años de ventaja en todos los sentidos —dice, para terminar de desanimarme e invitarme a cenar.

Rehúso, en mi interior estoy traicionando a Carolina oyendo estas cosas. Son puros celos de Stephan.

68

LUIS

Después de un mes de insistencia por mi parte, Teresa logra reunirnos a Carolina y a mí en el legendario programa de televisión. He tenido que enfadarme para que pusiera interés, me parecía que me daba largas para que me enfriara y no insistiera más. Lo ha hecho de mala gana.

Stephan me dice que si quiero vender más exponiéndome así, por él, adelante.

Mi madre declara convaleciente en el sofá, sin venir a cuento y sin saber por qué, que lo siente mucho y a mi padre ese sentimiento de culpabilidad hacia mí le enerva sobremanera. Su eterna mirada de reproche ya no es ladeada sino abierta y retadora.

—No sé qué ocurre —exclama por una vez en la vida en voz alta, una voz que nos sobresalta a mi madre y a mí por lo masculina que suena—, pero tú le debes mucho a tu madre y tu madre no te debe nada a ti, que te quede claro.

¿Acaba de darse cuenta de que no se entera de nada o nunca ha querido enterarse? Seguramente lo segundo. Todo lo que tenga que ver conmigo le resulta perturbador. Les digo que el programa es a las diez de la noche en directo por el canal uno.

Mi madre cierra los ojos.

Como Carolina suele vestir de negro, me compro un

traje oscuro en Calvin Klein, camiseta también negra, deportivas del mismo color. Quiero que se sienta unida a mí, que no necesite palabras para expresarle todo mi amor, mi admiración. «Esta novela la he escrito para ti», le diré sin palabras.

69

—

MARISA

Llegamos a casa cansados, aún sentimos la sal en los labios. Mi nieto se echa de bruces en el sofá y se queda dormido, Pedro lo contempla satisfecho con la frente quemada por el sol por su manía de que la crema solar se le mete en los ojos, y lo coge en brazos. Al día siguiente el niño tiene que ir al colegio y prefiere que se levante en casa.

—Mañana recogeré las cosas —dice Pedro.

Me preocupa que no tengan nada en el frigorífico para cenar.

—Le he metido en el coche una bolsa con un tetrabrik de leche y galletas —dice Mauricio leyéndome el pensamiento.

—Y yo voy a preparar dos perritos calientes para nosotros que nos han sobrado del barco —añado—. Quizá en el barco hemos abusado de los perritos, las hamburguesas y las pizzas, pero por uno más.

También tengo ganas de tumbarme en el sofá. Mientras Mauricio calienta el pan y saca las cervezas, pongo la televisión.

Ya no recordaba que es el día y la hora del programa de libros *Las Letras.* Después de aquella nefasta incursión en la librería de Alicante he logrado desconectar de la vida literaria. Espero por curiosidad a ver los invitados. El público empieza a sentarse en las dos gradas dispuestas para ellos. Me parece ver a Sofía en la primera fila. El pelo negro y rizado, su fortaleza, una presencia que es imposible que pase desapercibida. ¿Qué hace ahí? Mordisqueo el perrito y me tomo la cerveza de dos tragos. Mauricio lo saborea todo, aún le queda el hambre que despierta el mar y el pelo rebelde por mucho que se pase el cepillo.

—Mira —exclama Mauricio—, el joven escritor. Por cierto, ya he empezado tres veces *Palabras ocultas.* Me está costando.

Primero pasa el conductor del programa al plató, luego pasa Luis y por último Carolina. Sus libros sobre una mesita central. Son presentados y se le da la palabra a Luis que galantemente se la cede a Carolina. Ambos visten de negro y Carolina da qué pensar con su nuevo peinado punk y su extrema delgadez. No parece demasiado feliz por haber reingresado al éxito, sobre todo cuando el moderador hace hincapié en la campaña de admiración desplegada por Luis Isla hacia ella, lo que seguramente la ha devuelto a la actualidad.

—El amor propio de un escritor solo otro escritor puede comprenderlo. Y yo lo comprendo —dice Luis.

—*Los tejados rojos* —replica ella, sin mirar nunca a Luis por lo que el brillante azul de sus ojos queda flotando en el vacío—, *Los tejados rojos* —repite— no necesitan que nadie los redescubra porque han resistido treinta años en el corazón de los lectores.

Ya no es la Carolina de la voz perfecta, esta posee un tono desgarrado y algo chillón cuando intenta tapar la incrédula voz de Luis. Y de pronto soy consciente de que no estoy solidarizándome con Luis sino con su madre que estará pegada a la televisión rezando para que acabe pronto o se caiga un foco y tengan que suspender la tertulia. Sin embargo, todo apunta a que la audiencia va bien y que esta sesión se aparta del tono lánguido de otras veces.

—Pero siempre es satisfactorio el reconocimiento de los jóvenes talentos como el de Luis Isla —aduce el moderador.

—Para mí solo cuenta el reconocimiento de los lectores —contesta Carolina—, no necesito más. Los jóvenes escritores tendrán que hacer su camino solos como hemos hecho todos. Claro que hay jóvenes escritores que necesitan una ayuda extra.

Luis mira hacia la cámara contrariado. Sus ojos por un momento ocupan la pantalla, parece que sobre su azul acaban de darle unas cuantas pinceladas más, y la voz de Carolina se pierde detrás de esta bella imagen, casi no se la oye.

—¿Qué ha querido decir? —le pregunta a Carolina el moderador—. Un momento, parece que alguien del público quiere intervenir. Un micrófono, por favor.

Luis levanta la cabeza hacia aquella mujer de pesadilla, Sofía. Tiene una presencia se diría que aplastante, imposible de ignorar. Lo que va a ocurrir no me gusta nada, preferiría no haber puesto el programa.

Sofía comienza expresando su admiración por *Los tejados rojos* y toda la obra de Carolina. La ensalza como la mejor escritora de todos los tiempos. Carolina no necesita que un escritor de dudosa originalidad, de dudosa ética, de dudosos méritos y de dudosa decencia profesional la rescate del olvido porque es imposible olvidar a un genio literario como ella —concluye.

La escena se paraliza, la cámara pilla al presentador con la boca abierta, al público con los ojos también muy abiertos, a Luis con la vista paralizada en el vacío para al cabo de unos segundos dirigirla a Carolina, que ha decidido mirarse las uñas de las manos.

El presentador, conductor o moderador sacude la cabeza quizá recordando que no es la primera vez que en este mismo programa le lanzan a Luis insinuaciones sembradas de vagas sospechas.

—¿Puede aclararle al público aquí presente y al que nos ve desde sus casas lo que quiere decir?

Luis desde su posición, está sentado a su lado, también contempla las uñas de Carolina.

—No es a mí a quien se debe preguntar —dice Sofía—, sino al joven escritor si ha leído una novela del año 1989, ya descatalogada, titulada *Días de sol.*

El presentador expresa su confusión levantando las cejas y espera en silencio la respuesta de Luis.

Ha llegado la hora, por primera vez el nombre de *Días de sol* salta a la palestra y a lo grande y me temo que no haya vuelta atrás. Ahora sí que Carolina levanta la vista de las uñas hacia Luis con renovada juventud en el rostro, con ese color rosáceo que aparece después de haber corrido varios kilómetros.

—La leeré con mucho gusto —contesta Luis en voz baja—. También tengo otras novelas pendientes en mi mesilla de noche.

—Qué raro que no la haya leído puesto que *Los sueños insondables* parecen muy influidos por esa novela. Yo diría que es un calco —apunta Sofía aún de pie haciendo desaparecer al resto de público.

El presentador pone gesto de recibir una orden por el pinganillo.

—Le agradecemos su intervención —dice dirigiéndose a Sofía—. Ahora le ruego que ocupe su asiento.

—Gracias, de acuerdo —responde Sofía—. Pero antes me gustaría formular otra pregunta.

—Adelante —dice el presentador haciendo caso omiso al pinganillo.

—Esta va dirigida a Carolina. ¿Ha leído usted *Días de sol*?

—Cómo no —contesta Carolina—. Se trata de una bonita novela que pasó injustamente desapercibida en su momento y que se merecería ser reeditada.

Mauricio hace el amago de cambiar de canal y le arrebato el mando. También le pido silencio.

—Creía que ese autor no te interesaba. Me voy a la cama.

Deduzco que con la interrupción de Mauricio me he perdido alguna frase, alguna palabra.

—A veces a los escritores nos fascina de tal modo el libro de otro escritor que no somos conscientes de que lo estamos plagiando y en algunos casos llegamos a creer que lo hemos escrito nosotros —interviene Carolina—. Por supuesto no estoy hablando de mí.

—¿Se refiere a lo apuntado sobre *Los sueños insondables* por nuestra lectora aquí presente?

—Quizá Luis Isla tenga que confesarles algo a sus numerosos lectores respecto a *Días de sol* y *Los sueños insondables* y, ¿por qué no?, sobre *Inconfesable.*

Nadie sabe cómo tomarse este comentario ni su voz destemplada, ni su sonrisa. El presentador opta por sacarse el pinganillo del oído. Luis no reacciona, ha ido hasta allí con ilusiones respecto a Carolina, y Carolina le está lanzando un puñal por la espalda, no tiene fuerza para enfadarse, la decepción de su amor es más grande que su necesidad de salvarse. Yo misma espero de corazón que den paso a la publicidad, pero el presentador ha decidido que la sangre corra por el plató.

Y de pronto Luis se quita las gafas con lentitud pasmosa y todos recorren este gesto con cierta ansiedad. Se las limpia con el pico de la camisa en un tiempo de otro mundo sin gravedad y cuando vuelve a colocárselas sus ojos parecen lavados en un río de purísimas aguas.

—La verdad —dice, mirando al presentador con esta

nueva mirada traslúcida—, que todo lo que he hecho y lo que estoy haciendo esta noche lo hago para que Carolina se fije en mí. Mi última novela la he escrito pensando en ella y nada de lo que diga nadie me hará cambiar de opinión sobre lo que siento por su obra y por ella.

Una cámara detrás del presentador ha captado el rostro de la sinceridad, de lo que sale del corazón y también la nuca del presentador asintiendo.

Los invitados aplauden. ¿Quién se acuerda ya de esas torvas y sucias insinuaciones? Carolina solo farfulla sin mirar a Luis: «No ha aclarado nada». Y el programa termina. Pienso que la madre de Luis estará pensando que tal vez en aquellos lejanos años ochenta algún telespectador compró y leyó *Días de sol* dando lugar a continuar la pesadilla, los chantajes, el miedo interminable.

Tengo que tomarme un lorazepam para dormir y aun así sufro confusas pesadillas en las que aparece Sofía. De niña y adolescente había necesitado su seguridad, su solidez y creer que era mucho más lista que yo. Tener a alguien más listo al lado es como tener un poco a Dios, una protección, un descanso de las propias limitaciones. El mayor error de mi vida ha sido contarle todo. Y no creo que le interese solo el dinero, hay algo más, su madre y mi padre, su infancia de niña semihuérfana. Nunca me di cuenta de que me envidiaba. Esta noche, desde la televisión, sus misiles iban dirigidos a mí.

70

LUIS

Cuando el presentador pone fin al programa, Carolina y yo nos levantamos en silencio. El presentador nos da la mano y dice fingiendo buen humor que espera que la sangre no llegue al río. Una gran expresión. A Teresa, como me imaginaba, le falta tiempo para llegar corriendo hasta el centro del plató. Se dirige primero a Carolina reprochándole que ha estado muy borde y que su comportamiento afea mucho su imagen. Y luego viene a mí:

—Te dije que no era buena idea. No sé qué tienes en la cabeza.

Me molesta que Teresa le hable de esa manera a Carolina, no tiene ningún derecho. Me deja en mal lugar defendiéndome como si fuera un niño pequeño.

—Lo siento —le digo a Carolina acercándome a ella—. Teresa es demasiado protectora, se pasa de la raya.

Carolina mira hacia otro lado pero de pronto se vuelve hacia mí:

—¿Me tomas el pelo?

Tiene una piel muy fina, algunas arrugas sobre todo en la frente y en el cuello, las que le han marcado diversas cadenas de oro. También lleva dos aros de oro en las orejas y por el pelo rapado sube un cráneo de niña. Hay algo pequeño en toda ella, las muñecas, la cara, el cuerpo, la melena rubia que le cae por un lado le aclara los ojos con una chispa indefinible en las pupilas. La besaría, tengo que contenerme para no hacerlo y noto que por un momento se siente contrariada, confusa.

—¿Pretendes que te dé las gracias? ¿Quién te crees que eres? —Dos frases que me escupe en la cara mientras nos quitan las petacas de sonido de detrás de los pantalones.

Prefiero no decir nada para no fastidiar este acercamiento y entonces baja de entre el público Sofía y llega hasta nosotros.

—¿Todo bien? —le pregunta a Carolina.

Teresa me coge del brazo con su potente mano fortalecida por el enorme bolso que acarrea, por sostener las voluminosas agendas.

—Acaba de llamarme Stephan terriblemente preocupado. Eres muy testarudo y él está cabreado.

No siento nada, es la verdad. Cuando por fin se descubre el cadáver de alguien que te has cargado, la estafa que has cometido en el banco, el engaño con las notas del colegio, cuando se descubre lo peor, llega cierta tranquilidad. Ya nada puede ser peor que eso. Así que le digo a Teresa que estoy cansado y me voy a la cama y que Stephan se las arregle con su exmujer.

71

MARISA

Sofía se presenta de pronto en nuestro adosado. No me hace gracia. Mauricio en cambio la recibe con los brazos abiertos y le ofrece una de las birras reservadas para Pedro, envidio su facilidad para no complicarse la vida. Nada más verla pienso que su presencia tiene relación con Luis. Desde el nefasto programa de televisión procuro no prestar atención a ninguna noticia. El desastre ha llegado y hasta que ese desastre no llame a mi puerta prefiero no obsesionarme con él. Pero aquí está, Sofía acaba de tocar a mi puerta.

Mauricio le cuenta entusiasmado nuestras correrías marítimas y la invita a alguna de las próximas. Luego se excusa, debe ir a recoger a Gabi al colegio. Le entusiasma ejercer de abuelo. «Ya se sabe los huesos de los pies, las manos y del tórax, es un fenómeno», le cuenta.

Sofía finge alegrarse, puede que se alegre de verdad. Y ya a solas saca del bolso el listado de los libros más vendidos. La nueva novela de Luis, *Palabras ocultas, Los sueños insondables* e *Inconfesable* copan los tres primeros puestos. *Los tejados rojos* ha desaparecido, no ha sobrevivido ni dos semanas.

Luis no solo no ha desmentido a Carolina en sus insinuaciones sobre el plagio de esa novela fantasma *Días de sol* que nadie ha leído, sino que declara que sus razones tendrá Carolina para proclamar algo así y que no va a consentir que nadie la tilde de loca o mentirosa, una confesión que el mundo editorial, periodístico y los lectores se toman como respeto a una de las más señeras damas de las letras, confianza en sí mismo, saber estar y compromiso poético, virtudes que disparan las ventas de *Palabras ocultas.* Otros con el colmillo más retorcido ven en esta polémica una operación de marketing para vender una novela experimental, nada comercial, que se aparta estrepitosamente de las anteriores del mismo autor.

—Imagino que estarás contenta —dice Sofía—. Pero no cantes victoria, algún día aparecerá alguien que recordará haber leído *Días de sol,* y que después haya leído *Los sueños insondables,* los lectores son muy suyos. Es cuestión de esperar —sentencia Sofía—. Y ese día no lejano mantiene activa a Carolina. Es la amiga con la que siempre he soñado y la animo con todas mis fuerzas a escribir.

Pero sobre todo viene a informarme de que la madre de Luis ha muerto. ¿Estaba ya enterada? ¿No? Se lo imaginaba puesto que yo había decidido desconectar y abandonar a todo el mundo. Por lo visto, el programa de televisión la hundió en un delirio que se la ha llevado al otro mundo.

—Y en el fondo —dice—, todo ha sido por tu culpa, por tu maldita novela, por tu cobardía, como tu padre que fue incapaz de romper con el tedio de su matrimonio e irse al lado de mi madre, como seguro deseaba.

A la mente me viene la imagen de la madre de Luis con su traje blanco y su pamela irradiando ilusión en el porvenir, amor por los suyos, protegida por el calor y la alegría de aquel día y pienso que quizá tiene razón Sofía y todo ha sido por mi culpa, y también pienso en las estrellas brillantes y espesas que cubrieron durante toda una noche a mis padres entre los pinos y el aire fresco y puro. ¿Quién puede jurar que no se quisieron? Pienso que a la madre de Luis le habría gustado mi última novela, *El mar en calma*, que de momento dormita en un cajón, del que puede que no salga nunca. Me adelanto a las intenciones de Mauricio de invitar a Sofía a cenar diciendo que está invitada en otro sitio y que tiene prisa. Se despide y sale aunque tengo la impresión de que no es para siempre.

Otros títulos de la autora en Booket

booket